그럼, 나는 무엇을 했는가

ANOHI, KIMI WA NANI WO SHITA
by Toshika MASAKI

© 2020 Toshika MASAKI
All rights reserved.

Original Japanese edition published by SHOGAKUKAN.
Korean translation rights arranged with SHOGAKUKAN
through JM Contents Agency Co.

그날, 너는 무엇을 했는가

あの日、君は何をした

마사키 도시카

이정민 옮김

차례

1부

2004년

"여성 연쇄살인 용의자로 체포된 하야시 류이치가 도치기현 우쓰노미야 경찰서에서 도주한 지 사흘이 지났습니다. 도치기현 경찰이 인력 2천 명을 투입해 행방을 뒤쫓고 있습니다만, 여전히 신병을 확보하지 못했습니다.

용의자 하야시는 3월 23일 우쓰노미야 경찰서 화장실에서 도주했고, 그 후 CCTV에 자전거를 훔치는 모습이 찍혔습니다. 도주 경로는 알아내지 못했지만 이미 도치기현을 벗어나 인근 현에 숨어 있을 가능성도 있다고 합니다.

흉악범의 도주극에 지역 주민의 불안해하는 목소리가 커지고 있습니다."

"인근 현이면 이 근처일 수도 있다는 말이군. 경찰은 대체 뭘하고 있는 건지."

낮의 시사 정보 프로그램을 보며 부장이 말했다. 혼잣말을 하는 척하지만 반응을 바라는 게 틀림없다. 하지만 세 명의 사무직 여자들은 부장의 말을 무시하고 묵묵히 도시락을 먹었다. 가장 나이가 많은 그녀도 마찬가지였다. 하마터면 조건 반사로 "그러게 말이에요" 하고 맞장구를 칠 뻔했지만, 조만간 회사를 그만둘 테니 굳이 마음 쓰지 않아도 되겠다고 생각했다.

평소 점심을 먹는 회의실 TV에서는 타모리의 〈와랏테 이이토모!〉(옮긴이 주 – 일본의 국민MC이자 코미디언인 타모리가 1982년부터 2014년까지 진행해온 평일 낮 시간대 인기 예능 프로그램)가 흘러나오지만, 이날은 부장이 편의점 도시락을 들고 나타나 멋대로 채널을 바꿨다. 그 탓에 여자들은 기분이 좋지 않았던 것이다.

TV 화면에 나온 용의자 하야시 류이치는 짧은 머리에 건장한 체격의 남자로, 치켜 올라간 가는 눈이 냉혹한 인상을 주어 그야말로 잔혹한 살인범의 외모가 따로 없었다. 두 여성을 살해하고 돈을 빼앗은 용의자가 경찰서 화장실에서 도주한 것은 사흘 전으로, 체포된 당일의 일이었다.

"자네들도 조심해."

부장이 여자들을 보며 말했지만 아무도 대답하지 않는다.

"알겠어? 조심해야 한다고."

부장은 가장 나이가 많은 그녀를 뚫어지게 쳐다보며 거듭 말했다. 안경 너머의 눈이, 자네라면 걱정할 필요 없겠지만, 하고 비웃는 것처럼 보였다.

그녀가 생명보험회사 지사에 채용된 지 18년이 흘렀다. 그동안 사무직 여자 직원이 하나둘 그만두더니 대체 인력으로 젊은 여자 아르바이트생이 들어오게 되었다. 지금 여자 정직원은 그녀가 유일하다. 그녀는 부장을 비롯한 남자들이 자신이 퇴사하기를 바라는 것처럼 느껴져 줄곧 눈치가 보였다. 그런데 네 살 어린 애인과 반년 후 결혼하기로 약속해 다음 달 말이면 회사를 그만둔다.

그녀는 테이블 위의 휴대폰을 집어들었다. 아직 그에게서 답장은 없다.

어제 퇴근길에 새로 구입한 휴대폰은 동영상을 촬영해서 전송할 수 있는 최신 기종이다. '휴대폰 새로 바꿨어!' 하는 메시지와 함께 자신의 방을 촬영한 동영상을 보낸 것이 어젯밤이다. 새로운 것을 좋아하는 그가 아무런 반응이 없다니 이상하다. 어쩌면 메시지가 전송되지 않았을지도 모른다. 나중에 확인해볼 생각이다.

"지금 새로운 정보가 들어왔습니다.

오늘 오전 2시경, 우쓰노미야시市에서 약 75킬로미터 떨어진 마에바야시시市에서 용의자 하야시 류이치를 목격했다는 제보가 들어와 경찰이 긴급 출동했고 전조등 없이 자전거를 탄 수상한 사람을 발견했습니다.

그는 경찰의 불심검문을 피해 자전거를 타고 약 1킬로미터 거리를 도주하다 주차된 트럭에 격돌했습니다.

자전거에 타고 있던 사람은 마에바야시시에 사는 15세 남자 중학생인 것으로 밝혀졌습니다. 남자 중학생은 머리를 세게 부딪쳤고 이송된 병원에서 사망했습니다.

남자 중학생은 용의자 하야시 류이치와는 무관한 것으로 보입니다. 현 경찰 본부는 남자 중학생이 사망한 것은 안타깝지만 추적 행위에는 문제가 없었다고 답변했습니다."

"세상에! 마에바야시시라니! 우리 동네잖아!"

흥분한 목소리를 낸 것은 여자 아르바이트생이었다.

"그럼 범인도 마에바야시에 있다는 거야?"

다른 한 명도 흥분한 모습이다.

"어우, 소름끼쳐."

"그 목격 제보라는 게 결국 죽은 중학생을 말하는 거였나?"

"그건 아직 모르는 것 같은데."

조금 전까지만 해도 침묵을 지켰던 두 여자는 젓가락질을 멈추고 신나게 떠들기 시작했다.

"그런데 중학생이면 아직 애잖아. 애를 범인으로 잘못 볼 수가 있나?"

"체격이 큰 애였을 수도 있어."

"양쪽 다 잘못이 있네." 부장이 끼어들었다. "경찰은 엄청난 잘못을 저질렀고, 껌껌한 새벽 2시에 싸돌아다니는 중학생도 그렇고. 애초에 경찰이 불러세웠는데 도망간 거 보면 뭔가 켕기는 구석이 있었겠지. 무뢰배 같은 거 아니겠어?"

무뢰배, 라는 말에 가장 나이가 많은 그녀는 속으로 쓴웃음을 지었다.

"……무뢰배?"

아르바이트생 두 명은 눈만 멀뚱히 뜨고 있다.

"싹수가 노랗다는 말이지. 중학생이 벌써부터 밤에 놀러 다니다가 결국 민폐를 끼쳤잖아. 하, 참! 요즘 부모는 가정교육을 어떻게 하는지. 꼭 이런 애 부모가 경찰 때문에 자기 애가 죽었다고 난리 친다니까. 아주 진상이야, 진상."

안 그래? 하고 동의를 구하기에 그녀는 "사람 놀라게 하는 아이네요"라고 대답했다.

"용의자 하야시는 여전히 방치된 상태로, 도주 중에 또다시 범죄를 일으킬 가능성이 있습니다. 더 이상 피해자가 나오지 않도록 한시라도 빨리 신병을 확보해야 할 것입니다."

사회자의 맺음말을 듣고 그녀는 당분간 사람이 많은 길 위주로 다녀야겠다고 생각했지만, 그보다 더 신경쓰이는 것은 여전히 답장을 보내지 않는 애인이었다.

I

미즈노 이즈미는 이따금 '나 좀 봐줘!' 하고 생각할 때가 있다.

도주 중인 용의자 하야시 류이치에 관한 뉴스가 흘러나온 날 밤에도 그랬다.

식탁에는 김초밥과 라자냐, 마파두부, 닭튀김, 과일 샐러드를 차려놓고 냉장고에는 케이크를 넣어뒀다. 딸 사라는 "이게 무슨 조합이람?" 하고 웃었지만, 눈빛은 기쁘게 빛나고 있었다.

라자냐는 사라가, 김초밥은 아들 다이키가, 마파두부와 닭튀김은 남편 가쓰오가 좋아하는 음식이다.

"케이크도 있어."

이즈미가 후훗, 하고 웃으며 말하자, "와아! 클로버 거?" 하고 사라의 얼굴에 웃음꽃이 활짝 폈다.

클로버는 역 건너편에 있는 양과자점으로, 가격이 다른 제과점의 두 배 가까이 되는 탓에 평소에는 엄두도 못 내는 곳이다.

"특별한 날이잖니. 물론 클로버란다."

"내 초콜릿 케이크는?"

2층에서 내려온 다이키가 대화에 끼어들었다.

"안심해. 당연히 샀지."

"내 티라미수는?"

"걱정 마. 엄마가 언제 빠뜨리는 거 봤니?"

그렇게 말한 이즈미가 뽐내듯이 웃자, 남매는 "야호!" 하고 하이파이브를 하며 기쁨을 나눴다.

"와, 이것 봐! 연어 알이랑 다진 참치도 있어."

다이키가 식탁을 들여다보며 흐뭇해했다.

"빨리 먹자. 배고파 죽을 것 같구나."

가장 먼저 식탁에 앉아 기다리고 있던 남편이 석간신문을 덮고 두 사람을 향해 웃어 보였다.

아이들을 축하하는 날이었다.

사라는 1지망인 대학에 합격했다. 다이키도 1지망 고등학교에 합격했다. 두 사람 모두 진학할 학교가 근처에 있어서 4월이 되어도 네 식구가 함께 지내는 생활에는 변함이 없다.

"당신이 만들어준 라자냐는 맛있군." "앗, 내 거까지 다 먹지 마." "다이키, 너 연어 알 좀 그만 먹어." "별로 먹지도 않았는데, 뭘." "값싼 발포주만 마시다가 진짜 맥주를 마시니 역시 맛있군." "네가 연어 알 다 먹어치우면 라자냐는 내가 다 먹을 거야." "또 살찌려고?" "또? 뭔 소리야, 또라니?" "여보, 맥주 하나 더 마셔도 되나?"

문득 하늘에서 떠들썩한 식탁으로 스포트라이트가 쏟아진다. 마치 이 광경이야말로 행복의 상징임을 전 세계에 알리려는 듯이.

봐! 하고 이즈미는 생각했다. 나를 봐! 나는 이렇게나 행복하다고!

사람들 앞에서 소리치고 싶은 충동이 일었다.

가정에 충실한 남편과 반듯하고 상냥한 아이들. 언뜻 보기에 평범한 가족이다. 결코 유복하지도 않고 주목을 받는 삶도 아니다.

하지만 이토록 행복한 가족은 웬만해서는 없지 않을까.

이즈미의 머릿속에 동네 엄마 한 명이 떠올랐다. 전근이 잦은 남편을 둔 그녀는 늘 온몸에 명품을 휘감고 얼굴에는 빈틈없이 화장을 하고 있었다. 피부 관리 숍과 네일 숍, 헬스클럽, 그리고 요리 교실까지 다니며 돈을 펑펑 쓸 수 있는 경제력과 자유롭게 쓸 수 있는 시간을 자랑했다. 좋겠다, 멋있다, 하고 모두가 추켜올렸지만 이즈미는 전혀 부럽지 않았다. 자신을 치장할 돈과 시간은 자식에게 써야 옳지 않을까? 그녀는 2~3년 전에 이 동네를 떠나 소식이 끊겼지만 다이키와 동갑인 그 집 아들은 어떻게 지내고 있을까. 이따금 표정에서 그늘이 느껴지는 아이였다. 은둔형 외톨이가 되었을지도 모르고 비행을 저지르며 지낼지도 모른다. 부모에게 "시끄러워!" "죽어버려!" 하고 폭언을 퍼부을 지도 모른다.

그런데 세상에는 그런 아이가 많은 모양이다. 아르바이트 하는 곳의 동료가 딸에게 "할망구" 소리를 들었다며 화를 냈고, 또 다른 동료는 아들이 머리를 염색해서 정학을 받았다며 한숨을 폭폭 쉬었다.

이즈미는 테이블 너머의 아이들을 다시 바라보았다.

"다이키, 너 고등학교 가서도 검도부에 들어갈 거야? 아, 간장 줄까?"

사라가 다이키의 종지에 간장을 부어주었다.

"고마워. 그럴까 했는데……."

"대답이 시원찮네. 너, 간장 너무 많이 찍는 거 아니야?"

"아예 새로운 운동을 해보는 것도 좋겠다 싶어서."

"예를 들면?"

"궁도 같은 거."

"시시하긴. 그거 여자애들한테 인기 없어."

"인기 없어도 상관없어."

"그런데 너희 학교 진학교(옮긴이 주–유명 대학에 진학하기 위한 학교)잖아. 동아리 활동 같은 거 해도 돼?"

"되지 않을까? 잘 모르겠지만."

"연어 알 좀 그만 먹으라니까."

하늘에서 쏟아진 스포트라이트가 활기찬 식탁을 계속 비추고 있다.

이즈미는 자신의 몸에서 시선이 빠져나와 스포트라이트를 받는 광경을 내려다보고 있는 감각에 사로잡혔다. 아득히 먼 머리 위에서 제삼자의 눈으로 바라보아도 여전히 행복한 광경이었다.

모든 사람이 봐주었으면 한다. 여봐란듯이 뽐내고 싶다. 내가 이토록 행복하다는 것을. 그 생각의 수위가 높아진다.

이즈미는 어렸을 때부터 자신이 못생겼다는 것을 알고 있었다. 가무잡잡한 피부에 굵은 눈썹, 외까풀 눈은 약간 위로 찢어졌고, 둥근 코와 작은 입술은 볼살에 끼여 있다. 멜라닌 색소가 많은지 머리와 눈동자 모두 새카매서 진지한 얼굴을 하면 어둡고 음침해 보인다. 42년 인생에서 살찌지 않았던 적은 태어난 직후의 1년뿐이다. 공부는 보통에 운동은 잘 못해서 특출난 데 없이, 못생기고 뚱뚱하다는 것 외에는 개성이 없다고 생각했다. 이즈미는 남들이 자신의 콤플렉스를 알아차리지 못하도록 늘 웃고 다녔다.

함께 있으면 편하다는 이유로 청혼을 받았을 때는 기쁨과 안도를 느끼는 한편 겁도 나고 자신도 없어서 마음의 중심을 잃고 휘청거렸다.

그런데 자식을 얻고 나니 모든 것이 달라졌다. 화장은커녕 머리도 못 감고 하나로 묶은 채, 악쓰며 우는 아기에게 젖을 물렸다. 기저귀를 갈고 게워낸 것을 치우고 빨래를 하고 청소를 했다. 이즈미는 신이 내게 부여한 역할이 이거였구나, 하고 생각했다. 나는 엄마가 되기 위해 태어난 것이다. 지금껏 별볼일없는 여자로 살아왔지만 엄마라는 역할을 맡으면 못생기고 뚱뚱한 외모도, 콤플렉스를 감추기 위한 호쾌한 웃음도, 엄마의 모범 답안 같은 '굳센 엄마'로 변했다. '굳센 엄마'가 되고 나서는 누구보다 행복하다고 느끼는 순간이 자주 찾아왔다.

"살인범을 아직 못 잡았나 보군."

남편의 목소리에 이즈미는 다시 현실로 돌아왔다.

TV에서는 7시 저녁 뉴스가 흘러나오고 있다. 이틀 전 우쓰노미야 경찰서에서 탈주한 용의자 하야시의 뉴스가 첫머리에 보도되었다.

"도망치면 죄가 더 가중되는 것도 모르나, 바보 같아."

다이키가 어린아이 같은 말투로 말했다.

"금방 잡힐 줄 알았는데, 의외로 오래가네."

사라가 대꾸했다.

"저 범인이 사람을 둘이나 죽였다는구나. 저런 놈이 도망치다니 근처에 사는 사람들은 얼마나 무서울까."

우리 동네가 아니라 다행이지, 하고 이즈미는 안도의 마음을 담아 말했다.

"그런데 자전거 타고 도망갔으면 꽤 멀리 가지 않았을까? 설

19

마 마에바야시에 있는 건 아니겠지?"

"뭐어? 너희 둘, 조심해야 한다."

"우리 동네도 요즘 뒤숭숭하던데. 속옷 도둑, 아직도 못 잡았지? 분명히 여학교에서 체육복 훔쳐간 범인이랑 똑같은 사람일 거야. 소름 끼쳐."

최근 속옷 도둑과 수상한 사람에 대한 말이 많아서 가뜩이나 동네 분위기가 어수선한 상황이다.

"집에 늦게 올 때는 무조건 전화해라. 차로 데리러 갈 테니."

"그런데 아빠는 퇴근도 늦고 술도 자주 마시잖아."

사라가 웃으며 지적하자 남편은 캔맥주를 든 채 다음 말을 잇지 못했다.

"엄마가 갈게."

"내가 가도 되는데."

"다이키는 운전 못 하잖아."

"자전거로 가면 되지."

"요 녀석, 엄마가 두 명이 같이 타는 건 안 된다고 했지?"

"살인범을 맞닥뜨리는 것보단 낫잖아."

"그러니까 엄마가 간다니까."

"예예. 여러분, 잘 부탁드립니다."

사라가 장난스럽게 머리를 숙였다.

서로를 위하는 네 식구의 대화에 이즈미는 행복을 느꼈다.

케이크를 다 먹은 다이키가 "잘 먹었습니다. 맛있었어!" 하고 자리에서 일어났다.

"이제 공부할 거니?"

"응. 열심히 해야지."

"오늘 하루쯤 쉬어도 좋으련만."

이즈미는 투정하듯 그렇게 말하고, 이러면 누가 부모인 줄 모르겠구나 싶어 웃음이 났다.

다이키는 원래 스스로 공부하는 아이인데, 고등학교 합격 발표 후에는 다른 애들한테 뒤처지면 안 된다며 더 열심히 한다. 사내아이니 더 개구쟁이처럼 행동해도 좋으련만, 하고 이즈미가 안타까워할 정도다.

"너무 무리하지 마"라고 말하자, "알아" 하는 소리와 함께 천진난만한 미소가 돌아왔다.

뒷정리를 마치고 내일 아침밥과 도시락 준비를 한 뒤 목욕을 하자 평소보다 늦은 시간이 되었다.

이즈미는 식탁 의자에 앉아 따뜻한 우유를 천천히 마셨다. 후우, 하고 숨을 내쉬었더니 작은 웃음소리와 비슷한 소리가 났다.

남편이 토목건축사무소에서 일하기 때문에 미즈노 집의 밤은 일찍 찾아온다. 10시 전에는 집 안에서 소리가 사라지는 것이다. 그 나이 또래 아이들은 늦게까지 TV도 보고 싶고 음악도 들고 싶을 텐데 아빠를 배려해 가급적 소리를 내지 않으려 노력하며 지낸다.

둘 다 착한 아이로 자라줬다. 게다가 기적적으로 자신의 못생긴 부분은 물려받지 않았다. 이즈미의 입꼬리가 자연스레 올라가더니 후훗 하고 웃음소리가 흘러나왔다. 그동안 힘든 일이 없었던 것은 아니다. 운 적도, 화가 난 적도, 불안에 시달린 적도 셀 수 없이 많다. 특히 2~3년 전에는 사라와 다이키가 엄마를 귀찮게 여기는 시기였고 자식을 잘못 키웠나 싶어 눈앞이 캄캄했다. 하지만 지금 뒤돌아보면 그건 반항 축에도 못 낄 귀여운 것이었다.

벽시계를 보니 10시 10분이었다.

아까 고양되었던 감정은 채 가시지 않고 머릿속에서 불꽃이 되어 타닥타닥 튀어올라 잠도 오지 않는다. 하지만 내일도 새벽 5시에 일어나야 한다. 슬슬 자야 한다는 생각에 이즈미는 우유를 마저 마셨다.

거실을 나왔을 때 무슨 소리가 들렸다. 밖에서 나는 소리였다. 뭔가가 풀리는 짤깍 하는 소리와 신발이 땅을 밟는 소리.

이즈미는 동작을 멈췄다.

머릿속에 7시 뉴스가 되살아났다. 우쓰노미야 경찰서에서 도주한 연쇄살인범은 자전거를 타고 멀리 도망갔을 가능성이 있다. 범인은 여성 두 명을 살해하고 돈을 빼앗았을 터였다.

핏기가 싹 가신다. 온몸의 솜털이 곤두섰다.

숨을 죽이고 귀를 기울였다.

당장에라도 누가 현관문을 비집고 들어올 것만 같았다.

차라리 현관문을 열고 확인해볼까 싶었다. 그러나 문을 연 순간 눈앞에 시커멓고 덩치 큰 남자가 서 있을 것 같아서 무서웠다. 남편을 깨울까. 아니, 이만한 일로 그렇게까지 할 필요는 없다. 남편은 요즘 무척 바쁘다. 오늘은 아이들을 축하하러 일찍 퇴근해준 것이다. 가끔은 푹 자게 해주고 싶다.

나는 굳센 엄마다. 온 힘을 다해 가족을 지켜야 한다.

이즈미는 잠시 동안 현관에 우뚝 서서 바깥 기척에 정신을 집중했다.

아무런 소리도 안 들리고 인기척도 없다.

휴, 하고 안도의 한숨을 내쉬었다. 자신이 당황해서 허둥지둥하는 모습이 우스워졌다. 신경과민 상태인 것이다. 아마 옆집이나 지나가는 사람이 낸 소리가 어쩌다 가깝게 들렸을 것이다.

2층 침실에서는 남편이 가볍게 코를 골며 깊이 잠들어 있었다. 여느 때와 같은 잠든 얼굴을 보고 깨우지 않기를 잘했다고 생각하며 옆에 있는 자기 침대로 가서 누웠다.

눈을 떴을 때 시간이 날아간 듯한 느낌이었다. 잠에 깊이 빠졌는지, 아니면 잠깐 의식을 잃었는지 모르겠다. 어쨌든 화장실에 가고 싶었다.

그러고 보니 자기 전에 화장실에 들렀던가. 바깥 소리에 정신이 팔려 들르지 않았던 것 같다. 머리맡의 시계를 집어 확인하자 새벽 4시를 지난 참이라 뜻밖에 숙면을 취했다는 것을 알게 됐다.

남편이 깨지 않도록 침대에서 살그머니 내려왔다. 커튼은 어둠을 비추고 아직 아침의 기운은 느껴지지 않는다. 계단을 내려가는 발바닥에 냉기가 들러붙는다.

화장실에 갔다 와서 다시 잠을 청할까, 이대로 일어날까 고민했다. 숙면 덕분인지 뇌가 맑게 깨어 있다.

그때 별안간 거실 전화기가 울려 심장이 벌떡벌떡 뛰었다. "어?" 소리가 절로 나왔다.

이즈미는 서둘러 거실 문을 열고 형광등을 켰다. 벽시계를 보니 4시 12분이다.

전화기는 녹색 불을 깜빡이며 요란하게 벨을 울려댔다.

받고 싶지 않다, 하고 직감이 거부한다. 뒤늦게 아버지에게 무슨 일이 생긴 것이 분명하다는 생각이 들었다. 시즈오카에서 오빠 가족과 함께 사는 아버지는 고혈압에 부정맥 기미가 있다. 큰 병을 앓은 적은 없지만 갑자기 쓰러졌을지도 모른다.

깜빡이는 녹색 불을 가만히 바라보다 남편이 깰지도 모른다는 생각에 얼른 수화기를 들었다.

"미즈노 씨 댁입니까?"

오빠 목소리가 아니다. 일부러 감정을 배제한 남자 목소리였다. 병원 이름이 나오겠거니 하고 마음의 준비를 하는 이즈미에게 남자는 경찰이라고 밝히고 "미즈노 다이키 군은 집에 있습니까?" 하고 물었다.

"네?"

"미즈노 다이키 군 말입니다. 집에 있습니까?"

"……네."

곤혹스러움이 그대로 목소리에 묻어났다.

"정말 있습니까? 지금, 집에 있습니까? 다이키 군을 바꿔주시겠습니까?"

이 사람이 지금 무슨 소리를 하는 걸까. 이런 시간에 뭣 때문에 전화를 걸었을까. 아니, 정말 경찰이 맞을까?

상대는 이즈미의 마음속을 꿰뚫고 있다는 듯 계속 말했다.

"아까 자전거를 타고 가던 남성이 사고를 당했습니다. 방범 등록(옮긴이 주-일본은 자전거 도난 방지를 위해 자전거 등록제를 시행한다. 자전거 구입 시 매장이나 경찰서에 방범 등록을 하고 타야 한다)을 확인한 결과 미즈노 다이키 군의 자전거였습니다."

"우리 애 자전거가 도난당했다는 말씀인가요?"

이즈미는 간밤에 들은 소리를 떠올렸다. 뭔가가 풀리는 듯한 짤깍 하는 소리와 발소리. 자전거를 도둑맞았을지도 모른다.

"그걸 확인해야 하니 다이키 군을 불러주시겠습니까?"

"우리 애 자전거라고 해서 우리 애가 잘못을 한 건 아니잖아요. 다이키한테는 죄가 없는 거죠?"

그러고 보니 도난당한 차량이 사고를 일으킨 경우, 차량 소유주가 배상 책임을 진 일도 있지 않았던가. 자전거도 마찬가지라 경찰이 다이키에게 책임을 물으려 하는 걸까.

"다이키 군의 어머니 되십니까?"

"네."

"다이키 군이 집에 있는지 확인해야 하니 불러주시겠습니까?"

본인에게 직접 확인해야만 하는 걸까. 아침까지 기다리지도 못하나 싶어 불만이 치밀었지만 통화를 보류로 해놓고 2층으로 올라갔다.

2층 복도에 있는 무선전화기를 손에 들고 다이키의 방문을 두드렸다. "다이키" 하고 부르면서 문을 열었다.

창가의 침대가 붕긋하게 부풀어 있다. 달라진 것은 아무것도 없다. 그런데 오감과는 다른 감각이 순간적으로 이변을 감지해 혈액의 흐름이 멈춘 것 같았다.

이즈미는 이불을 홱 젖혔다.

어둠이 나타났다. 목구멍에서 히익, 소리가 새어나왔다. 손을 부들부들 떨면서 불을 켜자 침대 한가운데에 마치 허물을 벗어놓은 것처럼 다이키의 추리닝이 있을 뿐이었다.

다이키가 없다. 다이키가 사라져버렸다. 이즈미는 비명을 질러댔다.

"무슨 일이야?"

돌아보니 남편이 있었다. 눈이 부신지 눈을 가늘게 뜨고 있다.

"다이키가…… 다이키가 없어."

"화장실 갔겠지."

그렇게 대답한 남편이 이즈미 손에 있는 무선전화기를 보고 흠칫 놀란다.

"전화 왔어?"

이즈미는 고개를 끄덕끄덕했다.

"경찰이…… 다이키 자전거가 도난당했대. 그런데 다이키가 없어…….."

남편이 이즈미 손에서 무선전화기를 빼앗아 "여보세요" 하고 말했다.

"엄마, 아빠, 여기서 뭐해?"

뒤에서 사라의 목소리가 들렸지만 이즈미는 반응할 수 없었다. 눈은 침대 위의 추리닝에, 귀는 남편 목소리에 집중했다. 거기에서 조금도 벗어날 수가 없었다.

환하디환한 빛으로 가득한 이 장소가 서서히 땅속으로 꺼지는 느낌이 들었다. 뭔가 말도 안 되는 일이 벌어지고 있다는 감각이 엄습했다.

부디 남편이 웃기를. 이즈미는 기도했다. 온몸이 부들부들 떨리고 산소가 빠져나가 숨이 잘 쉬어지지 않는다.

남편이 뭐야, 그런 거였습니까, 하고 안심한 목소리로 말하기를. 하하, 하는 웃음소리를 내기를. 나 참, 아내가 착각을 하고 허둥지둥 난리라니까요, 하고 나를 놀리기를.

간절히 기도하면서, 그런 자신을 무섭도록 싸늘한 눈으로 내려다보고 있는 거대한 존재를 느꼈다.

2

오늘이 일요일이라는 것을 깨달은 이즈미는 휴대폰, 하고 생각했다.

1지망 고등학교에 합격한 기념으로 다이키에게 휴대폰을 사주기로 했다. 다이키는 팸플릿을 보여주면서 디지털카메라 수준의 사진을 찍을 수 있고 동영상 기능도 있다며 흥분조로 설명했다. 오늘 다이키의 소원대로 함께 휴대폰을 사러 갈 예정이었다.

기대에 부푼 쪽은 어쩌면 다이키보다 이즈미였을지도 모른다. 다이키는 중학교에 올라가기 전부터 엄마와 함께 다니는 것을 창피하게 여겼다. 이제 그럴 때가 됐지 싶어 이즈미도 억지로 권하지는 않았다. 오늘은 오랜만에 엄마와 아들 둘이서 외출해 휴대폰을 구입한 뒤, 중식당에서 점심을 먹고 고등학교 교복을 받으러 가기로 했다.

이즈미는 새 교복을 걸친 다이키의 모습을 상상했다.

앞으로 키가 더 클 것을 감안해 넉넉한 사이즈로 맞춘 탓에, 교복을 입은 것이 아니라 교복에 입힌 듯한 인상을 주는 것은 부정할 수 없다. 마치 어린아이가 아빠 양복을 입은 듯한 모습에 많이 컸다고 생각한 다이키가 아직 천진난만한 소년이라는 것을 깨닫게 된다.

나는 분명히 눈물을 글썽이겠지, 하고 이즈미는 생각했다. 그걸 들키지 않도록 "괜찮은데? 잘 어울린다" 하고 일부러 씩씩하게 말하고, "그렇지?" 하고 남편과 사라에게 소감을 묻는다. 남편은 "그래, 잘 어울리는구나. 파릇파릇한 1학년이야" 하고 웃고, 사라는 "헐렁하잖아. 키 안 크면 아주 볼만하겠는데?" 하고 놀릴 것이다.

다이키는 쑥스러움을 감추려 그날 막 구입한 휴대폰으로 식구들이 웃는 모습을 동영상으로 찍을지도 모른다. 손사래를 치며 엄마는 찍지 마, 하고 하하하 웃는 자신의 목소리가 들리는 듯했다.

―아드님이 비행을 저지르거나 문제를 일으킨 적은 없었습니까?

늪의 밑바닥에서 떠오르듯 남자의 목소리가 되살아난다.

―부모님 몰래 뭔가를 했을지도 모르겠군요.

목소리는 선명하게 들리는 반면 현실감이 없어서 마치 타인의 기억의 단편이 흘러들어온 것 같았다.

돌연 누군가 손을 세게 붙잡는 바람에 몸을 움찔거렸다.

"저는 다이키 군은 잘못한 게 없다고 믿어요. 누가 뭐라던 신경쓰지 말아요. 알겠죠?"

이즈미의 눈앞에 문상복을 입은 여자가 서 있다. 매서운 눈을 하고 두 손으로 붙잡은 이즈미의 손을 위아래로 힘껏 흔들어댄다.

"정말 안됐어요. 가엾어라."

여자는 그 말을 남기고 이즈미의 손을 놨다.

안됐다고? 가엾어? 이 여자가 무슨 소리를 하는 걸까.

이즈미의 시야에 검은 것이 득시글거린다.

문상복으로 몸을 감싼 사람들이 머리를 숙이거나 뭔가를 중얼거리며 눈앞을 천천히 지나간다. 선향 냄새로 가득한 어둡게 가라앉은 공간과 사람들의 호흡과 웅성거림. 빛이 닿아 있는 곳에 흰색과 하늘색 꽃으로 장식된 다이키의 사진이 있다.

―뭔가 켕기는 것이 있어 도망쳤을지도 모르겠군요.

시야에 펼쳐지는 광경은 귓속에서 들리는 목소리와 마찬가지로 현실감이 없다.

자신이 소리 죽여 흐느끼고 있음을 알아차린 이즈미는 지금 나는 타인의 기억 속에서 타인이 된 것이다, 하고 생각했다. 스포트라이트를 받았던 행복한 광경 속으로 돌아가야 한다. 이제 막 구입한 휴대폰. 새 교복. 사라가 다이키를 놀려 다이키는 토라진 척을 하지만 이내 웃음을 터뜨린다. 그런 두 사람을 남편이 싱글벙글 바라본다. 나를 봐! 나는 이렇게 행복하다고!

—정말 안됐어요. 가엾어라.

여자의 목소리가 되살아났다.

이즈미는 여자가 가버린 쪽을 봤다. 그러나 검은 집단 속에 그녀의 모습은 온데간데없었다.

"다이키 군!"

새된 목소리가 귀에 꽂혔다.

한 소녀가 관에 매달리기 시작했다. 다이키와 같은 중학교 교복을 입은 소녀다.

"다이키 군! 안 돼!"

비통한 절규가 웅성거림을 덮어버렸다. 모든 것이 멈춘 공간에 소녀의 목소리가 울려퍼진다.

"이런 일이 있으면 안 되는 거잖아! 다이키 군이 왜 죽어야 하냐고! 다이키 군!"

소녀는 관에 매달려 울부짖었다. 두 손에 쥔 백합이 흔들린다.

"마리카! 마리카, 괜찮아?"

친구의 부축을 받은 소녀가 관에 백합을 넣었다. 두 소녀가 물러나자 다시 검은 것이 득시글거리고 웅성거림이 돌아왔다.

두 소녀는 고개를 숙인 채 이즈미 앞을 지나갔다. 마리카라고 불린 소녀는 두 손으로 얼굴을 감싸쥐고 흐느껴 울고 있었다. 그 엄지손가락 뿌리에 점이 있는 게 보였다.

이런 일이 있으면 안 되는 거잖아. 다이키 군이 왜 죽어야 하냐고.

소녀의 절규가 이즈미의 귀를 거쳐 가슴 위로 똑 떨어져 파문을 일으켰다.

시선을 들자 다이키의 얼굴이 눈에 확 들어왔다. 흰색과 하늘색 꽃에 둘러싸여 정면을 보고 웃고 있다. 양초의 불꽃과 피어오르는 선향의 연기. 그 아래 있는 관. 어둡게 가라앉은 공간에서 오직 제단만 희미한 빛을 받고 있었다. 마치 이게 현실이라고 알리는 것처럼.

─이런 일이 있으면 안 되는 거잖아.

소녀의 절규가 자신의 목소리로 바뀌어 혼잣말이 새어나왔다.

"이런 일이, 있으면, 안 되는 거잖아."

이즈미는 발을 내디뎠다. 자신이 어디로 가려고 하는지, 무엇을 하고 싶은지는 머릿속에 없었다. 그저 조금이라도 빨리 이곳에서 벗어나고 싶었다.

누군가 팔을 붙잡기에 고개를 틀자 울어서 눈이 퉁퉁 부은 사라의 얼굴이 있었다. 사라는 시뻘건 눈으로 엄마를 보며 말없이 고개를 저었다.

마이크 앞에 선 남편은 끅끅대면서도 뭔가를 띄엄띄엄 말하고 있다. 마이크를 통해 떨면서 숨을 들이마시는 소리가 들린다.

"……다이키는…… 우리 가족의…… 보물입니다!"

남편은 막아두었던 것을 단숨에 방출하듯 부르짖었다.

그 순간 흐느낌이 마치 땅울림처럼 공기를 흔들었다. 정신을 차리고 보니 이즈미도 땅울림의 일부가 돼 있었다. 의식이 바깥 세계를 따라가지 못해서 자신이 흐느끼는 이유도 알 수 없었다.

관리인이 퇴장을 권해서 이즈미 가족은 장례식장을 뒤로했다.

밖으로 나오자마자 눈부신 빛에 꿰뚫렸다.

새파란 하늘에서 쏟아지는 햇빛은 세상이 행복으로 가득하다고 말하는 것처럼 가차 없이 밝고 성스러웠다.

"죄송합니다. 물러나세요!"

관리인의 당혹스러운 목소리에, 그쪽으로 눈을 향하자 방송국 카메라가 여러 대 보였다.

"장례를 마친 지금 심정은 어떻습니까?"

"경찰에 하고 싶은 말이 있습니까?"

"어떤 아드님이었습니까?"

방송국 기자인 듯한 남자들의 목소리가 울려퍼진다.

조금 떨어진 곳에서 들리는 목소리도 있었다.

"너희는 다이키 군과 같은 중학교에 다녔구나? 다이키 군은 어떤 아이였니?"

시선을 오른쪽 옆으로 돌리자, 안경을 쓴 남자가 손에 펜을 들고 교복 차림의 남학생에게 말을 걸고 있었다. 이즈미가 있는 곳에서는 남학생의 얼굴은 보이지 않고 목소리도 들리지 않았다.

"아, 그래? 같은 반이었구나? 다이키 군이 학교에서 문제를 일으킨 적은 없었니?"

저 학생이 뭐라고 대답했을까. 거짓말을 하지는 않을까, 괜히 흉을 보는 것은 아닐까. 이즈미는 귀를 곤두세웠다.

"다이키 군은 불량 서클 멤버였니?"

남학생이 뭔가 대답을 한 것 같지만 그 목소리 역시 이즈미에게는 들리지 않았다.

"그래도 나쁜 소문이 돌기는 했을 거 아냐."

제대로 대답해! 하고 소리치고 싶은 충동에 휩싸였다. 다이키는 착한 아이였다고, 상냥하고 똑똑해서 누구나 좋아했다고, 사람들에게 전해주기를 바랐다.

남학생의 대답에 정신을 빼앗겼던 이즈미의 시야에 돌연 눈이 치켜 올라간 남자가 들어왔다. 그는 이즈미의 코앞에 휴대용 녹음기까지 들이댔다.

"아드님이 용의자 하야시와 아는 사이였을 가능성도 있지 않습니까?"

호통을 치는 듯한 목소리다.

"경찰은 그 점에 대해 뭐라고 했습니까?"

남자는 분노를 고스란히 드러내고 있었다. 하지만 자신들이 왜 분노의 대상이 되어야 하는지, 이즈미는 이해할 수 없었다.

"몰상식하기는! 적당히 해!"

장례식 참석자들이 "유가족의 심정이 어떨지 생각 좀 해보세요!" "그래요. 이제 출관하잖아요!" 하고 분통을 터뜨렸다.

다이키가 무슨 짓을 했다는 걸까. 우리 가족이 무슨 짓을 했다고 저러는 걸까.

이곳에 있는 모든 사람에게 묻고 싶었다. 아니, 전 세계 사람들에게, 하늘 위의 사람에게, 신에게도 묻고 싶었다.

이즈미는 한 발 앞으로 나섰다.

"우리 애가 무슨 나쁜 짓을 했다는 거야?"

마음을 통째로 토해내듯 소리쳤다.

순간 웅성거림이 멎고 세상이 멀어졌다. 아무것도 없는 진공 상태의 공간에 오직 자신의 목소리만 울리는 것 같았다.

다이키는 아무런 잘못도 없어! 다이키는 착한 아이야! 우리는 행복한 가족이라고!

실제로 소리내어 말했는지 아닌지는 알지 못한다.

"잘못이 없다고 생각하시는 겁니까?"

바로 가까이서 터져나온 성난 목소리가 이즈미의 뺨을 쳤다.

남자가 다시 이즈미의 코앞에 녹음기를 들이대더니 화가 난 눈으로 노려본다.

"아드님의 혼동을 주는 행동이 범인 체포를 방해했다고 생각하지는 않으십니까? 책임은 느끼지 않으십니까?"

"말이 지나치잖아! 작작 좀 해!" "물러나세요!" "야, 너 어디 기자야?"

여기저기서 성난 목소리가 터져나왔다.

"죄송합니다!"

옆에 있던 남편은 느닷없이 그렇게 외치더니 머리를 깊이 숙였다.

"대단히 죄송합니다!"

"어째서?"

이즈미는 남편의 등을 붙잡았다. 고개를 들게 하려고 했지만 남편은 허리를 깊숙이 굽힌 채 꿈쩍도 하지 않았다.

"여보, 당신이 왜 사과를 해? 다이키는 잘못이 없어! 우리 애는 나쁜 짓 같은 거 하지 않았다고! 우리는 아무런 잘못도 없어! 그런데 왜 이런 일을 겪어야 해? 이런 일이 있으면 안 되는 거잖아!"

이즈미는 소리를 지르며 무너지듯 주저앉았다.

이즈미는 방석에 앉아 불단을 바라보고 있다.

다이키의 사진도, 유골함도 바로 눈앞에 있는데, 자신과는 상관없는 먼 풍경을 눈동자에 비추고 있는 느낌이다.

장지문을 사이에 둔 거실에서 사라가 코를 훌쩍이는 소리가 들린다. 남편이 딸에게 말을 걸고 있는지 가만가만 이야기하는 나지막한 소리가 나지만 내용은 들리지 않는다.

이즈미는 멍하니 불단을 바라보며 무의식중에 왼손으로 방석 모서리의 실 다발을 만지작거리고 있다. 보들보들한 촉감이 손가락 안쪽 살갗을 부드럽게 자극한다. 모든 감각이 손끝에 집중된 것처럼 실 다발의 촉감이 선명하다. 문득 이 실 다발이 무슨 색이었더라, 하는 생각이 든다. 붉은색이었던가, 아니면 감색이었던가. 고개를 기울이기만 해도 확인할 수 있건만, 그 사소한 움직임조차 몹시 귀찮았다.

전화기가 울렸다. 이즈미는 튕기듯 일어나 장지문을 열고 거실로 뛰어들었다. 울리는 전화기를 말없이 내려다본다. 얼굴에서 핏기가 가시고 심장 박동이 빨라지더니 온몸의 털이 곤두서는 것 같았다.

"엄마."

사라의 울먹이는 목소리는 이즈미의 귀에 닿지 않고 그대로 지나쳤다.

이윽고 삐 소리가 나며 자동 응답기가 돌아갔다.

"당신네 아들 때문에 또 피해자가 나왔잖아. 부모로서 어떻게 책임을 질 거야? 형편없는 부모 같으니!"

전화는 거기서 끊어졌다. 남자의 목소리였다.

남편이 자리에서 일어나 말없이 전화기 코드를 뽑았다.

"안 돼. 뽑지 마."

이즈미가 코드를 꽂았다.

"이런 전화만 오는데 왜 안 된다는 거야?"

남편이 비통한 목소리로 말했다.

막말 전화가 끊이질 않는다. 어제 시사 정보 프로에서 다이키의 출관 상황을 보도한 탓이었다. 유족의 모습에는 모자이크 처리가 되어 있지만 음성은 그대로 나왔다.

─우리 애는 나쁜 짓 같은 거 하지 않았다고!

─우리는 아무런 잘못도 없어!

이즈미의 말에 반감을 가진 사람이 많았던 모양이다.

어젯밤 새로운 피해자가 나온 것이 불에 기름을 부었다. 주택가에서 여대생이 칼에 찔려 가방을 빼앗긴 사건이 있었다. CCTV 영상을 확인한 결과 도주 중인 용의자 하야시의 범행으로 보였다.

미즈노 집의 전화기는 오래된 기종으로, 자동 응답 기능은 있지만 발신 번호는 표시되지 않는다.

─멍청한 아들놈 때문에 살인범을 놓쳤잖아. 책임져.

─당신들은 잘못이 없다고? 웃기는 소리 하고 자빠졌네. 당

신들 때문에 여대생이 다쳤잖아. 무릎 꿇고 엎드려서 사죄해.

─당신네 아들이 속옷 도둑이지? 그날 밤에도 속옷을 훔치러 나간 거잖아. 그러니까 도망쳤겠지. 망측해라.

자동 응답기에 녹음된 온갖 험담과 욕설은 칼날이 되어 이즈미의 마음을 저미고 세포를 조금씩 죽였다. 그런데도 마치 무엇에 홀린 듯이 모르는 사람들의 악의를 흠뻑 뒤집어쓰지 않고서는 견딜 수가 없었다.

사라가 울면서 입을 열었다.

"경찰이 다이키는 범인과 관계없다고 분명히 발표했잖아. 그런데 왜 이런 소리를 들어야 해?"

더는 못 버티겠어, 하는 말을 남기고 사라는 거실을 나갔다.

"조금만 더, 조금만 더 견디면 돼. 다이키는 잘못이 없으니까."

남편이 스스로를 타이르듯 중얼거렸다.

앞으로 얼마나 더 참고 견뎌야 다이키가 돌아올까, 하고 이즈미는 생각했다.

이즈미의 안에서 다이키는 아직 존재하고 있다. 모습을 잃고 비늘구름처럼 뿔뿔이 흩어져 이 세상을 부유하는 이미지다. 사람들이 입에 담는 만큼의 다이키가 있다. 다이키를 입에 담는 사람 곁에 다이키가 있는 것이다. 뿔뿔이 흩어진 다이키는 모르는 사람들의 악의에 농락당해 이즈미 곁으로 돌아오지 못하고 있다.

되찾아야 한다. 다이키를 나쁘게 말하는 사람들로부터 다이키를 되찾아야 한다. 그렇게 하려면 다이키의 명예를 지켜야 한다.

이즈미는 TV 리모컨을 손에 들었다.

오후 3시가 지났다. 이 시간대에는 몇몇 방송국에서 시사 정보 프로를 방송한다. "TV는 안 보는 게 좋아" 하는 남편의 말을 무시하고 전원을 켰다.

이즈미의 가족은 어제 방송된 시사 정보 프로를 보지 않았다.

막말 전화가 부쩍 늘어나 도대체 무슨 일이 벌어졌을까 하고 두려워하고 있는데, 시어머니가 전화로 아침과 오후의 시사 정보 프로에 출관하는 모습이 나왔다고 알려주었다.

조급하게 채널을 바꾸자 용의자 하야시에 관해 보도하는 프로그램이 있었다.

이즈미는 사회자와 해설자가 대화하는 모습을 집어삼킬 듯이 보았다.

"용의자 하야시가 도망간 지 오늘로 딱 일주일 되었습니다만, 세 번째 피해자가 발생했군요." "생명에 지장이 없는 건 불행 중 다행인데요, 얼굴을 베인 것이 몹시 걱정됩니다." "용의자 하야시는 지금 어디에 있을까요?" "빈집 같은 곳에 숨어 있을 가능성도 있겠군요."

사회자 뒤에는 지도가 마련되어 있었다.

용의자 하야시가 도망친 경찰서에는 붉은 별 표시가 되어 있고 목격 제보가 있었던 장소에는 붉은 동그라미 표시가 되어 있다.

"지난 일주일간 용의자 하야시를 체포할 기회는 있었죠."

사회자가 지시봉으로 가리킨 곳은 이즈미 가족이 사는 마에바야시시였다.

"나흘 전인 26일, 새벽 2시경이었죠. 이곳 마에바야시시에서 용의자 하야시의 목격 제보가 있었습니다. CCTV 영상을 통해서도 용의자 하야시인 것이 확인되었고요. 주민의 제보를 받고 경찰이 출동했지만, 운 나쁘게도 한 중학생이 자전거를 타고 그 근처를 지나갔죠. 경찰이 불심검문을 하려고 하자, 이 중학생은 도망을 갔습니다. 용의자 하야시와는 체격 차가 상당했던 것 같은데, 순찰차로 뒤쫓은 경찰의 판단이 과연 옳았을까요?"

사회자는 전 경시청 수사관이라는 직함을 단 초로의 남자에게 물었다.

"그렇죠. 역시 경찰로서는 뒤쫓을 수밖에 없습니다."

사회자는 만족스러운 얼굴로 이야기를 계속했다.

"소년은 자전거로 도주하다 주차된 트럭에 세게 부딪쳤습니다. 구급차를 부르고 사고 현장을 검증하는 등 상당한 시간을 허비하는 바람에 용의자 하야시로서는 그사이 멀리 달아날 여유가 있었다고 봐도 되겠군요. 이때 용의자 하야시를 체포했다면 새로운 피해자도 생기지 않았을 텐데 말입니다."

다시 초로의 남자가 화면에 나왔다.

"이 소년을 비난하는 목소리도 있다고 합니다만, 범인과는 무관하단 말이죠. 소년의 행동을 필요 이상으로 탓하는 건 번지수를 잘못 짚은 거나 마찬가지입니다."

"뭐, 그렇긴 합니다만……. 그런데 이 소년은 어째서 도망을 친 걸까요?"

이번에 사회자가 의견을 구한 사람은 이즈미와 같은 세대로 보이는 여자였다. 교육 전문가라는 직함의 그 여자는 윤기 나는 머리를 단정히 세팅하고 아이보리 색상의 재킷을 걸치고 있다.

"안타깝게도 사망했기 때문에 이유는 알 수 없습니다만…… 중학교를 졸업하고 4월부터 고등학교 입학을 앞둔 지금은 마음이 해이해져서 비행의 길로 들어서기 쉬운 시기라고도 할 수 있습니다. 같은 나이 또래 자녀가 있으신 분들은 특별히 신경을 쓰셔야 할 겁니다."

이즈미는 어금니를 악물었다. 맞물린 이가 딱딱 울린다.

"뭐라는 거야?" 떨리는 목소리가 새어나왔다. "저 여자가 지금 뭐라고 한 거야?"

남편이 이즈미의 손에서 리모컨을 빼앗았다. 곧 TV 화면이 까맣게 변했다.

"끄지 마!"

리모컨을 다시 빼앗으려 했지만 남편은 내주지 않으려고 등 뒤로 감췄다.

"이런 걸 봐서 어쩌려고?"

"우리 다이키가 나쁜 놈 취급을 받잖아!"

"지금만 그런 거잖아. 어차피 금방 지나가. 다들 남 일이라고 재미 들려서 떠들어대는 것뿐이야."

남편의 말투가 왠지 거리를 두는 것처럼 느껴졌다. 이즈미는 그때도 그랬지, 하고 생각했다. 출관할 때 남편은 죄송하다며 머리를 숙였다. 다이키의 명예를 지키기는커녕 누명을 씌운 것이다.

"우리 다이키는 착한 아이야."

"그런 건 말 안 해도 알아."

"알면서 어떻게 그럴 수가 있어? 당신은 정말 괜찮아? 사람들이 다이키를 나쁘게 말하는데 아무렇지도 않아?"

"아무렇지 않을 리가 없잖아!"

"그럼 그때 왜 죄송하다고 사과했어?"

"어쩔 수 없잖아!"

남편은 고함을 치고 리모컨을 내던지더니 거실에서 나갔다.

이즈미는 리모컨을 주워 TV를 켰다.

너무하다고 생각해요, 하는 소녀의 목소리가 귀에 날아들었다. TV에는 검은색 교복 재킷을 입은 소녀가 나오고 있었다. '죽은 남자 중학생의 친구'라는 자막이 달려 있다.

"다이키 군이 왜 이렇게 비난을 받아야 하는지 모르겠어요."

TV 속 소녀가 말했다. '다이키' 부분에는 알아듣지 못하도록 기계음이 씌워졌다.

"아무 잘못도 안 했는데 정말 너무해요. 이런 일이 있으면 안 되는 거잖아요."

그 목소리에 이즈미는 정신이 번쩍 들었다.

—이런 일이 있으면 안 되는 거잖아!

—다이키 군이 왜 죽어야 하냐고!

장례식장에 울려퍼진 목소리가 되살아나 그때 그 소녀가 아닌가 하는 생각에 이르렀다. 관에 매달려 울부짖던 아이. 아마 이름이 '마리카'였을 것이다. 그때 소녀는 이즈미의 심정을 대변해줬다.

"학교에 나쁜 소문이 돌지는 않았니?"

여자 인터뷰어가 지어낸 심각한 표정에 고약함이 드러나 있다.

"아뇨."

더 확실히 대답해! 이즈미는 리모컨을 쥔 손에 힘을 주었다. 다이키는 착한 아이였다. 상냥하고 똑똑해서 누구나 좋아했다. 그것을 온 세상이 알아주길 바랐다.

"그럼 왜 그 시간에 밖을 돌아다니다 순찰차가 나타나자 도망 쳤다고 생각하니?"

"기분 전환을 하려고 바람 좀 쐰 게 그렇게 잘못인가요? 순찰차를 피해 도망친 건 무서워서였다고 생각해요. 저도 갑자기 경찰이 불러 세우면 패닉에 빠질 것 같거든요. 다이키 군은 정말 착한 아이였어요. 똑똑하고 성실하고 상냥해서 모두가 좋아했어요. 그런 아이를 나쁘게 말하다니, 너무 가여워요!"

대답을 마친 소녀가 두 손으로 얼굴을 감싸더니 와앙 하고 울음을 터뜨렸다. 얼굴은 보이지 않았지만 엄지손가락 뿌리에 점이 있었다. 이즈미는 역시 그때 그 소녀라고 확신했다. 어린 티가 배어난 소녀의 울음소리는 순수한 슬픔으로 가득했다.

이즈미는 TV 속 소녀가 자신의 분신처럼 느껴졌다. 자신이 하고 싶은 말을 소녀가 대신 전해주고 있다.

저 마리카라는 아이는 다이키와 어떤 사이였을까.

그 생각에 이르자 이즈미의 의식이 다른 차원으로 쿵 떨어졌다.

"얘, 다이키. 저 아이 누구니?"

이즈미는 소리내어 말하고 무의식중에 옆을 보았다.

아무도 없는 1인용 소파. 그 뒤로 아무도 없는 식탁. 이즈미의 물음에 대답하는 사람은 없다.

이즈미는 숨을 멈췄다.

오감이 완전히 적응한 자신의 집. 가구 배치도, 창문에서 들어오는 많고 적은 햇빛도, 흰 벽에 생긴 희미한 그림자도, 이따금 들려오는 차 소리도, 오직 자신만 맡을 수 있는 냄새도 하나

같이 다 낯설게 느껴졌다. 그것들은 마치 넋이 나간 듯한 공허함으로 이즈미를 둘러싸고 있다.

자신을 덮었던 막이 한꺼번에 벗겨져 떨어지고, 마침내 강렬한 충격과 함께 현실이 모습을 드러냈다.

다이키가 없다.

그 순간 이즈미는 그 사실을 처음 깨달은 것 같은 기분이었다.

이즈미는 저도 모르게 "어?" 하고 말했다.

TV로 시선을 돌리자 화면에는 어제 있었다던 메이저리그 팀과 일본 팀의 야구 경기가 흘러나오고 있었다. 사회자는 일본의 한신 타이거즈가 미국의 뉴욕 양키스를 이겼다고 흥분한 목소리로 말했다.

다시 "어?" 하고 말했다.

다이키가 없어졌는데 어떻게 아무 일도 없었다는 듯이 야구 경기를 할 수가 있을까. 세상은 왜 계속 돌아가는 걸까.

돌연 이즈미의 머릿속에 다이키가 홍수처럼 밀려들었다. 갓난아기 다이키. 주먹을 쥔 작은 손. 분유 냄새. 첫 걸음마. 전철을 타고 싶다며 떼쓰는 모습. 이 빠진 입으로 웃는 얼굴. 검은 책가방을 멘 뒷모습. 책가방 속에서 달그락거리는 필통. 비디오게임을 할 때 벌리던 입. 놀다 지쳐 소파에 곯아떨어진 모습. 깨웠을 때 잠이 덜 깬 멍한 얼굴. 모기에 물린 가늘고 곧은 다리. 중학교 교복이 너무 크다고 불평하는 목소리. 김초밥을 입 안 가득 넣어 빵빵해진 볼. 내 초콜릿 케이크는? 하고 묻던 생기 넘치는 목소리.

다이키가 없다. 다이키가 죽었다. 모든 다이키가 이 세상에서 사라지고 말았다.

거짓말, 거짓말, 거짓말이다. 이런 무시무시한 일이 일어날 리가 없다. 뭔가 착오가 있는 것이다. 이건 현실이 아니다. 아니, 이게 현실인가? 이제 다시 시작할 수 없다는 건가?

어? 다시 시작할 수 없다고? 이즈미는 자신의 말을 그대로 다시 읊었다. 시커먼 절망에 집어삼켜진다. 머릿속에 끼이, 하는 불쾌한 소리와 함께 전기가 흘렀다.

앞으로는 다이키가 없는 세상이 계속된다는 걸까.

심장이 멎을 것만 같다. 제정신을 잃을 것만 같다.

"어떡해, 어떡해, 어떡해."

중얼거림이 새어나온다.

"싫어싫어싫어싫어싫어."

이제 어떻게 할 수 없는 것이다. 하늘의 계시를 받은 것처럼 깨달았다.

리모컨을 쥔 손이 움직이는 게 슬로모션으로 보였다. 리모컨이 TV 받침대에 부딪히면서 리모컨 커버가 벗겨져 허공을 날았다. 손도 발도 눈도 입도 귀도, 몸의 모든 부위가 떨어져나가 제어 불능이 됐다. 손이 머리를 쥐어뜯다가 주먹을 쥐고 허벅지를 때린다. 발이 바닥을 쿵쿵 구른다. 등이 쭉 펴지고 고개가 뒤로 젖혀진다. 꼭 감은 눈에서 하염없이 눈물이 흐른다. 다이키, 하고 부르짖으려 했다. 그런데 새된 외침에 방해를 받아 그 이름을 부르지 못했다.

정신을 차리고 보니 몸이 짓눌리고 있었다. 강한 힘이 버둥거리는 손발을 막고 있다.

"이즈미! 괜찮아?! 정신 차려!"

"엄마! 엄마!"

멀리서 목소리가 들린다. 남편과 사라라는 것을 깨닫자 시야가 회복됐다.

남편의 품에 안겨 있다. 남편의 어깨 너머로 흐느껴 우는 사라가 보인다. 다이키는 없다.

이제 틀렸다.

그렇게 생각한 직후 의식이 사라졌다.

3

미즈노 사라는 옷장을 열어 옷걸이에 걸린 정장을 꺼냈다.

줄무늬가 들어간 회색 바지 정장으로, 재킷 안에 입는 연분홍 블라우스도 갖춰져 있다. 대학 입학식을 위해 부모님이 새로 장만해준 정장이다.

전신 거울 앞에 서서 정장을 몸에 대봤다. 백화점에서 입어봤을 때는 잘 어울린다고 느꼈는데 지금은 샤프한 디자인을 소화하지 못해 얼굴이 칙칙해 보인다.

그때는 좋았는데. 그렇게 생각했더니 한숨이 새어나왔다. 그 한숨이 자신의 이기적인 태도에서 비롯된 것 같아 죄책감을 느꼈다.

정장을 산 것은 대학교 합격 발표가 나고 이틀 뒤였다. 사라는 엄마와 함께 백화점에 갔다. 그때 엄마는 사라보다 더 들떠 있었다. 누가 보면 엄마가 대학 가는 줄 알겠어, 하고 자꾸 놀린 것이 생각난다. 엄마가 대뜸 립스틱을 사주겠다고 하자, 입학 선물로 티파니 반지가 갖고 싶었던 사라는 좋다고 대답했다. 곧 엄마는 입학 선물은 따로 사주겠다며 웃었다. 화장품 매장의 하얗고 눈부신 조명이 턱의 여드름 자국과 코의 지저분한 모공을 훤히 드러내는 것 같아 주눅이 들었지만, 엄마는 껑충껑충 뛰기 일보 직전의 발걸음으로, 어디 립스틱이 좋을까 하고 즐겁게 말했다. 엄마가 고른 것은 샤넬이었다. 그러고 보니 나도 젊었을 때는 샤넬 립스틱을 동경했었지, 하는 엄마의 말에 사라는 깜짝 놀랐다. 멋 부리는 데 무관심한 엄마와 샤넬이라니, 잘 연결되지 않았다. 그럼 나는 됐으니까 엄마 거나 사, 하고 말하자 엄마는 더 활짝 웃으며, 이제 내 것은 아무래도 상관없어, 하는 대답이 돌아왔다.

어째서일까. 그때의 엄마를 떠올리면 막연히 겁이 난다. 그때는 기분이 좋았던 거라고만 느꼈는데 지금 돌이켜보면 뭔가에 씌었던 것 같다는 생각을 떨칠 수가 없다.

아니, 그때뿐만 아니라 다이키가 고등학교에 합격했을 때도, 클로버의 케이크를 사왔다고 알려줬을 때도, 네 식구가 식탁에 모여 앉아 있었을 때도 사라의 기억 속 엄마는 균형이 결여돼 있었다. 마치 있어야 할 감정의 대부분이 빠져나가고 기쁨밖에 느끼지 못하는 것처럼.

그것은 신이 엄마에게 마지막으로 내려준 행복한 시간이었을지도 모른다.

사라는 옷장에 정장을 도로 넣었다. 또 한숨이 나왔다.

1층으로 내려가자 예상대로 엄마는 부엌에도, 거실에도 없었다. 아침 일찍 외출한 아빠는 오늘도 아침밥을 걸렀는지 부엌에는 손을 댄 흔적이라고는 없었다.

다다미방의 장지문은 닫혀 있지만 틈이 조금 벌어져 있다. 아마 아빠가 엄마의 모습을 살펴봤던 것이리라.

사라는 문틈에 얼굴을 가까이 댔다. 정면에 흰 불단이 있고 다이키의 영정 사진과 유골함이 보인다. 그 바로 앞에 불룩하게 솟은 이불이 있다.

엄마는 하루 종일 다다미방에서 지내게 됐다. 불단 앞에 멍하니 앉아 있거나 이불을 머리까지 뒤집어쓰고 누워 있곤 한다.

다이키가 죽은 지 열흘이 지났다.

엄마는 처음에는 다이키가 죽었다는 사실을 받아들이지 못하는 것처럼 보였다. 신문, 방송 보도와 세상 사람들의 비난에만 반응할 뿐 정작 머릿속에는 다이키의 죽음이 없는 것 같았다.

출관할 때 자신이 뭐라고 소리쳤는지 엄마는 기억하고 있을까.

—우리는 아무런 잘못도 없어!

—그런데 왜 이런 일을 겪어야 해?

—이런 일이 있으면 안 되는 거잖아!

엄마가 방송국 카메라 앞에서 그런 소리를 하지 않았더라면 사태는 바로 수습되었을 것이다. 사라는 다이키의 행동보다 엄마의 말이 반감을 산 것이라고 생각한다.

며칠 동안 엄마는 세상을 향해 "다이키는 잘못한 게 없어"라고 외치는 데 모든 에너지를 쏟아부었다. 그 밖의 일은 안중에도 없는 것 같았다.

그런데 정확히 일주일 전에 상황이 완전히 달라졌다. 2층 방에 있던 사라의 귀에 이제껏 들어본 적 없는 쇳소리가 들렸다. 불쾌한 기계음 같은 그것이 엄마의 비명이란 걸 알아차린 건 계단을 뛰어내려가는 아빠의 발소리가 들렸을 때였다. 사라가 거실로 내려가자 엄마는 어린애처럼 손발을 버둥거리며 울부짖고 있었다. 눈물과 콧물로 범벅이 된 얼굴이 시뻘겋게 달아올라 당장에라도 터질 것 같았다. 울부짖는 사이사이에 "다이키, 다이키" 하며 목소리를 쥐어짜고 있었다.

그날 이후 엄마는 슬픔 속에 틀어박히고 말았다.

오늘도 엄마는 마음을 이곳이 아닌 다른 곳으로 날려버리고 우는 일과 다이키의 이름을 부르는 일 외에는 아무것도 하지 않은 채 빈 껍질이 되어 보내는 걸까.

사라는 외출 준비를 마치고 냉장고를 열었다. 옆 동네에 사는 친할머니가 가져다준 반찬이 있지만 식욕도 시간도 없다. 유통기한이 어제까지였던 우유를 조금 마시고 나머지는 버렸다.

"엄마."

장지문 틈새로 말을 걸었지만 대답은 없다. 불룩하게 솟은 이불은 아까 본 그대로였다. 혹시 죽었을까 봐 불안해졌다.

"엄마?"

장지문을 열고 다다미방으로 들어갔다.

"괜찮아?"

이불을 살며시 젖혔다.

엄마는 얼굴을 사라 쪽으로 향한 채 누워 있었다. 눈을 뜨고 있긴 하지만 아무것도 보지 않는 표정이다. 눈두덩이가 부어 있고 흐트러진 머리가 얼굴을 가리고 있다. 사라는 허무함을 고스란히 드러낸 엄마를 보며 술렁이는 감정을 느낀 자신에게 당황했다.

"저기, 엄마. 밥을 조금은 먹는 게 좋아. 냉장고에 할머니가 가져다준 반찬 있어."

엄마는 여전히 허무한 표정이다.

"나는 학교 다녀올게. 오늘부터 오리엔테이션이거든. 무슨 일 있으면 전화해."

사라는 엄마의 어깨까지 이불을 도로 덮어놓고 일어섰다. 다다미방을 나오기 직전에 엄마가 숨을 들이마시는 기척이 났다. 무슨 말이라도 해주려나 싶어 뒤를 돌아봤다.

"용케 가네."

엄마는 사라를 보고 있지 않았다. 그래서 잘못 들었나 싶었다. 그렇게 생각하고 싶었다.

사라는 말없이 뒤돌아서 잠시 망설인 뒤 작게 "다녀올게" 말하고 장지문을 닫았다.

엄마에게 쏟아내고 싶은 말이 목구멍까지 차올라 있다.

엄마, 내가 대학교 입학식에 안 간 거 알아? 새 정장을 입지 못한 건? 샤넬 립스틱을 한 번도 바르지 않은 건?

전부 사라 자신의 일이다. 게다가 별것도 아닌 일이다. 엄마를 향해 순간 그런 말이 튀어나올 뻔한 자신이 한심하다.

사라는 자기 안에 '이제 티파니 반지를 받기는 글렀구나' 하고 낙담하는 마음이 있다는 것을 알고 있었다. 그 마음은 크지도, 격하지도 않다. 그저 어느 순간 물방울처럼 뽀록 떠오를 뿐이지만, 다이키가 죽은 지 열흘밖에 안 됐는데 그런 생각이나

53

하는 스스로가 형편없게 느껴졌다.

가족에게도, 친구에게도 착하다는 말을 많이 들었다. 그래서 자신을 평균보다 착한 사람이라고 믿어왔는데 실은 그렇지 않을지도 모른다. 착한 사람은 남동생이 죽었는데 반지 생각이나 하고 있을 리가 없다. 충격을 받은 나머지 대학에 못 갈지도 모른다.

토트백을 어깨에 멨을 때 엄마의 울음소리가 귀에 닿았다. 아아아, 아아아악, 아아아, 아악. 절규라고도 할 수 있을 만큼 절절한 울음이었다.

엄마는 하루에도 몇 번씩 울음을 터뜨리고 다이키의 이름을 연신 부르짖는다. 감정을 억제하지 못한다기보다는 억제하는 행위 자체를 아예 방치한 것이다.

사라는 방금 닫은 장지문을 살짝 열었다.

아아아, 아아아악, 다이키, 다이키이, 안 돼, 안 돼 안 돼 안 된다고, 아아, 아아아아아아악.

엄마는 이불을 걷어치우고 요에 엎드려 있었다. 요를 두 주먹으로 들이찧고 발버둥을 치고 있다. 마구 날뛰는 감정에 온몸이 지배되어 이성도 인격도 내팽개친 것 같았다. 이런 식으로 감정을 고스란히 드러내며 울부짖는 어른은 이제껏 본 적이 없었다.

사라의 안에서 마음이라고 할 만한 것이 싹 가셨다.

차가워지고 깊이 가라앉더니 눈이 떠졌다. 모든 감정의 움직임이 멎어버렸다.

울부짖는 엄마를 볼 때마다 사라는 이상하게도 냉정해졌다. 마치 엄마에게 슬퍼할 권리를 빼앗긴 것처럼.

사라 쪽을 향해 있는 엄마의 발바닥은 하얗고, 뒤꿈치 가장자리는 갈라져 있다. 어린애가 떼쓰듯이 발버둥을 치고 있는데, 그 격한 행위에 비해 이불을 치는 폭폭 소리는 맥이 없다.

별로 친하지 않은 사람을 멀리서 바라보는 감각이 되어간다. 그런 자신의 매정함에서 도망치듯이 장지문을 닫고 현관으로 갔다.

현관문을 살짝 열어 밖을 살펴봤다. 아무도 없다.

집 앞에 기자가 있던 것은 사나흘뿐이었다. 할머니에게 듣기로는 시사 정보 프로에서 다이키에 대한 보도가 나온 것도 그 정도 기간이었다. 그런데도 어디선가 화살 같은 것이 날아올까 봐 무서웠고, 집집마다 창문으로 싸늘한 눈을 하고 관찰하고 있을까 봐 긴장됐다.

사라는 고개를 숙이고 땅을 보면서 걸었다. 그런 자신이 다이키를 배신하는 것처럼 느껴졌다. 엄마처럼 고개를 들고, 다이키는 나쁜 짓을 하지 않았다, 우리는 아무런 잘못도 없다고 주장할 만한 용기도, 열정도 없었다. 진심으로 슬퍼하지 않아서일까. 자기 생각만 해서일까.

사라는 지금 자신의 마음이 어떤지 알 수 없었다.

오리엔테이션이 끝나고 사라는 몹시 피곤했다.

몇 시간이나 신경을 곤두세운 탓에 두통이 저릿하게 오고 온몸의 근육이 경직되었다. 너무 긴장해서 피부 감각도 예민해진 것 같다.

걱정했던 일은 전혀 일어나지 않았다.

면전에서 비난하는 사람도 없었고 손가락질을 하는 사람도 없었거니와 사건에 대해 묻는 사람도 없었다. 수군거리는 사람도 없었고 누군가 쳐다보는 느낌도 들지 않았다. 그렇다고 사람들이 자신을 무시하는 것 같지도 않았다.

사라는 수백 명의 학생 중 한 명에 불과했다.

토트백에 자료를 넣고 자리를 떴다.

"내 학번, 너무 불길한데?" "진짜? 어디 봐." "이것 봐. 나더러 살해되라는 거 아냐?"(옮긴이 주 – '살해되라'의 일본어 '殺されろ'는 '고로사레로'라고 발음한다. 학번은 이와 발음이 비슷한 숫자로 이루어진 '고 로쿠 산 제로', 즉 '5630'으로 추정된다) "집 가는 길에 케이크 먹고 갈래?" "내일 건강검진 있는데 몸무게도 재잖아." "제2외국어 뭘로 할 거야?" "동아리 가입하라는 거, 좀 무섭지 않니?"

수많은 목소리가 사라의 귀에 흘러 들어온다. 아무도 사라를 신경쓰지 않는다.

고등학교 때 같은 반이었던 아이들 중 이 국립대학의 교육학부에 진학한 사람은 사라 혼자다. 사라를 포함해 늘 네 명이서 어울려 다녔지만 모두 다른 대학으로 갔다.

눈앞에 흘러가는 모르는 얼굴. 귀를 스치는 모르는 목소리.

완전히 새로운 세계에 들어선 듯했다.

다이키는 정말 죽었을까, 하고 기묘한 감각에 사로잡혔다. 다이키의 사고사도, 막말 전화도, 슬픔에 잠긴 엄마도 이 뒷면에 있는 다른 세계의 일처럼 느껴졌다.

다이키의 사고사가 세상을 얼마나 떠들썩하게 했는지 정확히는 알지 못했다. TV와 인터넷은 일부러 피했고, 친구의 전화와 문자 메시지는 사라를 걱정하는 내용뿐이었다. 장례식에 몰려온 기자들, 끊임없이 울려대는 전화, 온 집안에 감도는 슬픔과 절망. 반경 수십 미터 내에서 일어난 일이 그대로 세상의 일로 다뤄지는 것은 아니다.

반경 수십 미터 밖의 평온함에 사라는 울고 싶은 기분이었다.

대강당을 나와 집에 전화를 걸었다.

신호음이 울리더니 이윽고 자동 응답기로 바뀌었다. "엄마?" 하고 불러보았지만 대답은 없다. 지금도 불단 앞에서 다이키의 이름을 부르며 울고 있을까.

"애, 마에바야시 제일고 나오지 않았어?"

바로 뒤에서 들려오는 목소리였다.

뒤돌아보니 키가 큰 여자가 서 있었다.

"2반 아니었어?"

사라가 대답을 하기도 전에 되물은 그녀의 얼굴이 눈에 익다. 아니, 얼굴이라기보다는 땅에 꽂힌 쭉 뻗은 막대처럼 서 있는 그 모습이.

"너는 3반이었지?"

사라의 말에, "맞아" 하고 그녀가 기쁜 듯이 웃었다. 깔끔한 쇼트커트 때문인지 소년 같은 분위기다.

그녀가 자신의 이름은 간자키 오토메라고 밝히더니 "이 키에 소녀를 뜻하는 오토메라니. 다들 나만 보면 웃었다니까" 하고 짧은 머리를 구깃구깃 만졌다.

자연스레 나란히 걷기 시작했지만 사라는 경계심을 늦추지 않았다. 그녀가 왜 말을 걸어왔을까. 같은 고등학교를 나왔다는 이유가 전부일까. 아니면 다이키에 대해 궁금한 게 있는 걸까. 간자키의 진의를 알 수 없어 마음이 어수선했다. 앞으로는 누군가 자신에게 말을 걸어올 때마다 이런 식으로 경계하고 긴장해야 하는 걸까. 언제까지 그래야 할까.

"우리 반에서 이 학교 교육학부에 온 애는 나밖에 없거든. 경제학부라면 있지만. 혼자라 마음이 안 놓였는데, 마침 네가 보여서 나도 모르게 말을 걸었어."

간자키가 쑥스럽다는 듯 말했다.

"나도 마찬가지야. 사회정보학부라면 있지만."

이 대학은 캠퍼스가 세 군데 있는데, 경제학부와 사회정보학부 둘 다 다른 캠퍼스였다.

"미즈노는 제2외국어 어떻게 할 거야?"

"음, 글쎄. 딱히 하고 싶은 건 없는데."

"그럼 나랑 같이 스페인어로 할래?"

"아앗. 어려워 보이는데?"

"그게 말이지, 학점 따기도 쉽고, 교수님이 엄하지도 않고 재미있대. 오빠한테 들었어."

"오빠도 여기 다니셔?"

"응, 이공학부."

"다른 캠퍼스구나."

그렇게 대답한 자신이 자연스레 웃고 있다는 것을 깨닫고 사라는 흠칫 놀랐다. 죄책감에 집어삼켜질 것 같다.

"미즈노, 지금 시간 있어?"

"그건 왜?"

"같이 차 한잔하고 가면 어떨까 해서."

"그래" 하고 순간적으로 대답이 튀어나와 "아, 미안" 하고 덧붙였다.

불단 앞에 누워 있던 엄마가 떠올랐다. 초점이 맞지 않는 눈, 부은 눈두덩이, 얼굴을 가린 헝클어진 머리.

"약속 있어?"

"응" 하고 대답한 뒤 잠시 망설이다 "엄마가…… 몸이 좀 안 좋으서"하고 말했다.

"아, 걱정되겠다. 그럼 빨리 가야겠네."

간자키가 진지한 표정으로 사라를 격려해줬다.

그녀가 적극적으로 붙잡아주지 않아 실망하는 마음도 있었다.

간자키는 사라가 살인범으로 오인되어 사고사한 소년의 누나라는 걸 모르는 듯했다. 방송과 세상 사람들로부터 비난을 받은 것도, 막말 전화가 걸려온 것도 모르는, 반경 수십 미터 밖에 사는 사람이었다. 아무것도 모르는 간자키와 더 많은 이야기를 하고 싶었다. 제2외국어에 대해, 동아리에 대해, 이수 과목에 대해, 고등학교 때 있었던 일에 대해, 앞으로에 대해. 뭐든지 좋다. 이대로 반경 수십 미터 밖에 몸을 두고 하잘것없는 대화를 계속하고 싶었다.

그렇게 생각하는 자신을 탓하듯이 머릿속에서 엄마가 바싹 다가왔다.

일요일 오후, 동네 슈퍼마켓에서 장보기를 마친 사라는 자신의 발걸음이 무겁다는 걸 깨달았다. 집에 가고 싶지 않은 것이다.

아빠는 휴일인데도 출근을 했다. 상을 치르느라 휴가를 쓴 만큼 업무가 쌓여 있을 거라 이해하려 했지만, 회사를 핑계로 엄마에게서 도망치는 것이 아닌가 하는 생각을 떨칠 수가 없었다.

부탁하마. 나가는 길에 아빠가 간절한 눈빛으로 말했다. 어?

하고 사라가 묻자, 네 엄마 말이야, 부탁하마, 하고 거듭 말했다. 장지문 너머로 엄마의 울음소리가 들려왔다. 하마터면 아빠는? 하고 되물을 뻔했다. 일단 입을 열면, 나한테 다 떠맡기려고? 더 이상 뭘 어떻게 하라는 거야? 하고 아빠에게 따질 것만 같아 입을 꾹 다물고 있었다.

다이키가 죽은 지 보름이 지났다. 아직 보름밖에 안 됐구나 싶기도 하고 벌써 보름이나 됐구나 하는 생각도 들었다.

그날 밤 다이키는 왜 밖으로 나갔을까. 어디에 가려고 했을까. 그런 생각을 하는 것도 차츰 줄어들었다. 아무리 생각해도 그냥 즉흥적으로 나갔으리라는 대답밖에 나오지 않았다.

어느새 집 근처에 왔는데 집 앞에 두 소녀가 서 있었다.

중학생 아니면 고등학생으로 보인다. 순간 다이키에게 용건이 있나 보다, 하고 생각하다가 다이키는 이제 없다는 사실을 깨닫고 당황했다. 아직 머리가 다이키의 죽음을 온전히 받아들이지 못하고 있는 것이다.

둘 중 키가 작은 소녀는 상복처럼 온몸에 검은 옷을 걸치고 흰 꽃이 가득한 꽃다발을 들고 있다. 다른 한 명은 안경을 쓰고 회색 재킷에 감색 치마를 입었다. 인터폰을 눌렀지만 응답이 없었는지 서로 당황해하며 얼굴을 마주 보고 있다.

"다이키 친구니?"

뒤돌아본 두 소녀를 어디선가 본 기억이 난다.

"저희는 다이키 군과 같은 중학교를 나왔어요. 반은 달랐지만요."

대답한 것은 안경 소녀로, 검은 옷의 소녀는 슬픈 듯이 눈을 깜빡거렸다.

장례식에 왔던 아이들이 아닌가 하는 생각에 이르렀다. 관에 매달려 울부짖던 아이와 그녀를 위로하던 아이.

"다이키 장례식에 왔었지?"

"네. 저희는 내일이 고등학교 입학식이거든요. 그 전에 다이키 군에게 향을 피우고 싶어서 왔어요."

미리 준비한 대사인지 안경 소녀가 긴장한 얼굴로 또박또박 설명했다.

"고마워" 하고 대답해놓고도 어떻게 해야 할지 망설여졌다. 엄마는 여전히 다다미방에 틀어박혀 있다. 장을 보러 가기 전에 들여다보니 불단 앞에 등을 굽히고 앉아 있었다. 엄마에게 이 아이들을 만나게 해도 괜찮을까. 그렇게 고민하자 곧바로 괜찮을 리 없다는 답이 나왔다.

"지금 엄마 몸이 안 좋으시거든. 잠깐 살펴보고 올 테니 기다리고 있을래?"

소녀들에게 그 말을 남기고 사라는 집으로 들어갔다.

다다미방 문을 열자 엄마는 아까 외출할 때 본 모습 그대로 불단 앞에 앉아 있었다.

"엄마. 다이키한테 향을 피우고 싶다는 여자애들이 왔는데, 어떻게 할까? 다이키 장례식 때도 와줬던 아이들인데."

순간 엄마가 몸을 홱 돌려 사라를 보았다. 동그래진 눈에 생기가 돈다.

"마리카?"

"어?"

"마리카 짱?"

엄마가 말하는 '마리카'가 사람의 이름이란 걸 알아차림과 동시에 장례식 때의 광경이 되살아났다. 그렇다, 관에 매달려 울부짖던 아이는 확실히 '마리카'라고 불렸다. 엄마가 그 이름을 기억하고 있다니 의외였다.

"응. 아마 그럴 거야."

"그 애가 와줬다고?"

그렇게 말하고 자리에서 일어난 엄마는 마치 기다리던 사람이 온 듯한 모습이었다.

검은 옷차림의 소녀는 다키오카 마리카, 안경 소녀는 무라이 유키라고 했다.

두 사람은 불단 앞에 무릎 꿇고 앉아 어색하게 향을 피우고 합장했다. 엄마는 그들을 울면서 바라봤지만, 사라는 얌전히 두 손을 모은 소녀들이 현실에 존재하는 사람처럼 보이지 않아서 왠지 드라마의 한 장면을 보고 있는 것 같았다.

엄마는 두 사람에게 소파에 앉으라고 한 뒤 홍차를 끓였다. 오랜만에 부엌에 선 엄마를 보니 오랫동안 헤어져 있던 엄마를 이제야 만난 느낌이 들었다.

2층 방으로 갈까, 아니면 대화에 끼는 게 좋을까 고민하다가 세 사람과 조금 거리를 두고 식탁에 앉기로 했다.

"마리카 짱. 고맙구나."

엄마가 두 사람 앞에 홍차를 내려놓으며 말했다.

왜 마리카에게만 인사를 하는 걸까. 마리카도 뭐라고 대답해야 할지 고민하는 것 같았다.

"TV에서 우리 다이키에 대해 말해줬지?"

"아, 네."

"다이키를 착한 아이라고 해줬지? 똑똑하고 성실하고 상냥하다고. 정말 고맙다."

말을 마친 엄마가 끅끅대더니 울음을 터뜨리려 했다.

그런데 마리카가 더 빨랐다. 그녀는 와앙 소리를 내며 두 손으로 얼굴을 감쌌다. 사라는 움찔 놀라 그녀를 바라보았다.

와아앙, 아앙, 다이키 군, 다이키 구운, 아아, 와아앙. 카랑카랑하고 앳된 목소리가 사라의 고막을 찔렀다. 그러고 보니 마리카는 장례식 때도 이렇게 울부짖었다. 목소리는 달라도 우는 방식은 엄마와 꼭 닮았다.

엄마는 놀란 얼굴로 마리카를 바라본다. 안경을 쓴 유키는 그 모습이 익숙한지 지켜보는 듯한 눈빛이다.

"저는…… 다이키 군과……"

마리카는 두 손으로 얼굴을 감싼 채 울부짖는 사이사이에 울음 섞인 목소리를 쥐어짰다.

"……다이키 군과…… 사귀고 있었어요!"

그렇게 말하더니 또다시 와앙 소리를 내며 통곡했다.

사라는 자신 안에 놀라움과 냉정함이 혼재하는 것을 느꼈다. 다이키에게 여자친구가 있었다는 놀라움. 그리고 울부짖는 엄마의 모습을 봤을 때처럼 싸한 냉정함. 둘 중 어느 감정을 소중히 해야 하는지 알 수 없었다.

마리카는 좀처럼 울음을 그치지 않았다. 엄마도 울고 있다. 유키는 "마리카, 마리카" 하고 그녀의 등을 쓰다듬고 있다.

사라는 창밖에서 남의 집을 엿보는 듯한 느낌이었다.

"다이키 군과 사귀는 걸 다른 사람들한테는 비밀로 했어요. 죄송해요."

울음을 그친 마리카가 티슈로 눈물을 닦으며 말했다.

"……언제부터였니?"

엄마는 망연한 표정이다.

"반년쯤 전부터예요. 다이키 군이 먼저 저를 좋아한다면서, 사귀어달라고 했어요. 그런데 수험 공부를 해야 하니까 고등학교에 합격할 때까지는 다른 사람들한테 비밀로 하기로 했어요.

그동안 숨겨서 정말 죄송해요."

엄마는 그렇게 말하고 머리를 숙인 마리카를 입을 반쯤 벌린 채 바라보고 있다.

"저도 몰랐어요. 정말 아무한테도 안 말했나 봐요."

유키가 도우려는 듯이 끼어들었다.

"그런데" 하고 마리카가 고개를 들어 힘주어 말했다. "저희는 건전하게 사귀었어요. 같이 이야기를 하고 공부도 하고……."

그렇게 말하고 고개를 숙였다.

다이키가 이 아이와 사귀었구나. 그걸 알면서도 잘 상상이 가지 않았다. 그 다이키가, 하는 생각이 퍼져나간다. 여자애에게 관심이 없는 것 같았는데. 아직 한참 어리다고 생각했는데.

남동생과는 사이가 좋았다고 생각한다. 초등학생 때는 시시한 일로 싸우기도 했지만, 중학생이 되자 세 살 어린 다이키가 미숙한 존재로 보여서 건방진 말을 해도 강아지가 짖는 것처럼 귀엽게 느껴졌다. 사라에게 다이키는 여전히 귀여운 강아지다.

나는 다이키에 대해 아무것도 몰랐을지도 몰라, 하고 깨달았다. 사이가 좋다고 생각한 것은 싸우지 않았기 때문일 뿐, 다이키가 뭔가 의논을 해오거나 비밀을 털어놓은 적은 없었다. 다이키는 자기 이야기를 하는 유형이 아니었다. 물어보면 대답을 해주긴 하지만 어디까지나 무난한 대답뿐이었다. 특별히 알릴 만한 일은 일어나지 않았으리라고 멋대로 짐작하고 있었다. 하지만 그게 아니었을지도 모른다.

저기, 하고 마리카가 고개를 들었다.

"저는 계속 다이키 군을 좋아할 거예요. 절대로 다이키 군을 잊지 않을 거예요."

마리카는 선서하듯 말한 뒤 또 두 손으로 얼굴을 감싸고 울기 시작했다.

4

다이키에게 여자친구가 있었다.

예상치 못한 사실에 이즈미는 충격을 받았다.

이제껏 상상조차 한 적이 없는 일이었다. 아직 어리건만. 이성에는 관심이 없어 보였건만. 그런 티를 낸 적도 없었건만.

다른 사람들한테는 비밀로 했어요, 하고 마리카가 말했다.

그 다른 사람들 속에 엄마인 자신도 포함돼 있었다니. 곱씹듯이 그렇게 생각하자 애지중지 안고 있던 것의 윤곽이 흐트러지는 듯한 안타까움이 복받쳐 올랐다.

다이키, 하고 마음속에서 불러본다. 다이키, 다이키, 다이키.

그 정도로는 턱없이 부족해서 자연스레 소리내어 불렀다.

"다이키. 다이키. 다이키."

실제로는 마음속에서 부르는 것보다 훨씬 격정적인 목소리로 부르게 된다.

"다이키―!"

왜? 하고 웃는 얼굴로 돌아보는 다이키. 끈질기네, 하고 쓴웃음을 짓는 다이키. 애써 생각해내려 하지 않아도 저절로 떠오르는 낯익은 표정.

내가 알고 있는 다이키가, 다이키의 전부가 아니었다. 그런 당연한 일을 이제야 비로소 깨달은 느낌이다.

학교에 있을 때의 다이키, 친구와 있을 때의 다이키, 자기 방에 있을 때의 다이키. 전부 다 상상하는 것밖에 할 수 없지만, 이즈미는 상상 속 다이키가 자신이 보고 있는 다이키와 똑같다는 것을 믿어 의심치 않았다.

그런데 아니었을지도 모른다.

문득 짤깍, 하는 작은 소리가 귓가에 되살아났다.

그동안 기억 밖으로 쫓겨나 있었지만, 그날 밤에 들은 소리라는 걸 떠올렸다.

따뜻한 우유를 다 마시고 거실을 나섰을 때, 짤깍 하며 뭔가가 풀리는 소리와 살그머니 땅을 밟는 신발 소리가 이즈미의 귀에 들렸다.

어쩌면 다이키가 나가는 소리였을지도 모른다.

어두운 밤에 자전거 자물쇠를 풀고 살금살금 마당 밖으로 나가는 모습이 그려진다.

그렇다, 다이키였던 것이다. 한번 그렇게 생각했더니 다른 생각은 할 수가 없었다. 자전거 자물쇠를 푸는 짤깍 소리와 함께 다이키의 숨소리가 기억에 추가됐다.

다이키는 왜 몰래 나갔을까. 왜 잠깐 바람 쐬러 밖에 나갔다 올게, 라고 말해주지 않았을까.

그야 뻔하다. 나가기엔 시간이 너무 늦었잖니, 하고 말릴 것이라 생각했기 때문이다.

정말 그럴까.

이즈미는 불온한 생각에 머리가 저렸다.

그때가 10시 10분이었던 것을 기억한다.

다이키가 사고를 당한 건 2시경이라고 들었다.

무려 네 시간 동안 다이키는 무엇을 했을까.

기분 전환을 위해 자전거를 네 시간이나 타는 게 말이 될까.

이즈미는 불단 위 사진을 쳐다봤다.

다이키가 앳된 미소를 머금고 있다. 평소에는 사진을 볼 때마다 시선이 마주치는 느낌이 있었는데, 지금은 다이키의 눈이 미묘하게 빗나가 있는 것 같다.

"다이키?"

불러도 시선은 여전히 안 맞는 상태다.

"그날 밤, 무슨 일이 있었니?"

처음으로 이즈미 안에 그 의문이 생겨났다.

다이키는 왜 몰래 나갔을까. 네 시간 동안 무엇을 했을까. 순찰차가 왔을 때 왜 도망쳤을까.

—다른 사람들한테는 비밀로 했어요.

마리카의 목소리가 재생되었다.

그날 밤, 10시 10분을 가리켰던 벽시계는 지금 12시 7분을 가리키고 있다.

이즈미는 아직 다이키가 사고를 당한 현장에 가보지 않았다.

이즈미는 한밤중의 거리를 걷는다.

주택가는 쥐 죽은 듯 조용하고, 저 앞에 보이는 간선도로의 적신호가 이정표처럼 불을 밝히고 있다. 간선도로로 나가 전철역 쪽으로 걸어갔다. 프랜차이즈 라면집, 도시락 가게, 돈가스 가게, 장어 전문점. 가게들의 네온사인은 꺼져 있고 넓은 주차장에는 차가 없다.

이즈미는 다이키도 이 광경을 봤을 거라고 생각했다. 자신이 걷고 있는 길이 그날 밤 다이키가 걸었던 길이라고 믿고 싶었다. 왜냐하면 엄마니까, 하고 스스로에게 말했다. 엄마니까 본능으로, 감각으로, 영적으로 아들에 관한 것을 알 수 있다.

춥지도 않은데 몸이 부르르 떨리고 소름이 돋았다. 정면에서 불어오는 바람이 이즈미의 머리를 흩뜨린다. 자전거를 탄 다이키도 이 바람을 느꼈으리라.

고가 선로 밑을 지나 전철역의 북쪽으로 빠져나갔다. 두 번째 나온 신호에서 무의식적으로 오른쪽으로 돌았다. 마치 다이키가 이끌어주는 것 같았다.

이즈미의 발걸음이 멈췄다. 밤에 녹아 있는 작은 양과자점. 클로버.

―내 초콜릿 케이크는?

다이키의 목소리가 머리뼈 가득 울렸다.

뇌 속에 번개 같은 전기가 흘러 뇌세포를 파괴하려 한다. 자신이 자신이 아니게 될 것 같다.

이즈미의 입에서 끄으으으으, 하고 짐승이 우짖는 소리와 비슷한 소리가 새어나왔다.

이제 다시는 다이키의 목소리를 들을 수가 없다. 다시는 초콜릿 케이크를 먹일 수가 없다. 다시는 생일을 축하해줄 수 없고, 다시는 웃는 얼굴도 잠든 얼굴도 볼 수가 없다.

이즈미가 기억하고 있는 다이키가, 다이키의 전부가 된다. 앞으로 새로운 다이키가 기억되는 일은 없다. 다이키를 만나고 싶을 때는 과거로 거슬러 올라갈 수밖에 없다.

나는 이제 평생 앞을 향할 수 없어, 하고 생각했다. 다이키를 만나려면 과거 속에서 살아가는 수밖에 없다. 기억이 닳지는 않을까. 희미해지지는 않을까. 잃지는 않을까. 기억을 구석구석 더

듬었는데도 새로운 다이키를 만나고 싶으면 어떻게 해야 할까.

심장이 멎을 것 같다. 머리가 이상해질 것 같다. 그런데도 심장은 뛰고 있으며 머리는 제정신을 유지하고 있다. 정상적으로 활동하는 자신의 신체 기능이 잔인하게 느껴졌다. 매일 죽고 싶고 지금도 살아 있는 이유를 모른다. 식칼로 목을 베면 된다. 밧줄로 목을 매면 된다. 높은 곳에서 뛰어내리면 된다. 쉽게 죽을 수 있는데 왜 나는 아직 죽지 않았을까.

"다이키. 다이키. 다이키."

이즈미는 아들의 이름을 부르면서 걸음을 옮겼다. 쏟아지는 눈물이 따뜻하다. 그러나 뺨을 타고 흐르는 사이에 차게 식더니 턱에서 흘러내려 어딘가로 가버린다.

차가 쌩쌩 지나가면 깊은 정적이 내려오는 간선도로. 인도를 걸어 환한 빛을 뿜어내는 편의점을 지나갔다. 횡단보도를 건너 고요한 상점가를 빠져나갔다. 시에서 만든 도롯가에는 은행과 신용금고, 슈퍼마켓, 카페 등이 어둡게 자리 잡고 있다.

다이키가 사고를 당한 곳은 약국 바로 앞에 있는 샛길이었다. 자전거를 탄 채로 공터에 주차된 트럭에 부딪친 것이다.

지금 그곳에 트럭은 없고 꽃다발이 놓여 있다.

이즈미는 쭈그려 앉았다. 꽃다발은 다섯 다발이다.

누가 가져다놓았을까. 내가 모르는 곳에서, 내가 모르는 사람들이 다이키에게 꽃을 바쳤다. 그들은 내가 모르는 곳에서, 내가 모르는 다이키와 관계를 쌓은 것이다.

　─당신네 아들이 속옷 도둑이지?

　문득 머릿속에서 목소리가 울려퍼져 심장이 요동쳤다.

　자동 응답기에 녹음돼 있던 목소리라는 걸 알아차린 것은 시간이 조금 지나서였다.

　─그날 밤에도 속옷을 훔치러 나간 거잖아. 그러니까 도망쳤겠지. 망측해라.

　중년 여자의 목소리였다.

　머릿속이 싸하게 식고 몸에서 공기가 빠져나간다. 진공상태와 같은 몸속에 공포와 분노가 생겨났다. 목소리 주인에 대해서가 아닌, 자기 자신에 대한 감정이었다.

　나는 왜 지금, 이런 것을 떠올렸을까.

　내 머릿속에 왜, 이런 목소리가 울렸을까.

　문득 누군가 자신의 머릿속을 엿보고 있는 것 같아 화들짝 놀랐다. 뒤돌아본 이즈미의 눈에 들어온 것은 가로등이 드문드문서 있는 길의 저 앞을 메운 깊은 어둠이었다.

5

　다이키의 방에서 다이키의 흔적이 점차 희미해진다.

초등학교 1학년 때부터 사용한 책상도, 책상 위 볼펜꽂이와 사전도, 중학교에 입학했을 때 장만한 침대도, 한가운데가 약간 패인 베개도 주인을 잊어버린 것처럼 서먹서먹하게 그곳에 있다.

이즈미는 책상 위에 손바닥을 살짝 얹었다. 다이키의 손길이 수천 번, 수만 번 닿았을 장소. 그곳은 서늘하고 딱딱할 뿐, 다이키와 연결돼 있는 감각은 얻을 수 없었다.

맨 위 서랍을 열었다. 노트 여러 권과 문구류가 들어 있다. 노트는 전부 쓰다 만 것으로, 영어 두 권, 수학과 역사, 지리가 한 권씩이었다. 순서대로 페이지를 넘겨봤지만 이즈미가 알고 싶은 것은 적혀 있지 않았다.

분향을 하러 온 검도부 고문이 막 돌아간 참이었다.

50대인 그는 중학교 선생님이 아니라 외부 지도자였다. 그래서 3학년이 동아리 활동을 그만둔 작년 여름 이후에는 다이키를 본 적이 없다고 말했다.

다이키가 동아리 활동을 그만두고 나서 검도부에 한 번도 나가지 않았다고요? 이즈미가 묻자, 그렇다는 대답이 돌아왔다. 작년 여름부터 한 번도요? 하고 다시 확인했지만 대답은 똑같았다.

그럴 리가 없다.

다이키는 동아리 활동을 그만두고 나서도 검도부에 얼굴을 내밀었고 졸업 후에도 야간 연습에 참가했다.

―오늘도 야간 연습이라 집에 늦게 올 거야.

한 달쯤 전의 대화 내용이 떠오른다.

졸업했는데도 동아리에 자주 나가도 괜찮은 거니? 하는 이즈미의 물음에,

―괜찮아, 괜찮아. 다들 좋아해주거든

하고 다이키가 대답했다.

귀가 시간이 밤 9시를 넘은 적도 여러 번 있었다.

―미안해, 엄마. 연습이 길어졌어.

다이키는 그렇게 말했다. 그런데 검도부에 가지 않았다니.

서랍을 다 열어서 확인했지만 아무것도 찾지 못했다.

방바닥의 파란 카펫 위에는 노트와 클리어 파일, 샤프, 가위 등 서랍에서 꺼낸 물건이 널려 있다.

자신이 무엇을 찾고 있는지, 무엇을 발견하면 만족할지, 반대로 무엇을 발견해낼까 봐 두려운지도 알지 못했다. 알지 못한 채 책장 앞에 섰다.

중학교 1학년 때부터 공부한 교과서와 참고서가 전 과목 그대로 남아 있다. 한 권씩 꺼내 페이지를 넘겼다. 아무것도 없다. 한자 교재, 영단어 교재, 일본 지도, 세계 지도. 아무것도 없다. 과학 도감, 소설, 만화책, 십자말풀이. 아무것도 없다.

원래 이런 걸까, 하고 불안해졌다. 너무 건전하지 않은가. 성인 잡지나 미소녀 화보집처럼 부모에게 숨겨야 할 것이 하나도

보이지 않았다. 이것이 열다섯 살 남자애의 방일까. 지나치게 빈틈이 없지 않은가. 아무것도 숨기지 않아서 오히려 뭔가를 숨기는 것처럼 느껴졌다.

이즈미의 머릿속에서 두 개의 목소리가 동시에 부풀어올랐다.

—다른 사람들한테는 비밀로 했어요.

—당신네 아들이 속옷 도둑이지?

이즈미는 두 개의 목소리 중 하나를 골라내고 다른 하나는 듣지 않은 것으로 했다.

그렇다, 다이키에게도 숨기고 싶은 것이 있지 않은가. 마리카 말이다. 다이키는 여자친구가 있다는 걸 잘 숨기고 있었다.

다이키는 마리카를 만나고 있었던 것이다. 그렇게밖에 생각할 수 없었다.

왜 지금껏 그 생각을 못 했을까. 두 사람은 반년 전부터 사귀었다고 한다. 시기적으로도 딱 맞다. 다이키는 검도부에 간다고 말해놓고 마리카를 만난 게 틀림없다. 열다섯 살 남자애다운 거짓말이지 않은가.

"엄마?"

뒤에서 들리는 목소리에 이즈미는 정신을 차렸다.

자신이 찾고 있는 것, 자신이 두려워하는 것, 스스로도 알지 못하는 무언가. 그걸 사라가 눈치채게 해서는 안 된다고 직감적으로 생각했다.

76

"뭐 해? 뭐 찾아? 나도 같이 찾을까?"

사라가 방으로 들어오려 한다.

"들어오지 마!"

이즈미가 사라에게 달려들었다. 머릿속에서 안 돼! 하는 목소리가 울렸지만, 손이 멋대로 사라의 어깨를 밀었다.

본의 아니게 힘이 들어가는 바람에 사라가 휘청이며 놀란 표정을 지었다. 휘둥그레 뜬 눈이 "엄마?" 하고 말하고 있었다.

"너는 참 좋겠구나. 이렇게 살아서 태연히 대학도 가고 친구랑 놀고 웃기도 하고. 앞으로도 너 좋을 대로 살면 되겠네. 다이키는 잊고 너 혼자만 즐겁게 살아가면 되겠어."

그것은 다이키를 잃고도 아직 태연히 살아 있는 자신을 향한 말이었다.

사라는 눈과 입을 빠끔히 벌린 채 말을 잃고 있었다. 정체 모를 것을 맞닥뜨린 얼굴이다. 이윽고 눈동자 속에서 슬픔이 배어 나오는 것이 보였다.

더 이상 딸을 슬프게 해서는 안 된다. 딸에게 상처를 주어서는 안 된다. 그렇게 생각하면서도 터져나오는 감정을 멈출 수가 없었다. 자신이 무슨 말을 하려는지도 모른 채 입을 열었다.

"그런 얼굴 하지 마! 슬픈 건 이 엄마라고! 네가 전혀 슬프지 않다는 거 다 알아!"

쉿소리를 내는 자신을 멈출 수가 없었다.

"나가!"

이즈미는 문을 쾅 닫았다. 그러고는 힘이 빠져 바닥에 엎드려 엉엉 울었다.

"범인이 아직도 안 잡혔네요."

다키오카 마리카가 눈썹을 찡그리고 힘없이 말했다.

"요즘에는 목격 제보도 없고 뉴스에도 안 나와서 이대로 안 잡힐까 봐 걱정돼요. 도망친 지 벌써 한 달이나 됐는데."

"그러게 말이다" 하고 이즈미는 맞장구를 쳤지만, 도주한 살인범이 잡히지 않아도, 새로운 피해자가 나와도, 설령 앞으로 몇 명이 더 살해돼도 상관없었다.

마리카 뒤에서 와, 하고 웃음소리가 터졌다. 남자 고등학생 무리다. 저녁의 햄버거 가게에는 교복 차림의 고등학생이 많았다. 학교에서 가깝다며 마리카가 고른 가게였다.

마리카가 다니는 고등학교는 다이키가 다니려던 곳은 아니다. 마에바야시시에서 입학 커트라인이 가장 높은 고등학교에 합격한 다이키와 달리, 마리카의 고등학교는 평균 수준이다.

이 아이들은 왜 살아 있을까, 하고 생각했다. 우수한 다이키가 죽고 변변찮은 저 아이들은 살아 있다. 그건 무슨 의미일까.

"하야시라는 그 범인 말이에요, 누가 숨겨줬거나, 인구가 많은 도쿄에서 사람들 틈에 섞여 있는 거라고 하더라고요. 벌써 며칠째 목격 제보가 없다니 이상하잖아요. 이대로 안 잡히면 어떡해요?"

마리카는 왠지 궁지에 몰린 표정이다.

"그 범인이 그렇게나 신경쓰이는구나."

살인범 따위 아무래도 상관없다는 심정을 담았더니 타박하는 어조가 됐다.

"당연하죠."

마리카는 셰이크 컵을 두 손으로 감싸고 상체를 내밀었다.

"그 연쇄살인범 때문에 다이키 군이 죽었잖아요. 범인이 도망치지 않았더라면 다이키 군은 지금도 살아 있을 거예요. 다이키 군은 연쇄살인범한테 살해된 거나 마찬가지예요. 저는 절대로 범인을 용서하지 않을 거예요. 다이키 군을 죽여놓고 아무런 벌도 받지 않다니, 그런 일이 있으면 안 되는 거잖아요!"

마리카가 점점 흥분하더니 마지막에는 비명에 가까운 소리를 내질렀다.

가게 안의 웅성거리는 소리가 사라지고, 여기저기서 흘낏거리는 시선을 보내왔다. 마리카의 뒷자리에 앉은 남자 고등학생들이 몸을 틀고 이쪽을 뚫어지게 쳐다본다.

마리카가 눈물을 닦고 "죄송해요" 하며 고개를 숙였다. 눈물이 좀처럼 멈추지 않아 결국 손수건을 꺼내 콧물을 훌쩍거리며 울었다.

이즈미 눈에서도 눈물이 쏟아졌다.

다이키를 이렇게까지 생각해주다니. 다이키의 죽음에 분노해주다니. 이 아이에게 다이키의 죽음은 과거의 일이 아닌 것이다.

이즈미는 장례식 날의 일을 떠올렸다.

―이런 일이 있으면 안 되는 거잖아! 다이키 군이 왜 죽어야 하냐고!

이 아이는 관에 매달려 그렇게 울부짖었다. 그야말로 이즈미의 마음속 외침이었다. 방송국 인터뷰 때도 마찬가지였다. 마리카는 이즈미의 심정을 대변해줬다.

다이키가 이 아이를 좋아한 이유를 알 것 같았다. 이 아이라면 자신의 마음을 보듬어줄 거라 생각한 거 아닐까.

겨우 울음을 그친 마리카는 "죄송해요" 하고 고개를 들었다. 눈과 코끝이 빨갛고 속눈썹에 눈물이 맺혀 있다. 어깨까지 내려오는 머리를 귀 뒤로 넘기고 나서 이즈미를 향해 똑바로 앉았다.

"그런데 저한테 물어보고 싶으신 게 뭐예요?"

단도직입적인 물음에 이즈미는 깜짝 놀랐다. 다이키에 관해 궁금한 게 있어 마리카를 불러냈다. 이즈미의 가슴에 불안과 두려움이 피어올랐다. 하지만 이대로 덮어둘 수는 없다.

"다이키 일인데."

떨리는 목소리로 운을 뗐다.

"마리카 짱은 밤에 다이키를 만나곤 했지?"

"밤에요?" 하고 마리카가 의아한 표정을 지었다.

"말이 밤이지, 그리 늦은 시각이 아니라 8시나 9시 정도에 말이야."

마리카는 대답이 없다. 두툼한 입술을 감쳐물고 생각에 잠긴 표정이다.

"다이키가 동아리 활동을 그만두고 나서니까 3학년 여름 이후인데, 방과 후에 다이키를 만났지?"

마리카는 긴 침묵 끝에 "아뇨" 하고 대답했다. 뭔가 숨기는 것 같았다.

"마리카 쨩을 탓하려는 게 아니란다. 부탁하마. 사실대로 말해줘. 다이키가 밤에 너를 만난 거 아니었니?"

"그런 건 왜 물으세요?"

"다이키가 나한테는 동아리 활동을 그만두고 나서도 연습에 나간다고 했어. 졸업하고 나서도 야간 연습에 간다며 외출했고. 그런데 실제로는 동아리에 간 게 아니었어. 다이키가 왜 거짓말을 했는지, 그 시간에 뭘 했는지 알고 싶을 뿐이야. 실은 다이키가 너를 만난 거였지?"

이즈미는 마리카의 손을 잡고 "마리카 쨩!" 하며 애원했다.

"……가끔."

마리카가 작은 소리로 말했다.

역시 다이키는 마리카를 만났던 것이다. 이즈미는 속으로 안도의 한숨을 내쉬었다. 중학교 3학년짜리 남자애이지 않은가. 동아리 활동에 간다고 거짓말을 하고 여자애를 만나는 건 흔히 있는 일이다.

"저와 다이키 군은 같은 반도 아니었고 사귀는 걸 비밀로 해서 방과 후에만 같이 있을 수 있었어요. 그런데 8시나 9시까지 같이 있던 적은 없어요. 저희 집은 통금 시간이 6시 반이라 늦어도 6시까지만 같이 있었어요."

순간 안도했던 마음이 산산이 부서졌다.

"그럼 졸업하고 나서는 어땠니? 밤에 만난 거 아니었어?"

"졸업하고 나서는 한 번도 안 만났어요. 제가 계속 할머니 댁에서 지냈거든요."

"정말로? 잘 좀 생각해봐."

이즈미가 얼굴을 바싹 내민 만큼 마리카가 도망치듯 몸을 뒤로 뺐다. 마리카의 손을 계속 붙잡고 있다는 걸 깨달은 이즈미는 "미안하다" 하고 손을 놓았다.

다이키는 마리카를 만난 게 아니었다. 졸업 후에는 거의 매일같이 야간 연습을 한다며 외출했건만.

─연습이 길어졌어.

─후배한테 상담을 해주다 늦었어.

떳떳하지 못한 구석이라고는 요만큼도 없는, 평소와 다름없는 목소리였다.

다이키의 방도 마찬가지다. 책상 서랍에도, 책장에도, 옷장에도, 침대 매트 밑에도 떳떳하지 못한 물건은 무엇 하나 없었다.

그게 다이키인 것이다. 상냥하고 순수한 모범생이라 나무랄 데가 없는 열다섯 살 아들.

하지만 지금은 떳떳하지 못한 물건이 하나도 보이지 않는 거야말로 엄마로서는 상상도 못한 것을 숨기기 위한 알리바이 공작으로 느껴졌다.

"그럼 다이키는 뭘 하고 있었니? 동아리에 간다는 거짓말을 하고 어디서 뭘 했다는 거야? 마리카 짱은 알고 있지?"

마리카는 눈을 착 내리깔고 이즈미의 시선을 피했다. 연신 깜빡이는 두 눈과 꾹 다문 두툼한 입술. 한눈에 봐도 그녀는 망설이고 있었다.

"마리카 짱!"

"다이키 군이 집에 있기 싫다고 했어요. 그래서 동아리에 간다고 거짓말을 했던 것 같아요."

마리카는 고개를 숙인 채 단숨에 말했다.

집에 있기 싫다.

이즈미의 귀에 마리카의 말이 시간 차로 울렸다.

집에 있기 싫다고?

이번에는 자신의 목소리로 울렸다.

설마, 하고 중얼거렸다.

"설마, 그럴 리가 없어. 왜냐하면 우리 아들은 늘 저녁 메뉴가 뭘까 기대했거든. 김초밥을 어찌나 좋아하던지, 저녁상에 김초밥을 내면 오늘이 무슨 기념일이냐고 말할 정도였지. 다이키는 고기보다 생선을 좋아한단다. 방어 양념구이나 흰 살 생선 튀김이 올라간 날에는 야호 하고 신나서 외쳤지. 그런 어린애 같은 구석이 있었어."

그런 다이키가 집에 있기 싫다고 했다니 말도 안 된다.

"어째서?" 하고 읊조렸더니 마치 마지막 숨을 내뱉은 느낌이었다. "어째서 다이키가 집에 있기 싫어했니? 뭐가 싫다고 했어? 말 좀 해봐, 다이키가 뭐라고 했니?"

"……답답하다, 고요."

기어들어가는 목소리였지만, 직접 귓가에 대고 말하는 것처럼 또렷이 들렸다.

답답, 하고 이즈미는 되뇌었다.

다이키의 얼굴이 떠올랐다. 망했다, 늦잠 잤어, 하고 부엌에 뛰어들어온 다이키. 내 초콜릿 케이크는? 하고 묻는 다이키. 그럼 야간 연습 다녀올게, 하고 외출하는 다이키. 합격 선물로 휴대폰을 사달라고 조르는 다이키. 그 모든 순간의 다이키는 해맑은 표정을 하고 있다. 설령 웃고 있지 않아도 피부 바로 밑에 웃는 얼굴이 간직돼 있는 것처럼.

그런 다이키가 집에 있기 싫다고 했다니.

집을 답답하게 만든 것은 나일까. 나의 무엇이 잘못되었던 걸까. 내가 다이키를 죽인 걸까.

다이키가 엄마에 대해 뭐라고 했니? 하고 묻고 싶지만, 이제껏 봐온 풍경이 완전히 달라지는 대답을 들을까 봐 묻지 못했다.

"그럼 다이키는 동아리 간다고 말하고 어디서 뭘 한 거니?"

"도서관이나 공원에서 시간을 때우거나 자전거로 멀리 나갔을 것 같아요."

그렇게 집이 답답했던 걸까. 자기 방에 있기조차 괴로웠던 걸까. 집도 가족도 다이키에게는 스트레스가 됐던 걸까.

"그래서 그날 밤도 기분 전환이었다고 생각해요."

마리카가 불쑥 말했다.

이즈미는 속으로 기분 전환, 하고 읊조렸다. 방송 인터뷰 때 마리카가 말했다. 다이키는 기분 전환을 위해 바람을 쐬러 갔을 뿐이라고. 그게 그렇게 잘못이냐고 호소해줬다. 기분 전환, 하고 다시 한번 소리 내지 않고 속으로 읊조렸다. 이제껏 위안을 준 말이었건만, 지금은 완전히 다른 의미가 됐다.

짤깍, 하고 자전거 자물쇠를 푸는 소리.

내가 성가셨던 걸까. 내 말이, 표정이, 태도가 스트레스를 줬던 걸까. 그래서 그날 밤 몰래 집을 나갔던 걸까. 내 탓일지도 모른다. 내가 다이키를 죽인 걸지도 모른다.

마리카와 헤어진 이즈미는 문득 걸음을 멈췄다. 당연한 듯이 집으로 향하고 있었다. 집, 하고 생각한다. 다이키가 답답하게 느꼈던 집. 기분 전환이 필요했던 집. 나는 그 집으로 돌아가야 하는 걸까.

"미즈노 씨?"

저 앞에서 걸어온 여자가 팔을 붙잡았다.

"잠깐만. 얼굴 상한 것 좀 봐. 무슨 일이야? 괜찮아?"

여자가 이즈미의 얼굴을 들여다본다.

작고 동그란 눈과 뾰족한 턱. 잘 아는 얼굴이었다. 그러나 누구인지 생각이 안 난다.

"그동안 걱정 많이 했어. 내가 꽃을 보냈는데 받았다는 연락도 없길래 얼마나 힘들면 그럴까 싶더라고. 하긴, 그럴 만도 하지. 나도 잘 알아. 실은 반년 전에 어머니가 돌아가셨거든. 그때는 너무 힘들고 괴로워서 나도 어떻게 되는 줄 알았지 뭐야. 그런데 다들 저마다 사정이 있어. 살아 있으면 또 많은 일이 생기게 마련이야. 힘들 때야말로 웃어야지. 나도 아직 힘들지만 열심히 웃고 있어. 그러니 미즈노 씨도 빨리 기운 차려."

그렇게 말한 그녀는 이즈미의 팔을 위아래로 힘차게 흔들었다. 그 손에는 알이 큼직한 반지가 끼어 있었다. 아, 그 여자구나, 하고 알아차렸다. 자식을 돌보지 않고 피부 관리 숍과 네일 숍에 다니던 여자. 몇 년 전에 이사를 갔을 텐데 내게 앙갚음을 하러 돌아온 걸까.

이즈미는 불현듯 생각했다. 내가 그녀를 부러워한 거 아닐까.

나도 그녀처럼 화려하게 치장하고 싶었던 거 아닐까. 피부 관리 숍과 네일 숍에 다니고 싶었던 거 아닐까. 자식보다는 나 자신을 위해 돈과 시간을 쓰고 싶었던 거 아닐까. 하지만 자식이 있기 때문에 참았다. 마음속 깊은 곳에서는 자식을 방해물로 여겼을지도 모른다. 내 그릇된 생각이 다이키를 죽였을지도 모른다.

"언제까지 그런 얼굴을 하고 있을 거야? 그러면 안 돼. 당신 곁에는 남편과 딸이 있잖아. 당신이 기운 차리지 않으면 남편과 딸이 너무 가여워. 당신은 아내이자 엄마야. 힘들어도 정신 바짝 차리고 살아야지."

내가 정신을 바짝 차리지 않아서, 내가 형편없는 엄마라서, 자식을 진심으로 사랑하지 않아서. 전부 내 탓이었던 것이다. 지금껏 자신을 좋은 엄마라고 믿어 의심치 않았다. 그러나 아니었다. 그 생각에 이른 순간 다이키를 다시 잃어버린 기분이 들었다.

6

접시에 티라미수와 치즈 케이크를 담은 순간 미즈노 사라의 손이 멈췄다. 초콜릿 케이크가 눈에 들어왔기 때문이다.

—내 초콜릿 케이크는?

다이키의 목소리가 선명하게 들렸다.

그날 저녁이 네 식구의 마지막 식사가 되었다. 사라와 다이키의 합격을 축하하는 저녁상에는 김초밥과 라자냐가 올라왔고 양과자점 클로버의 케이크도 있었다. 다이키는 식후에 초콜릿 케이크를 먹어 치우더니 공부를 한다며 2층 방으로 갔다. 맛있었어, 하고 천진난만하게 웃던 얼굴이 잊히지 않는다.

"뭘 그렇게 고민해? 무한리필이니까 고민할 필요 없잖아."

간자키 오토메가 어깨를 쿡쿡 찔러 사라는 움찔 놀랐다.

"무한리필이라고 하지 말아줘. 뷔페잖아. 최소한 바이킹이라고 하던가."

마음에 눌러앉은 다이키의 존재를 들키지 않으려 일부러 밝게 행동했다. 요즘에는 휴일에도 오토메와 함께 지내는 일이 많다.

"혀가 짧아서 발음이 잘 안 된단 말이야."

"말해봐."

"부페."

둘이서 동시에 웃음을 터뜨렸다. 그러나 그 직후 사라의 가슴은 죄책감으로 검게 얼룩졌다.

―친구랑 놀고 웃기도 하고.

엄마가 사라를 비난한다.

―다이키는 잊고 너 혼자만 즐겁게 살아가면 되겠어.

그럴 거야.

사라는 대답한다.

친구랑 놀고 웃기도 할 거야. 나는 즐겁게 살아갈 거야.

진심에서 나온 말은 아니었다. 그 증거로 가슴에 생긴 검은 얼룩이 서서히 퍼져나간다.

하지만 나는 언젠가 진심으로 웃을 수 있게 될 것이다. 죄책 감 없이 즐거움과 행복을 느낄 수 있게 될 것이다. 엄마와는 다르다.

그렇게 생각하는 자신이 혐오스러워 견딜 수가 없다. 하지만 엄마와 함께 있으면 혐오가 더 짙어진다. 남동생의 죽음을 진심으로 슬퍼하지 않는 누나인 것처럼 느끼게 하기 때문이다. 죄책 감에 좀먹힌 마음이 아파서 견딜 수가 없다. 그래서 이제 엄마와는 함께 있을 수 없다.

그게 변명이라는 걸 사라는 알고 있었다. 실은 엄마와 함께 있으면 행복해질 권리를 빼앗기는 기분이 든다.

어제 사라는 집을 나왔다. 당분간 할머니 집에서 살기로 했다.

결국 초콜릿 케이크는 담지 않은 채 자리로 돌아왔다.

새로 생긴 호텔 라운지는 디저트 뷔페를 즐기는 손님으로 만석이다. 대부분 행복하게 웃는 여자 손님으로, 그중에 자신이 껴 있는 게 신기했다. 엄마 곁을 떠났을 뿐인데 반경 수십 미터 밖의 평온한 세계에 자리할 수 있다.

"겨우 두 개 가져온 거야?"

그렇게 말한 오토메는 접시를 두 개 들고 있었다. 한쪽에는 케이크를, 한쪽에는 파스타와 샌드위치를 한가득 담아왔다.

"고민했더니 두 개밖에 못 가져왔네."

대충 둘러댔지만 초콜릿 케이크를 봤더니 입맛이 싹 가셨다.

"나는 고민되면 일단 죄다 담아오는데."

"오토메는 많이 먹어도 날씬하구나. 부럽다."

"이게 부모님한테 물려받은 유일한 재산이거든."

그렇게 웃던 오토메가 생각났다는 듯이 "아, 있잖아" 하고 목소리를 가다듬었다.

"스페인어 시간에 오야마라는 남학생 있는 거 알아?"

이름을 듣고도 짐작 가는 사람이 없어서 사라는 고개를 갸웃거렸다.

"왜 있잖아. 항상 맨 앞자리에 앉고 체크무늬 셔츠 입는 애."

"약간 통통한?"

"그래, 맞아. 붙잡혔대, 속옷 도둑으로."

"뭐?"

"여죄가 많은가 봐. 이제 곧 퇴학당하겠네. 어리석기는."

"성실한 사람 같지 않았어?"

"그런 사람이 더 위험한 법이야. 뒤에서 무슨 짓을 하는지 모르잖아."

사라는 우리 동네 속옷 도둑이나 수상한 사람의 정체도 오야

마일까, 하고 생각했다. 네 식구의 마지막 식사 자리에서 그 이 야기를 했던 게 기억난다.

내일이면 다이키가 죽은 지 한 달이 된다.

요즘에는 뉴스와 시사 정보 프로에서도 도주 중인 용의자 하 야시 류이치를 잘 다루지 않는다. 연쇄살인범조차 사람들 기억 에서 희미해질 지경이니 범인으로 오인되어 목숨을 잃은 소년 은 진작 잊혔을지도 모른다.

문득 눈 속에서 뜨거운 것이 핑 돌아 사라는 당황했다. 눈물 이 단숨에 눈동자를 뒤덮어 눈을 깜빡이면 마구 흘러내릴 것 같 았다.

"아, 미안, 잠깐만. 눈에 속눈썹 들어갔나 봐."

서둘러 화장실로 향했다.

화장실에 들어가 문을 닫자마자 눈물이 뺨을 타고 흘러내렸 다. 눈물을 훔치고 고개를 젖혔다. 심호흡을 여러 번 하며 솟아 오르는 눈물을 눈 속으로 되돌려 보내려 했다.

나는 지금 순수하게 다이키가 죽은 것을 슬퍼하고 있다. 느닷 없이 그렇게 생각했다.

가슴이 떨리고 얕은 숨이 새어나오더니 다시금 눈물이 흘렀 다. 자신의 안에서 흘러나오는 숨도 눈물도 슬픔으로 이뤄졌다 는 걸 느꼈다.

사라는 이 순간, 다이키의 죽음이 현실로 내려왔다는 걸 느꼈다. 자신이 앞으로 살아갈 세상은 다이키가 죽어버린 세상이라고 누군가 가르쳐주는 것 같았다. 다이키가 없는 세상에서 살아갈 자신의 모습을 상상해도 죄책감과 양심의 가책은 싹트지 않았다. 그저 다이키가 없어져서 슬프고 다이키가 그립고 다이키를 만나고 싶다고 진심으로 생각했을 뿐이다.

문을 열고 나와 거울 앞에 섰다. 눈이 빨갛긴 해도 속눈썹이 찌른 탓이라고 둘러댈 수 있는 정도로 보였다. 후유, 하고 숨을 내쉬고 자리로 돌아가려는데 옆 거울에 시선이 멈췄다. 립밤을 바르고 있는 안경 소녀.

"유키 짱?"

마리카와 함께 향을 피우러 와준 무라이 유키였다.

"아" 하고 유키가 고개를 까딱 숙였다.

"지난번에 일부러 와줘서 고마웠어. 여기는 마리카 짱하고 같이 왔니?"

"아뇨. 엄마랑 언니랑 왔어요."

그렇게 대답한 유키는 어딘지 어색해 보였다.

"그래. 마리카 짱한테 안부 전해줘. 지난번 일 고마웠다고도 전해주고."

그럼 이만, 하고 나서려는데, "저기" 하고 유키가 힘을 실어 말했다. 다시 유키를 쳐다보니 뭔가 단단히 결심한 표정을 하고 있었다.

"저는 이제 마리카랑 말 섞을 일 없을 것 같아요."

"뭐?"

"이제 마리카랑 친구 아니거든요."

"무슨 일 있었니?"

유키는 말을 머뭇거렸다. "다이키하고 관계있는 일이니?" 하고 묻자 고개를 끄덕끄덕한다.

"마리카가 고등학교에 들어가자마자 자기는 연쇄살인범으로 오인되어 죽은 남자애랑 사귀었다고 떠벌리고 다녔는데, 꼭 자랑을 하는 것 같았어요……. 기자랑 인터뷰도 하고 TV에도 나왔다면서. DVD로 녹화했는데 볼래? 하고 말하더라니까요. 그래서 제가 그러지 말라고 했더니, 대놓고 무시를 하더라고요. 며칠 지나니까 실은 다이키 군이랑 사귄 게 아니라 다이키 군이 자기를 일방적으로 좋아했다는 이야기로 바뀌었어요. 얼마 전부터 같은 반 남자애랑 사귀기 시작했고요."

유키는 점점 말이 빨라지더니 속상한 탓인지 얼굴에 붉은 기가 돌았다.

"저는 중학교 3학년 때 전학 왔는데, 그때 마리카가 먼저 말을 걸어줘서 친해졌거든요. 그때는 다정한 아이인 줄 알았는데, 지금 생각해보면 친구가 없어서 그랬던 거였어요. 원래 주목받는 걸 좋아하는 건 알고 있었는데, 이번에는 너무 심하더라고요. 죽은 다이키 군을 이용해서 다른 애들의 관심을 끌려는 것처럼 보여서……. 다이키 군 어머니의 상담에도 응해주고 있다고 했어요. 얼마 전에 다른 애한테 들었는데 마리카는 병적인 거짓말쟁이래요. 그래서 중학생 때 아무도 상대해주지 않았대요. 마리카가 정말 다이키 군이랑 사귀었을까요? 지금 생각하면 몽땅 거짓말이 아니었을까 싶어요. 정말로 다이키 군이랑 사귀었다면 그 애 성격에 가만히 있는 건 말이 안 돼요. 애들한테 소문내고 다녔을 게 뻔해요. 튀고 싶어서 안달이 난 애인걸요.”

사라는 유키의 말을 어떻게 받아들여야 할지 혼란스러웠다. 설마 싶다가도 한편으로는 묘하게 납득이 가기도 했다.

관에 매달려 오열하던 마리카의 모습을 떠올렸다. 저는 다이키 군과 사귀고 있었어요, 하고 와앙 울음을 터뜨리던 몸동작. 다른 사람들한테는 비밀로 했어요, 하는 말. 와아앙, 아앙, 다이키 군, 하는 울음소리.

전부 연기라고 생각하면 그런 것 같았고, 진심에서 우러나온 행동이라면 또 그런 것 같기도 했다. 잘 모르겠다.

―누나, 이 청바지 밑단을 어떻게 접으면 좋겠어?

―티라미수는 쌉쌀하고 시큼해서 맛이 이상하지 않아?

―앗, 내 거까지 다 먹지 마.

다이키의 목소리가 머릿속에 가득 울려퍼지고 강아지 같은 웃는 얼굴이 선명하게 다가왔다.

아아, 이제 그 애는 없구나.

사라의 눈에 다시 눈물이 핑 돌았다.

도주 중인 용의자 하야시가 체포된 것은 이틀 뒤였다.

사라는 할머니와 둘이서 늦은 아침을 먹고 있을 때 그 뉴스를 봤다. 시사 정보 프로에서는 어제 발족한 우정 민영화 준비실에 관한 소식을 다루면서 총리가 간판 앞에 서 있는 영상을 내보냈다. 그때 화면 위로 '도주 중인 용의자 하야시 류이치 체포' 하고 속보가 흘러나왔다.

사라는 젓가락질을 멈췄다. 할머니도 동작을 멈췄다. 두 사람 다 말없이 TV를 봤다. '도주 중인 용의자 하야시 류이치 체포'라는 속보가 나올 뿐 그 이상의 정보는 없었다. 사회자는 "자세한 정보가 들어오는 대로 다시 전해드리겠습니다"라고 말했다.

"잡혔구나."

할머니가 불쑥 말하고 달걀말이를 집어 먹었다.

"그러게."

그 밖의 말은 생각나지 않았다.

이후에 방송될 시사 정보 프로에서 용의자 하야시로 오인되어 죽은 소년, 혹은 수사에 혼란을 가져온 소년이라며 다이키에 관한 일이 또 거론되는 걸까. 설령 그렇다 해도, 다시 세상 사람들로부터 격하게 비난을 받는다 해도 자신 안에 있는 다이키도, 자신의 슬픔도 전혀 훼손되지 않으리라고 사라는 생각했다.

7

"밥은 제대로 먹은 거야?"

장지문이 열리며 남편의 목소리가 들렸다. 목소리보다 조금 늦게 남편의 몸이 내뿜는 바깥 냄새와 피로감이 느껴졌다.

먹었어, 하고 대답하는 것만으로 남편을 안심시킬 수 있고 실제로 우동을 해먹었다. 그러나 이즈미는 대답하지 않았다. 자신 때문에 다이키가 죽었을지도 모르는데, 뒤를 따르지 않고 살아 있는 것도 모자라 음식을 만들어 게걸스럽게 먹는 자신을 용서할 수가 없었다. 그런 추함을 남편에게 들키고 싶지 않았다.

사라가 집을 나간 이후 남편의 귀가 시간이 빨라졌다.

그러나 남편과는 다이키에 대한 마음도, 슬픔의 깊이도 다른 것 같아서 함께 있어도 감정을 공유할 수 없었다.

"몸은 좀 괜찮아?"

뒤돌아보지 않아도 남편이 장지문 밖 거실에 서 있는 게 느껴졌다. 다다미방에 들어올까 말까 망설이다 결국에는 들어오지 않기로 한 것 같다. 며칠 전에 불단 앞에 앉아 있는 이즈미의 어깨에 손을 얹은 남편에게 "멋대로 들어오지 마! 내버려둬!" 하고 소리쳤기 때문이리라.

"그럼 잘 자."

남편은 조용히 장지문을 닫았다.

불현듯 이대로는 안 된다는 생각이 들었다. 정신을 바짝 차려야 한다. 나는 아내이자 엄마니까.

이즈미는 누가 다그치기라도 하듯 벌떡 일어나 2층으로 올라갔다. 남편에게 사과하자. 고맙다고 말하자.

남편의 침실 손잡이에 손을 댔을 때 오열하는 소리가 들렸다.

남편이 울고 있다. 혼자서 울고 있다. 간간이 끊기는 우는 소리. 나지막하게 떨고 있다.

바닥에 무릎을 꿇고 침대에 얼굴을 묻고 있는 남편의 모습이 눈에 보이는 것 같았다.

억누를 수 없는 그 오열에는 슬픔이 응축돼 있었다. 마음 깊은 곳에서 끓어오르는 순수한 비탄이었다.

저런 식으로 울 수 있으면 좋을 텐데, 하고 이즈미는 생각했다.

남편처럼 다이키를 잃은 슬픔에만 마음을 쓰면 좋을 텐데. 하지만 가슴속에는 죄책감과 후회, 불안과 의구심의 바람이 획획 불어 슬픔을 똑바로 마주할 수가 없다.

나는 어째서 저런 식으로 울지 못할까.

이즈미는 문을 열었다.

예상했던 대로 남편은 바닥에 무릎을 꿇고 침대에 얼굴을 묻고 있었다. 그 자세 그대로 고개만 돌려 이즈미를 본다. 눈물에 젖은 불긋불긋한 얼굴에 슬픔이 들러붙어 있다.

나도 슬프다고, 나도 그런 식으로 울고 싶다고 남편에게 말하고 싶었다. 그러나 마땅한 말이 떠오르지 않았다.

"어째서 당신 혼자만."

생각지도 못한 말이 튀어나왔다.

"어째서 당신 혼자만 그런 식으로 울 수가 있어? 당신은 자기만 생각하니까 그런 식으로 편하게 울 수 있는 거야. 다이키가 당신 자신 때문에 죽었다고 생각한 적도 없지? 차라리 죽어버리고 싶다고 생각한 적도 없지? 평소에는 일에만 매달리고 아버지다운 일도 해준 적 없는 주제에. 당신이 남자로서 다이키와 더 자주 대화했다면 이렇게 되지는 않았을 거야!"

자신이 두 개로 분열되어간다.

사실은 이런 식으로 생각하는 게 아닌데, 하고 주장하는 자신. 그리고 정말로 남편 탓일지도 몰라, 하고 주장하는 또 하나의 자신이 있었다. 남편이 아버지 역할을 더 충실히 해줬다면 다이키는 집을 답답하게 느끼지 않았을지도 모른다. 그럼 그날 밤 자전거를 타고 외출하는 일도 없었을 것이다.

다음 날 아침, 남편은 이즈미에게 말 한마디 없이 출근했다.

이즈미는 이불 속에서 남편이 나가는 소리를 들은 뒤 다시 잠을 청했다.

요즘 들어 수면의 질이 달라졌다. 다이키가 죽고 나서 한동안은 얕고 짧은 잠을 반복하는 사이에 아침이 됐지만, 지금은 밤에는 거의 잠을 못 자고 남편이 출근하고 나서야 오후 지나서까지 깊이 자게 되었다. 꿈도 안 꾸고 기절한 듯 잠들었다가 눈을 뜨면 항상 지금이 언제인지, 자신이 어디에 있는지 혼란스러웠다. 그리고 오늘도 또 다이키가 없는 하루를 살아야 한다는 사실에 절망했다.

"다이키, 좋은 아침."

정신을 차린 이즈미는 영정 사진 속 다이키에게 인사를 건넸다. 그 순간 눈물이 왈칵 쏟아졌다.

다다미방을 나와 거실의 TV를 켰다. 화면에 비친 시사 정보 프로를 통해 용의자 하야시 류이치가 도쿄 길거리에서 체포되었다는 것을 알게 됐다.

방송에는 용의자 하야시의 범행이 시간대별로 자세히 나오고 있었다. 빌라에 침입해 혼자 사는 여성을 성폭행한 뒤 칼로 찔러 살해. 약 석 달 후에는 지인 여성을 칼로 찔러 살해. 양쪽 다 돈을 훔쳤다. 체포된 것은 3월 23일로 당일 우쓰노미야 경찰서 화장실에서 도주. 도주 중에 귀가 중인 여대생을 칼로 공격해 가방을 빼앗았다.

피해자 중에 다이키는 없었다. 다이키의 죽음이 통째로 빠져 있었다.

"어째서."

이즈미의 입에서 쉰 목소리가 새어나왔다.

다이키가 죽은 건 용의자 하야시로 오인되었기 때문이다. 그가 도주하지 않았더라면 다이키는 죽지 않았다. 그런데 어째서 다이키의 죽음이 빠져 있는 걸까. 용의자 하야시와 다이키의 죽음이 무관하다는 걸까.

그럼 어째서 다이키가 죽어야만 했던 걸까. 도대체 누구 때문에 다이키가 죽어버린 걸까. 누가 다이키를 죽인 걸까.

이즈미는 두 손으로 머리를 싸쥐고 눈을 질끈 감았다. 비명 소리가 목구멍까지 차올랐다. 목소리를 조금이라도 내면 평생 쉬지 않고 비명을 질러야만 할 것 같은 기분이 들었다.

다이키 군이 집에 있기 싫다고 했어요…… 답답하다, 고요…… 자전거로 멀리 나갔을 것 같아요…… 그날 밤도 기분 전환이었다고…….

머릿속에서 왕왕 울려퍼지는 목소리가 이즈미를 탓하고 몰아세운다. 목소리가 들리지 않도록 머리를 주먹으로 마구 쳤다.

"아니야! 아니야아니야아니야아니야!"

다이키는 용의자 하야시 때문에 죽었다.

마리카도 말하지 않았던가. 용의자 하야시 때문에 다이키가 죽었다고. 용의자 하야시가 도망치지 않았더라면 다이키는 살아 있을 거라고. 그녀는 다이키가 집을 답답하게 느꼈던 걸 알고 있었다. 그런 마리카가 다이키가 죽은 것은 집 때문도, 엄마 때문도 아닌, 용의자 하야시 때문이라고 말했으니 틀림없다.

그렇다, 그녀는 이런 말도 했다.

―다이키 군을 죽여놓고 아무런 벌도 받지 않다니, 그런 일이 있으면 안 되는 거잖아요!

용의자 하야시가 죄를 인정하게 해야 한다. 다이키도 엄연한 피해자라는 걸 세상에 알려야 한다.

교문에서 쏟아져나오는 고등학생들. 교복이 아이들의 개성을 가면처럼 감춰 한 명 한 명이 구별되지 않는다.

이즈미는 교문 앞에 서서 마리카가 나오기를 기다렸다.

용의자 하야시가 잡히지 않는 것을 그토록 걱정했던 마리카인데, 아무리 전화를 해도 받지 않고 음성 사서함에 메시지를 남겨도 연락이 없다.

마리카를 본 이즈미가 "마리카 짱" 하고 달려갔다.

"전화를 얼마나 많이 했는데. 아무튼 그 범인이 체포된 거 알지? 다이키를 죽인 놈 말이야. 마리카 짱이 그 범인을 용서 못 한다고 했잖니."

마리카는 이즈미에게서 눈을 뗀 뒤 달콤한 목소리로 "다쿠 군" 하고 옆을 올려다봤다.

그녀의 옆에는 키가 큰 남학생이 서 있었다.

"내가 전에 말한 적 있지? 범인으로 오인받아 죽은 애. 그 애 어머니셔."

마리카는 남학생의 귓가에 얼굴을 가까이 대고 말했다. 남학생은 진지하게 고개를 끄덕였고, 마리카도 고개를 살짝 끄덕이는 걸로 답했다.

이즈미는 본능적으로 그런 두 사람을 보지 않은 척했다.

"마리카 짱. 범인을 용서 못 한다고 했잖니. 나도 그렇단다. 이제야 범인이 붙잡혔으니 다이키의 명예를 지키기 위해 앞으로 어떻게 하면 좋을지 둘이서 의논하자꾸나."

"네, 좋아요."

마리카는 이즈미에게 미소를 짓고 나서 남학생을 돌아봤다.

"다쿠 군. 나 힘이 되어드리고 싶어. 금방 갈 테니까 먼저 가줄래?"

남학생을 올려다보는 마리카의 눈동자가 커지는 것처럼 보여, 이즈미의 가슴에 까슬까슬한 감촉의 무언가가 생겨났다.

"마리카 짱. 방금 그 애는 누구니?"

멀어져가는 남학생의 뒷모습을 지켜보며 이즈미가 물었다.

"친구예요."

마리카는 무심하게 대답했다.

"그렇지, 그냥 친구 사이고말고. 마리카 짱, 우리 집에 같이 갈래? 범인 체포된 거, 마리카 짱이 직접 다이키에게 알려줘야지."

이즈미는 무의식중에 마리카의 손을 잡았다. 그러나 마리카가 재빨리 손을 뺐다.

놀라서 마리카를 보자 그녀는 고개를 팍 숙였다.

"……계속 과거에 얽매여 있으면 안 된다고 생각해요."

마리카가 가냘프게 중얼거렸다.

"뭐? 얘가 무슨 소리를 하는 거야? 드디어 범인이 잡혔잖니. 마리카 짱이 얼마 전에 그랬잖아. 범인을 용서 못 한다고. 그럼 다이키를 위해 앞으로 어떻게 하면 좋을지 둘이서 의논해야지."

침을 튀겨가며 마구 따진 순간.

─과거에 얽매여 있으면 안 된다고 생각해요.

마리카의 중얼거림을 뒤늦게 들은 이즈미의 호흡이 멎었다.

과거에 얽매여 있으면 안 된다고? 하고 자문했다. 그 순간 엄청난 상실감과 절망감에 휩싸여 세상에서 색이 사라졌다.

다이키는 과거에만 존재한다. 현재에도 미래에도 없는 것이다. 그런데 과거에 얽매여 있으면 안 된다고? 그건 다이키를 잊겠다는 뜻일까. 다이키를 이 세상에서 지워 없애겠다는 말일까.

"네가 다이키를 잊지 않겠다고 했잖니. 그런데 과거에 얽매여 있으면 안 된다니, 무슨 뜻이야?"

마리카가 고개를 숙인 채 뭔가 말했다. 듣지 못한 이즈미는 "뭐?" 하고 얼굴을 내밀었다.

"시끄러워 죽겠네. 민폐라고요."

마리카가 내뱉듯이 중얼거리더니 "친구가 기다려서 가야겠다" 하고 걸음을 옮겼다.

"잠깐 기다려."

이즈미는 황급히 마리카의 팔을 붙잡았다. 마리카는 몸을 틀어 달아나려 한다.

"네 입으로 계속 다이키를 좋아한다고 했잖아. 절대로 다이키를 잊지 않겠다고 그렇게 말했잖아."

"놔주세요."

"다이키를 잊지 않겠다며!"

"이제 됐다니까요."

"뭐가 됐는데!"

이즈미가 마리카의 팔을 비틀어 올렸다.

"이제 어떻게 되든 상관없다고요!"

그렇게 소리친 마리카가 몸을 힘껏 뒤튼 것과 동시에 이즈미가 손을 놓았다.

마리카의 몸이 휘청이며 반 바퀴 돌았다. 이즈미의 눈앞에 새 교복을 걸친 무방비한 등이 있다. 반사적으로 그 등을 냅다 떠밀었다.

이즈미의 시야에 차도를 오가는 차량은 보이지 않았다. 비명 소리를 들은 것 같긴 하지만 그게 누구의 것인지는 알지 못했다.

2부

2019년

　신주쿠구區 나카이 소재 빌라에 여성이 죽어 있다는 신고가 들어온 건 9월 23일 오후 1시가 넘어서였다. 사망한 사람은 그 집에 사는 고미네 아카리, 24세. 신고자는 그녀가 근무하는 광고대행사의 동료였다.

　월요일인 이날은 휴일이었지만 고미네 아카리는 광고주의 행사에 가기 위해 평소대로 출근할 예정이었다. 그런데 예정된 시각이 지나도 출근하지 않고 전화도 받지 않았다. 동료들이 걱정하던 차에 그녀의 모친이 딸과 연락이 안 된다며 회사로 전화를 한 것이다. 이후 부동산 관리 회사의 입회 아래 동료와 모친이 그녀의 집에 들어갔는데 고미네 아카리가 현관 앞 바닥에 엎드린 채 쓰러져 있었다. 사망한 게 분명했기 때문에 동료가 경찰에 신고를 했다.

시신은 후두부에 외상이 있고 목에는 졸린 흔적이 있었다. 또 사망 후 이틀 이상 지난 것으로 추정됐다.

경찰은 살인 사건으로 단정하고 신주쿠구 니시와세다에 있는 도쓰카 경찰서에 특별 수사본부를 설치했다.

사법해부 결과 사인은 질식사로 판명됐다. 고미네 아카리는 둔기로 후두부를 맞고 쓰러진 뒤 끈 형태의 도구에 목이 졸린 것으로 보였다. 사망 추정 시각은 3일 전인 금요일 오후 5시부터 밤 12시 사이였다.

흉기인 끈 형태의 도구는 발견되지 않았지만, 신발장 위에 있는 부엉이 조각상에 피해자의 혈흔이 남아 있고 후두부 상처와 조각상 모양이 일치했다. 범인은 부엉이 조각상으로 피해자의 후두부를 가격한 뒤 쓰러진 피해자의 목을 끈 형태의 도구로 조른 것으로 보인다. 또한 부엉이 조각상에서 지문이 검출되지 않은 것으로 보아 범인이 장갑을 착용했을 가능성이 높다.

집 안에는 다툰 흔적이 없고 입고 있는 옷에도 흐트러짐이 없었다. 지갑을 비롯한 금품은 도난당하지 않았지만 피해자의 휴대폰이 사라졌다. 또 현관과 창문에는 자물쇠가 걸려 있어 실내는 밀실 상태였다. 따라서 여벌 열쇠를 지닌 지인에 의한 범행일 가능성이 높은 것으로 보인다.

I

현관문을 열자 희미한 악취가 코를 찔렀다.

시신이 발견된 지 다섯 시간이 지난 지금, 감식반을 비롯한 수사원들은 없다. 1인 거주용 원룸. 현관이 좁아서 성인 남자 둘이 나란히 서기는 힘들다.

다도코로 가쿠토는 문을 붙잡고 "들어가시죠" 하고 한 걸음 물러났다. 키가 큰 남자가 말없이 안으로 들어간다.

이미 해가 져서 실내는 어둡다. 복도의 불빛이 좁은 현관과 그곳에 서 있는 남자의 뒷모습을 희미하게 비추고 있다.

남자는 시신이 쓰러져 있던 바닥을 향해 두 손을 모아 합장했다. 새우등처럼 약간 굽어 있는 뒷모습은 어딘지 모르게 피곤해 보인다. 5초, 10초……. 남자는 아직도 합장을 하고 있다. 20초, 30초……. 아직도 끝나지 않았다.

가쿠토는 안달이 났다. 이런 데서 시간을 허비해도 되는 걸까. 원래는 곧장 참고인에게 가야 하지만 남자가 강력히 주장하는 바람에 잠시 사건 현장에 들른 것이다.

남자가 두 손을 내린 건 족히 1분은 지나서였다. 그러나 바로 움직이지 않고 그대로 얼굴을 바닥으로 향하고 있다. 남자가 눈을 뜨고 있는지 감고 있는지는 모르지만, 그 과묵한 뒷모습은 이미 세상을 떠난 피해자의 목소리에 귀를 기울이는 것처럼 보였다.

드디어 현관에서 나온 남자에게 "가실까요?" 하고 말하자 나무라는 듯한 시선이 돌아왔다. 그 날카로움과 위압감에 가쿠토는 압도당했다. 합장을 하지 않은 자신을 탓하는 것임을 알고 황급히 입을 열었다.

"저는 아까도 왔기 때문에……."

마지막까지 말하진 않았지만 그때 이미 합장을 했다는 뜻은 충분히 전했다고 생각했다.

"아, 그랬군요. 실례했습니다."

남자의 표정이 누그러졌다. 그러나 감정을 읽을 수가 없다.

미소를 짓는 것 같기도, 비탄하는 것 같기도 한 가늘고 긴 눈. 그러나 눈빛이 날카로워 방심할 수 없는 인상이다. 곱슬한 앞머리는 그 눈을 가리려는 듯 내려와 있다. 입꼬리는 올라가 있지만 입술이 얇아서인지 전혀 유쾌해 보이지 않는다. 군살도 근육도 느껴지지 않는 홀쭉한 몸은 너무 가냘파 보여서 콩나물 체형이라는 표현이 딱 들어맞는다.

인기 없는 뮤지션 혹은 연극단원 같은 분위기의 그는 미쓰야 슈헤이. 경시청 수사 1과 살인범 수사 제5계의 형사다.

미쓰야 슈헤이의 이름은 경시청 도쓰카 경찰서의 신입 형사인 가쿠토도 들은 적이 있다. 얼굴은 아까 열린 수사 회의에서 처음 봤다. 수사본부는 신주쿠구 소재의 도쓰카 경찰서 강당에

110

설치됐다. 삼엄한 분위기 속에 그 혼자만 마치 중력을 비껴간 것처럼 바닥에서 2~3센티미터 떠 있는 것 같았다. 느슨히 맨 넥타이와 단추를 채우지 않은 양복, 그리고 긴 팔다리가 눈에 띄었다. 누가 가르쳐주지 않아도 그 독특한 풍모를 보면 그가 '괴짜'라고 소문난 미쓰야라는 걸 알 수 있었다. 이번 '신주쿠구 나카이 여성 살인 사건 수사본부'는 가쿠토가 형사가 되고 나서 처음 경험하는 수사본부다. 미쓰야와 수사 파트너가 된 사실을 알았을 때 왜 하필 내가…… 하고 당혹스러운 동시에 긴장이 됐다. 더 솔직히 말하면 으악, 진짜? 살려줘, 하고 하늘을 원망하고 싶은 기분이었다.

가쿠토는 학생 때부터 '괴짜'로 통하는 사람이 불편했다. 무슨 생각을 하는지 당최 알지 못해 이것저것 신경쓰느라 지치는 것에 더해 자신이 흔하디흔한 보통 사람으로 느껴져 의기소침해지기 때문이다.

"모모이의 집으로 가도 되겠죠?"

시동을 건 가쿠토가 물었다.

"……씨."

조수석에 앉은 미쓰야가 작게 말했다.

"네?"

"모모이 씨. 용의자나 범인도 아닌 사람을 경칭 없이 부르지는 맙시다."

미쓰야는 앞을 본 채 무심하게 말했다.

"아, 네. 죄송합니다."

가쿠토는 순순히 사과하면서도, 우와, 역시 이 사람 불편해, 하고 생각했다.

차 안에 침묵이 흐른다. 곁눈질로 보니 미쓰야는 팔짱을 낀 채 앞을 보고 있다. 미쓰야가 먼저 말을 거는 유형이 아니라는 건 한눈에 알 수 있다. 그렇다면 자신이 먼저 말을 걸어야 좋을지 아니면 잠자코 있어야 좋을지, 만약 말을 건다면 화제는 역시 사건에 관한 것이 좋을지 그런 생각을 하는 사이 가쿠토는 벌써 정신적으로 지치고 말았다.

결국 말 한마디 안 나누고 목적지인 니시도쿄시 히바리가오카에 도착했다.

참고인인 모모이 다쓰히코가 사는 곳은 5층짜리 아파트였다. 출입구에 인터폰은 없었다. 미쓰야는 엘리베이터를 타지 않고, 검은색 운동화를 신은 발을 가볍게 들어올려 한 번에 두 계단씩 올라갔다.

201호 문 앞에 선 미쓰야가 가쿠토를 본다. 고개를 끄덕인 가쿠토의 심장 박동이 갑자기 빨라졌다. 긴장하고 있구나, 하고 깨달았다. 신경이 곤두선 가쿠토를 놀리듯 복도에 생선 굽는 냄새가 진동했다.

미쓰야가 인터폰을 눌렀다.

몇 초 후 스피커에서 "네" 하고 여자 목소리가 들렸다.

"밤늦게 죄송합니다. 경찰입니다. 여쭙고 싶은 게 있어 찾아왔습니다."

미쓰야는 스피커에 얼굴을 가까이 대고 속삭이듯 말한 뒤 문구멍 앞에 경찰수첩을 내밀었다.

문이 열리고 여자가 얼굴을 살짝 내보였다. 모모이 다쓰히코의 아내일 터인 그녀는 경계하는 표정을 띠고 있었다.

"밤늦게 죄송합니다." 미쓰야는 거듭 사과하면서도 정중한 말씨와는 달리 몸을 현관 안으로 마구 밀고 들어갔다.

"모모이 다쓰히코 씨의 아내분 되십니까?"

"네, 그런데요."

"남편분은 댁에 계십니까?"

"아직 안 왔어요."

"회사에서 말입니까?"

네, 하고 대답한 여자 뒤에서 "엄마" 하는 소리와 함께 한두 살배기 남자아이가 아장아장 걸어왔다. 현관에 선 미쓰야와 가쿠토를 발견한 아이는 걸음을 멈추고 뭐가 우스운지 꺄하하하 하고 해맑게 웃음을 터뜨렸다.

"죄송합니다만, 잠시 들어가도 되겠습니까?"

그렇게 말했을 때 미쓰야는 이미 운동화를 벗고 있었다. 그는 동요하는 여자를 무시하고 짧은 복도를 걸어갔다. 아까 경청 없이는 부르지 말라고 주의를 준 사람과 동일인물이라고는 생각할 수 없는 무례함이다. 가쿠토는 "실례하겠습니다" 하고 미쓰야를 따라갔다.

"실은 남편분과 같은 회사에 근무하는 여성이 어떤 사건의 피해자가 되었습니다."

미쓰야가 거실을 둘러보면서 말했다.

"사건."

여자가 따라 말했다.

"협조해주시겠습니까."

"네. 저, 그런데 사건이라니……."

"그러기 위해서 남편분이 정말 안 계시는지 확인해야 합니다. 죄송합니다만, 방을 살펴봐도 되겠죠?"

미쓰야의 목소리는 나직하고 약간 허스키해서, 말투가 차분한데도 좋든 싫든 따를 수밖에 없게 하는 압박감이 있었다.

거실은 다다미 열 장 정도(옮긴이 주-다다미 두 장은 약 한 평에 해당한다)의 크기로, 아일랜드 키친 바로 앞에 식탁이 있고 TV 앞에는 2인용 소파가 있다. 소파에는 여자의 것으로 보이는 토트백이 놓여 있고, 조립식 매트를 깐 바닥에는 레고로 된 열차가 미완성인 채 방치돼 있다. 집은 다다미방 없이 양식 방만 두 개. 여자는 침대를 놓은 방은 남편의 침실이고, 장난감이 널려 있는 방은 자신과 아이의 침실이라고 설명했다. 미쓰야는 여자에게 옷장까지 열게 했다. 그 후 화장실과 욕실, 마지막으로 베란다를 확인하고 나서 여자를 향해 돌아섰다.

"남편분은 오늘 아침, 평소처럼 출근했습니까?"

"네."

"몇 시쯤이었습니까?"

여지는 2~3초 머뭇거리다가 "아, 아뇨" 하고 말을 더듬었다.

"몇 시쯤이었습니까?"

미쓰야는 여자를 보며 다시 물었다.

"아, 아니에요."

뭐가 아니라는 걸까. 가쿠토는 자신의 미간에 주름이 잡히는 것을 느꼈다.

"이거 모야아?"

순진한 목소리가 공기를 바꿨다.

TV 앞에 앉아 있는 남자아이가 엄마를 올려다본다. 동물 애니메이션이 나오는 TV를 손가락으로 가리키고 "이거 모야아?" 하고 더듬거리는 발음으로 거듭 물었다.

"그건 코끼리야."

"후웅."

남자아이는 아무래도 상관없다는 목소리를 내고는 다시 애니메이션에 집중했다.

"남편분은 오늘 아침, 몇 시에 집을 나섰습니까?" 미쓰야가 지체 없이 이야기를 되돌렸다. "그리고 아니라고 하셨는데, 뭐가 어떻게 아니라는 걸까요?"

"죄송합니다. 오늘 아침 남편은 집에 없었어요. 출장지에서 곧장 회사로 갔거든요."

여자가 그렇게 대답하고 두 사람에게 식탁 의자를 권했다. 미쓰야는 차를 준비하려는 여자를 말리고 자리에 앉도록 재촉했다.

"왜 아까는 평소처럼 출근했다고 대답하셨습니까?"

"죄송합니다."

"이유를 묻고 있는 겁니다."

여자는 눈을 지그시 내리깔고 "잊고 있었거든요" 하고 작게 대답했다.

"뭘 말입니까?"

"남편이요. 남편이 오늘 아침에 집에 없었던 거요."

"그렇군요. 그런 일이 자주 있습니까?"

"그런 일이요?"

"남편분이 출장지에서 곧장 회사로 가는 일 말입니다."

"한 달에 한두 번은 그러는 것 같아요."

"오늘 아침도 마찬가지였군요."

"네."

가쿠토는 메모하던 손을 멈추고 대각선 맞은편에 앉은 여자를 새삼 관찰했다. 나이는 자신과 비슷한 또래인 서른 전후일 것이다. 둥근 얼굴에 쌍꺼풀진 눈이 부드러운 인상을 주고 눈동자는 갈색빛이 돈다. 예쁘다기보다는 귀엽다는 말을 듣는 유형이다. 이목구비가 반듯하긴 하나 눈꺼풀이 무거워 보이고 눈 밑에 엷은 갈색의 다크서클이 져 있다. 숨길 수 없는 피로감이 그녀의 매력을 가리고 있었다.

모모이 다쓰히코는 오늘 아침 출장지에서 곧장 회사로 가서 아직 집에 오지 않았다. 그녀의 말이 진실인지 거짓인지는 판단할 수 없었다. 곁눈질로 미쓰야를 보니 그는 식탁 너머 여자를 똑바로 쳐다보고 있었다. 여자는 불편한 듯이 눈을 내리깔고 있다.

"지금 남편분에게 연락을 해주시겠습니까?"

미쓰야가 여자를 보며 말했다.

휴대폰을 귀에 댄 여자가 "안 받네요" 하고 작은 목소리로 말했다.

"남편분은 오늘 회사에 출근하지 않았다고 합니다."

"네?"

여자가 고개를 들었다.

"모르셨습니까?"

"네" 하고 속삭이듯 대답한 여자는 뭔가 좋지 않은 일이 자신에게 일어났다고 확신한 것처럼 보였다.

피해자인 고미네 아카리는 오늘 출근을 하지 않아서 시신이 발견됐다. 그녀의 동료는 오늘 출근할 예정이었던 사원이 한 명 더 있는데 나타나지도 않고 연락도 되지 않는다고 했다. 그 사람이 모모이 다쓰히코였다. 피해자는 영업부, 모모이 다쓰히코는 기획제작부 소속으로, 서로 부서는 다르지만 이날 예정된 행사를 포함해 업무상 접점이 상당히 많았다고 한다.

"남편분은 언제 출장을 갔습니까?"

"아마……" 하고 여자가 생각하는 표정을 짓는다. "……금요일이요. 금요일에 가서 오늘 밤에 온다고 했어요."

"출장지는 어디입니까?"

"죄송해요. 그건 못 들었어요."

가쿠토는 위화감을 느꼈다. 결혼 생활 수십 년의 부부라면 이해가 가지만, 이 나이에 남편의 출장지를 모르다니 부자연스럽지 않은가. 게다가 어린아이까지 있다. 보통은 만일의 경우를 생각해서라도 남편이 어디에 있는지 알아두고 싶지 않을까. 그렇게 생각하긴 했어도 결혼 경험이 없기 때문에 말도 안 된다고 단언하지는 못했다.

문득 미쓰야는 결혼을 했을까 하는 생각이 들었다. 마흔 살 직전일 터인데 생활감이 전혀 없다.

"사생활에 관해 여쭙겠습니다만, 부부 사이는 어떠셨습니까?"

미쓰야의 질문에 여자는 허를 찔린 것 같았다.

"보통이에요. 보통이라고 생각해요. 그런 건 왜 물으세요?"

"궁금하니까요."

미쓰야는 당연하다는 듯 대답했다.

"무슨 일이 있었나요? 남편과 같은 회사에 다니는 여성이 피해자라고 하셨죠. 무슨 사건인가요?"

"살인 사건입니다."

여자가 작게 숨을 삼켰다.

"고미네 아카리 씨라는 여성이 자택 빌라에서 시신으로 발견됐습니다. 고, 미, 네, 아, 카, 리. 이름을 들어본 적 있으십니까?"

여자는 고개를 살래살래 흔들었다.

"그 일로 남편분의 이야기를 듣고 싶은 겁니다. 그런데 현재 연락이 안 되는 상황입니다."

"그 사건이 남편과 어떻게 관련되어 있나요?"

"그걸 알고 싶은 겁니다. 사건에 휘말렸을 가능성도 있고 어떤 사정을 알고 있을 가능성도 있습니다. 바로 연락을 취했으면 합니다만, 남편분이 갈 만한 곳을 아십니까?"

"몰라요."

"출근하지 않은 이유는요?"

여자는 말없이 고개를 가로저었다.

미쓰야는 여자 앞에 명함을 두었다.

"남편분이 귀가하시거나 연락이 오면 바로 알려주실 수 있겠죠?"

여자는 대답하지 않고 불길한 것을 보듯이 식탁 위의 명함에 시선을 떨어뜨렸다.

참고인 중 한 명이었던 모모이 다쓰히코가 중요 참고인이 된 것은 이틀 후의 일이었다.

피해자 고미네 아카리의 동료와 친구들의 증언에 따라 피해자와 모모이가 불륜 관계였다는 사실이 밝혀졌다. 그리고 피해자가 모모이에게 여벌 열쇠를 줬다는 증언도 얻어냈다.

"저는 계속 반대했어요. 모모이 씨는 여자관계가 복잡하거든요. 모모이 씨와 불륜 관계라고 소문난 여자 직원이 아카리 말고도 두 명이나 더 있어요. 심지어 광고주 측 여자 직원까지 건드렸다는 소문도 있다니까요. 아카리는 헤어질 때 생각하면 유부남이 더 편해서 좋다고 웃었지만 약한 모습을 보이기 싫어서 허세를 부린 게 틀림없어요. 주말에는 모모이 씨가 올지도 모른다면서 늘 스케줄을 비워둘 정도였다니까요."

그렇게 증언한 사람은 피해자와 사적으로도 친했다는 입사 동기 가토였다.

"두 사람이 언제부터 교제한 것 같습니까?"

가토는 바로 "6월부터요"라고 대답했다. 6월에 광고 경쟁 PT에서 큰 건을 따내 축하하는 회식 자리가 마련됐고 그날 끝나고 돌아가는 길에 두 사람이 관계를 맺었다고 한다.

"역시 모모이 씨가 범인인가요?"

"왜 그렇게 생각합니까?"

"도망갔잖아요. 누구나 다 그렇게 생각할 게 뻔하죠."

가토는 눈물을 글썽이며 항의하듯 말했다.

두 사람의 불륜 관계를 뒷받침하듯 문손잡이, 조명 스위치, TV 리모컨, 칫솔 등 피해자의 집 여기저기에서 모모이의 지문이 나왔다. 또 남성용 실내복과 양말, 속옷 등도 발견됐다.

결정적인 것은 CCTV 영상이었다.

사건 현장 부근 CCTV에 귀가 도중인 피해자가 찍혀 있었다. 시각은 오후 7시 20분. 약 한 시간 후인 오후 8시 22분, 같은 CCTV에 모모이 다쓰히코의 모습이 찍혀 있었다. 피해자의 빌라 방향으로 걸어갔던 모모이. 20분 후에 모모이가 다시 나타나 CCTV에 찍혔는데 이때 그는 뒤를 돌아보면서 달리고 있었다. 어두운 영상에서도 당황해하는 기색이 느껴졌다.

모모이가 어떤 사정을 알고 있다는 건 틀림없다. 그의 행방은 여전히 알아내지 못했다.

모모이 다쓰히코, 34세. 전과는 없다. 니시도쿄시 히바리가오카의 월세 아파트에 아내와 아들과 셋이서 살고 있다. 아내의 이름은 노노코, 30세. 아들은 린타, 21개월. 모모이 다쓰히코의 모친에 의하면 두 사람은 2년 반 전에 결혼했고 당시 노노코는 임신한 상태였다고 한다.

"우리 아들 좀 빨리 찾아주세요."

모친인 지에가 비명을 지르듯 호소했다.

"다쓰히코는 범인이 아니에요. 우리 아들이 사람을 죽였을 리가 없잖아요. 분명히 사건에 휘말린 거예요. 제발 우리 아들 좀 빨리 찾아주세요."

"좀 진정해요."

부친인 유조가 꾸짖듯이 말하며 끼어들었다.

"당신도 가만히 있지 말고 말해요. 다쓰히코가 그런 무시무시한 짓을 했을 리 없다고. 다쓰히코는 절대로 범인이 아니에요."

모모이 다쓰히코의 본가는 사이타마현 가와구치시에 있다. 부친은 68세, 모친은 64세로 자식은 다쓰히코 하나다. 다쓰히코는 취직을 계기로 본가를 나왔다고 한다.

부부가 사는 단독주택은 지어진 지 30~40년은 되어 보였다. 아들 다쓰히코가 태어났을 때 매입한 걸까. 가쿠토가 그렇게 생각한 건 자신의 본가가 그렇기 때문이다. 가쿠토의 본가는 미야기현 센다이에 있다. 아버지는 인쇄 회사에 다니고 어머니는 친척이 운영하는 회사에서 경리 아르바이트로 일한다. 가쿠토는 도쿄의 대학에 진학해 그대로 도쿄에서 살기로 했지만, 형과 여동생은 고향의 기업에 취직해 지금도 본가에서 살고 있다. 지어진 지 30년이 넘은 그 집은 형이 태어나면서 매입했다고 들었다.

모모이 집의 거실은 갑작스러운 방문에도 불구하고 말끔하게 정돈돼 있었다. 가구마다 세월의 흔적이 느껴지지만 모든 것이 마땅히 있어야 할 자리에 정확히 놓여 있는 인상이다.

"다쓰히코 씨가 범인이라고 하는 게 아닙니다."

미쓰야가 나직하고 허스키한 목소리로 말했다.

"정말이에요? 그런데 다쓰히코는 어디 있냐, 다쓰히코에게 연락이 오지 않았냐, 하고 마치 범인처럼 취급했잖아요. 다쓰히코는 그런 무시무시한 짓을 할 만한 아이가 아니에요. 불륜도 뭔가 착오가 있는 걸 거예요. 우리 아들은 가족애가 넘치는 다정한 아이랍니다. 노노코 씨와 린타를 얼마나 끔찍이 위하는데요."

소파에 엉덩이만 살짝 걸치고 앉은 지에는 무릎 위에 두 손을 꽉 움켜쥐고 있다.

"다쓰히코 씨가 가족애가 넘칩니까?"

미쓰야가 물었다.

"그럼요. 가족애가 넘치죠."

"어떻게 말입니까?"

"어떻게라뇨?"

지에가 당황한 기색을 보였다.

"다쓰히코 씨가 가족을 어떻게 아끼던가요?"

가쿠토는 미쓰야가 왜 그런 것에 집착하는지 이해할 수 없었다. 가족애가 넘치는 모모이가 불륜을 저질렀다는 것이 걸리는 걸까. 하지만 그런 경우는 차고 넘치지 않은가.

"그러니까…… 예를 들어 나와 이 양반 생일이면 꼭 선물을 보내주고, 손자 얼굴도 자주 보여주고, 아들인데도 어찌나 세심하게 챙기는지. 아, 그렇지, 어머니날에도 잊지 않고 꽃을 보내준다니까요."

"그건 부모님에 대한 것이로군요. 그게 아니라, 아내와 자식을 어떻게 아꼈는지를 묻고 있는 겁니다."

"그런 건 보면 알죠."

"저는 보지 않았기 때문에 모르겠군요."

미쓰야가 정색을 하고 말했다.

"그러니까" 하고 지에가 짜증을 냈다. "떨어져 사는 우리도 이렇게 챙겨주는데 하물며 같이 사는 가족은 당연히 더 아껴주지 않겠어요? 린타와 잘 놀아주고 노노코 씨를 배려하겠죠. 우리 아들은 회사 일로 바쁜데도 가족과 시간을 많이 보낸다니까요."

"부부 사이는 어떻던가요?"

"예?"

"다쓰히코 씨와 노노코 씨의 부부 사이 말입니다."

"물론 좋죠. 다쓰히코는 야무지고 노노코 씨는 차분하고. 그래서 잘 맞는지도 모르겠네요."

지에는 망설임 없이 대답했다.

"부부 사이는 좋은 편입니까? 보통이 아니라."

"그럼요. 사이좋게 잘 지내죠. 그렇지, 여보?"

아내가 동의를 구하기에 유조는 고개를 끄덕였다.

"부부 사이는 왜 물어보시죠? 설마 노노코 씨가? 노노코 씨가 뭔가 관련돼 있다는 건가요?"

"왜 그렇게 생각하십니까?"

미쓰야의 질문에 지에는 말문이 막힌 듯했다.

"왜라니…… 형사님이 그런 말투를 쓰니까 그렇죠. 그럼 노노코 씨에게 물어보세요. 다쓰히코는 좋은 남편이자 좋은 아빠입니다. 노노코 씨도 그렇게 대답할 게 분명해요."

아들을 두둔하는 게 아니라 진심으로 그렇게 생각한다는 것이 잘 느껴졌다.

미쓰야의 휴대폰이 울렸다. 그가 "실례합니다" 하며 거실을 나갔다.

"어머, 미안해요. 내 정신 좀 봐, 차도 내지 않고."

지에가 소파에서 일어났다.

"아뇨, 신경쓰지 않으셔도 됩니다."

가쿠토가 그렇게 대답했을 때, 거실 문이 열리고 미쓰야가 얼굴을 내밀었다.

"오늘은 이만 실례하겠습니다. 나중에 다시 이야기를 듣겠습니다."

수사본부에서 중요한 정보가 들어왔을지도 모르겠다는 가쿠토의 예상은 적중했다.

미쓰야는 집 밖으로 나오자마자 입을 열었다.

"모모이 다쓰히코 씨의 새로운 영상이 발견됐군요. 금요일 밤 9시 20분에 자택 아파트로 향하는 모습이 근처 CCTV에 찍혔다고 합니다."

고미네 아카리가 살해된 시각은 20일 금요일, 오후 7시 25분에서 오전 0시 사이로 확인되었다. 그사이 모모이는 범행 현장 근처 CCTV에 두 번 찍혔다. 피해자의 빌라 방향으로 걸어가는 모습과 당황한 기색으로 돌아오는 모습이다. 그로부터 약 40분 후에 자택 아파트 근처 CCTV에 찍힌 것이다.

"시간적으로 범행 현장에서 곧장 집으로 간 것 같군요."

가쿠토가 말하자,

"모모이 씨가 범행 현장에 갔는지는 아직 확실치 않습니다."

미쓰야가 지적했다.

"아, 그러네요. 죄송합니다."

"그런데 갔다고 생각하는 편이 자연스러울지도 모르겠군요."

어느 쪽이라는 거야, 하고 가쿠토는 마음속으로 따져 물었다.

지금 CCTV 위치를 확인하러 가겠다는 미쓰야의 말에 가쿠토는 휴대폰을 꺼냈다. 오늘은 수사 차량 대신 전철로 이동했다. 교통편을 확인하니 여기서 모모이 다쓰히코의 아파트 근처 전철역인 히바리가오카역까지는 한 시간이 넘게 걸렸다. 게다가 지금은 직장인들이 한창 퇴근하는 시간대다.

곧 9월이 끝나지만 낮 기온이 워낙 높아서 해가 저물어도 공기 중에 열이 남아 있다. 바람은 거의 불지 않는다. 역 쪽에서 퇴근한 것으로 보이는 사람들이 걸어온다. 손에 편의점 봉지를 든 사람, 휴대폰을 보느라 고개를 숙인 사람, 어깨에 묵직한 피로가 실려 있는 사람 등 저마다 돌아가야 할 장소로 가고 있다.

아아, 나도 집에 가고 싶다. 느닷없이 그런 생각이 들어 가슴이 뜨끔했다. 나란히 걷던 미쓰야의 휴대폰이 곧바로 울리는 바람에 속으로 불평한 걸 지적받는 기분이 들어 다시금 뜨끔했다.

"네…… 과연…… 몇 시입니까? ……알겠습니다."

통화를 마친 미쓰야가 가쿠토를 보았다.

"히바리가오카역 CCTV로 모모이 씨가 금요일 밤 9시 12분 도착 열차에서 내리는 모습을 확인했다고 합니다. 즉, 열차에서 내리고 8분 후에 집 근처 CCTV에 찍혔다는 말이군요."

미쓰야는 그렇게만 말하고 생각에 잠긴 표정을 짓더니 입을 꾹 다물었다. 머릿속에 있는 생각과 의문을 가쿠토에게 알려줄 마음은 없는 듯하다.

'괴짜'라 불리는 이 사람 머릿속에는 수사에 관한 것밖에 없겠구나, 하고 가쿠토는 생각했다. 타인의 평가를 신경쓰거나 자신의 부족한 점 때문에 위축되거나 앞날에 대해 막연한 불안을 느끼거나 하는 잡다한 일에 정신을 빼앗기는 일 없이 오직 눈앞의 수사에만 집중하고 있는 것이다. 나도 괴짜가 되고 싶다. 그러면 훨씬 편할 것 같다. 그렇게 생각하는 사람은 절대로 될 수 없겠지만.

가쿠토가 경찰이 된 가장 큰 이유는 공무원이기 때문이다. 한때 형사 드라마를 좋아하기도 해서 같은 공무원이면 형사가 되어 안정과 자극을 동시에 얻고 싶다는 단순함에서였다. 그렇게 결심한 것은 스무 살 전후의 일로, 지금 생각하면 8년 전 자신은 참으로 멍청했던 것 같다.

그 CCTV는 히바리가오카역 남쪽 출구를 나와 5분쯤 걸어가면 나오는 교차로에 있었다. 전봇대에는 'CCTV 작동 중'이라고 쓰인 팻말이 붙어 있다. 차량 두 대가 아슬아슬하게 지나갈 만한 길에는 민가와 작은 어린이 공원이 있다. 밤 8시가 지난 지금은 오가는 사람이 없다.

모모이 다쓰히코는 열차에서 내리고 8분 뒤에 이 CCTV에 찍혔다. 그렇다면 중간에 어디 들르지 않고 역에서 곧장 걸어왔다는 뜻이다. 그의 아파트는 교차로를 건너서 약 200미터 떨어진 곳의 오른쪽에, 걸으면 3분 거리에 있다. 집까지 200미터밖에 남지 않았는데 모모이는 어디로 갔을까.

"저 앞에는 CCTV가 없는 거죠?"

가쿠토가 모모이의 아파트 쪽을 가리키며 물었다.

"네, 모모이 씨 아파트에도 CCTV가 없더군요."

모모이 다쓰히코는 정말 집에 돌아가지 않은 걸까.

아내인 노노코는 모모이가 금요일부터 출장이었다고 했지만 회사에 확인한 결과 출장 일정은 없었다. 과연 누가 거짓말을 한 걸까. 모모이가 아내에게 거짓말을 한 건지, 아내가 경찰에게 거짓말을 한 건지 알 수 없다.

"보통, 이라는 건 뭘까요."

미쓰야가 불쑥 중얼거렸다.

혼잣말이겠거니 하고 잠자코 있자, "다도코로 씨는 어떻게 생각합니까?" 하고 그가 물었다.

"네? 보통이요?"

가쿠토는 당황했다. 미쓰야가 무엇에 관해 묻는 것인지 짐작도 가지 않았다.

"지난번에 모모이 씨의 아내인 노노코 씨가 그러지 않았습니까. 부부 사이는 보통이라고."

"아아, 네, 그랬죠."

그러고 보니 부부 사이는 어떠냐고 질문한 미쓰야에게 노노코는 그렇게 대답했다.

"보통의 부부 사이라는 건 어떤 걸까요?"

역시 무슨 말을 하는지 이해가 안 간다. 보통의 부부 사이라는 것은 말 그대로의 의미가 아닐까. 예를 들어 자신의 부모님처럼, 하고 가쿠토는 생각했다. 특별히 사이가 좋지도, 험악하지도 않다. 서로 이야기꽃을 피우지도 않고 공통된 취미가 있는 것도 아니다. 그곳에 있다는 게 당연한 것처럼 서로의 존재를 받아들이면서도 적당히 무시하며 산다.

"아마 사이가 특별히 좋지도 않고 그렇다고 나쁘지도 않은, 그런 거 아닐까요?"

자신의 부모님에게 품고 있는 이미지를 그대로 표현했지만, 미쓰야는 납득이 되지 않는 모양이다.

"음, 그럼 미쓰야 경위님 결혼은 하셨는지요?"

"안 했습니다."

"역시나."

무심코 웃음이 나왔지만 미쓰야는 여전히 진지한 표정이다. 가쿠토는 황급히 웃음을 거뒀다.

"사람이 보통이라는 말을 쓸 때는 세 가지 경우가 있습니다."

가쿠토에게서 시선을 거둔 미쓰야가 스스로에게 말을 거는 것처럼 말했다.

"첫 번째는 정말 보통이라고 생각하는 경우. 두 번째는 깊이 생각하지 않고 쓰는 경우. 일단 보통이라고 말해두면 무난하다는 의식이 작용한 겁니다. 그리고 세 번째는 뭔가를 숨기려는 경우. 보통이라는 말은 매우 편리합니다. 설명하지 않고 상대의 생각에 맡길 수 있으니까요."

미쓰야는 부부 사이가 보통이라고 대답한 노노코가 뭔가 숨기고 있다고 말하고 싶은 걸까. 하긴 남편이 출장 중이라는 것을 잊고 있었고 또 출장지가 어디인지도 모르는 노노코의 태도는 눈에 띄게 부자연스러웠다.

현재 모모이의 아파트는 경찰이 감시를 하고 있다.

그러나 이미 늦은 거 아닐까. 사건이 발생한 지 오늘로 닷새, 시신이 발견된 지는 이틀이 지났다. 만약 노노코가 남편이 도망가도록 도왔다면 시간은 충분하다. 최악의 경우 위조 여권을 손에 넣어 이미 해외로 도주했을 가능성도 있다.

2

우리 며늘아기. 모모이 지에는 남들에게 노노코에 대해 이야기할 때면 늘 그 호칭을 썼다.

"우리 며늘아기가 말이야" 하고 소리내어 말하면 애정과 친밀감이 느껴져 고부간 사이가 얼마나 좋은지 드러나는 것 같기 때문이다. 옛날 방식의 평화적인 호칭을 써서 혈연관계가 없는 며느리를 포함한 가족 모두가 행복하다는 걸 널리 알리고 싶었다.

지인 중에는 '아들 처'라고 말하거나, 이름 뒤에 '씨'를 붙이거나 혹은 붙이지 않고 말하는 사람이 많지만, 그런 호칭은 왠지 공격적이고 며느리에게 반감을 품은 것처럼 느껴졌다.

"우리 며늘아기는 차분하고 참 좋은 사람이야."

지에는 자주 지인에게 노노코에 대해 그렇게 설명했고, 다쓰히코와 노노코 본인에게도 "얘야, 너는 어쩜 그렇게 차분하니" 하고 농담조로 말하기도 했다. 지에에게 '차분하다'는 '칙칙하다'와 동의어였다.

다쓰히코가 노노코를 처음 소개해줬을 때, 별거 없어 보이는 여자잖아, 하고 실망했던 것을 기억한다. 다쓰히코라면 더 괜찮은 여자가 있을 텐데, 하고 아쉬워했다. 노노코는 결코 못생기지는 않았지만 눈길을 끄는 화려함 같은 것이 없고 얌전하며 눈에 띄지 않는 인상이었다. 다쓰히코는 키가 170센티미터도 안 되고 쌍꺼풀 없이 작은 눈에 코와 입도 작아서 이목구비 하나하나는 결코 이상적인 모양은 아니지만 눈길을 사로잡는 화려함이 있다. 어렸을 때부터 또래들 사이에서 왠지 눈에 띄었다. 남편인 유조는 "고슴도치도 제 새끼가 제일 곱다고 하더니" 하고 웃어넘겼지만, 지에는 아들에게 특별한 오라가 있다고 생각한다.

그래서 정반대 유형의 노노코를 소개받았을 때 솔직히 놀람과 동시에 낙심했다. 하지만 칙칙하고 눈에 띄지 않는 여자를 일부러 고른 점 또한 겉모습이 아닌 내면으로 사람을 판단하는 다쓰히코의 성실한 인간성이 드러난 것이라고 자신을 타일렀다.

실제로 노노코는 좋은 며느리라고 생각한다.

노노코에게 진심으로 화가 난 적은 딱 한 번뿐이다. 결혼 직전에 그녀가 임신했다는 것을 알았을 때인데 당시에는 속은 기분이 들었다. 노노코가 다쓰히코와 결혼하고 싶어서 일방적으로 임신을 계획한 건 아닐까 의심하기도 했다.

그 외에는 대체로 만족스러웠다. 고분고분하고 얌전한 노노코는 다쓰히코와 시부모의 말을 거역하는 일이 없었다. 고집이 센 구석이 있는 다쓰히코에게는 한 걸음이든 두 걸음이든 마다 않고 양보하는 그런 유형이 적합할 것이다.

물론 불만스러운 점도 있다. 가장 큰 불만은 린타가 아직 어린데도 풀타임으로 근무하는 것이다. 자식이 어릴 때는 곁에 있어주면 좋으련만. 린타가 불쌍하다. 그렇게 생각하면서도 아들 부부도 나름 사정이 있을 거라고, 부주의하게 참견해서는 안 된다고 자중하고 있다. 그런 자신 또한 좋은 시어머니라고 할 수 있지 않을까 생각했다.

"왜 이렇게 전화가 안 돼!"

지에의 입에서 비명 같은 목소리가 새어나왔다.

몇 번을 걸어도 노노코가 전화를 안 받는다. 점점 불길한 상상이 떠올라 머리가 돌 지경이었다. 다쓰히코는 행방불명, 게다가 살인 사건의 범인 취급을 받고 있다. 자신의 인생에 이런 무시무시한 일이 생기다니 믿기지 않았다.

두 형사가 돌아간 직후였다. 거실에는 그들이 가져온 무시무시한 비일상이 자욱하게 껴 있다.

"역시 전원이 꺼져 있군."

남편이 휴대폰을 귀에 대고 중얼거렸다.

"다쓰히코 휴대폰이?"

지에의 질문에 남편이 험악한 표정으로 고개를 끄덕였다.

남편의 전화는 연결되지 않아도 어머니인 자신이라면 연결될지도 모른다. 그러길 기도하며 다쓰히코의 휴대폰에 전화를 걸었지만, 전파가 닿지 않는 곳에 있거나 전원이 꺼져 있다는 메시지가 흘러나올 뿐이었다.

"애한테 무슨 일이 있는 건지."

지에는 중얼거렸다.

괜찮아, 조만간 연락 오겠지, 뭔가 착오가 있는 거야. 무슨 말이든 상관없다. 애매해도 좋으니 낙관적이고 납득할 만한 대답을 듣고 싶었다. 그러나 남편은 입을 열 생각이 없어 보였다.

"노노코 씨 휴대폰도 전원이 꺼져 있어. 어찌 된 일이람. 이런 시간에."

다쓰히코의 집에는 일반 전화기가 없다. 만일을 대비해 설치하라고 여러 번 말했건만. 지에는 아랫입술을 깨물었다.

벽시계는 6시 33분을 가리키고 있다. 마침 저녁 먹을 시간인 것이다. 그런데 노노코는 어디서 무얼 하고 있을까. 아니, 그보다 다쓰히코의 행방이 묘연하고 경찰이 찾고 있다는 것을 왜 우리에게 알리지 않았을까.

형사는 이틀 전인 월요일에 다쓰히코가 행방불명인 걸 알았고, 그날 밤에 노노코를 만났다고 했다. 노노코는 이틀 전에 알고 있었다. 그럼에도 불구하고 우리에게 아무런 연락도 하지 않았다. 보통은 바로 알리게 마련이다. 어머니, 다쓰히코 씨가 행방불명이에요. 경찰이 다쓰히코 씨를 찾고 있어요. 울면서 전화를 해야 마땅하지 않은가.

"여보. 다쓰히코한테 무슨 일이 생긴 걸까?"

지에는 다시 말했지만 아무런 말도 돌아오지 않았다.

갑자기 이 사람은 늘 그랬지, 라는 생각이 들었다. 내가 필요로 할 때 필요한 말을 해준 적이 없었다. 중요한 때마다 입을 다물어버리는 사람이다.

"사건이나 사고에 휘말린 게 아닐까? 어디서 도움을 청하고 있으면 어떡하지? 경찰이 열심히 다쓰히코를 찾아주겠지? 다쓰히코, 찾을 수 있겠지?"

지에는 불안한 나머지 말을 주절주절 늘어놓았다.

"좀 진정해요."

"아니, 대체 무슨 일이 생긴 건지 원. 다쓰히코가 사람을 죽이다니 말도 안 되잖아. 왜 일이 이 지경이 됐지?"

"다쓰히코가 어디로 간 건지 짚이는 데 없어?"

다쓰히코가 갈 만한 곳…… 생각해봤지만 아무것도 떠오르지 않는다. 다쓰히코와 친한 사람 이름도 생각이 안 난다. 집을 나간 지 10년이 넘었다. 자립한 사회인이고 가정을 꾸렸으며 게

다가 남자아이다. 아들의 인간관계에는 신경쓰지 않는 게 당연하지 않은가. 애초에 남편이 되고 아버지가 된 아들에게, 가족이나 직장 외의 인간관계가 있었는지 어쩐지도 알지 못한다.

다쓰히코가 평범하게 살고 있다고 생각했다. 일과 가정. 그 두 가지가 다쓰히코의 일상생활의 기둥으로, 물론 거기에서 이런저런 많은 일이 생기겠지만 결코 일상에서 벗어나는 일은 없으리라고 당연하게 생각하고 있었다.

다쓰히코가 불륜을 저질렀다는 형사의 말을 들을 때 뭔가 착오가 있는 거라고 얼른 부정했지만, 솔직히 있을 수 없는 일은 아니라고 생각한다. 불륜, 즉 바람피우는 건 드문 일도 아니다. 남편도 젊었을 때 몇 번인가 여자 냄새를 풍기고 집에 왔다. 그 순간 난리 법석을 피우냐 아니냐로, 일상 안에서 수습되느냐 아니면 일상을 깨뜨리느냐가 결정된다. 다시 말해 결국에는 아내가 결정할 일인 셈이다.

노노코는 다쓰히코가 바람피우는 걸 알고 있을까. 그런 의문이 머리를 스쳤다.

이튿날 아침 신문에 다쓰히코의 일이 실렸다.

'경찰은 피해자의 남성 동료가 어떤 사정을 알고 있다고 보고 행방을 쫓고 있다.'

지에는 돋보기안경을 고쳐 쓰고 신문의 작은 글자를 반복해서 눈으로 좇았다. 이윽고 머리 꼭대기에서 자신이 빠져나가더니 신문기사를 냉정한 눈으로 읽는 기묘한 감각에 빠졌다.

이 남성 동료가 범인인 게 틀림없어.

머릿속에서 군중의 목소리가 들려 깜짝 놀라 고개를 들었다.

식탁에는 지에 혼자다. 남편은 65세에 정년퇴직을 한 뒤 아파트 관리인 일자리를 얻었다. 일밖에 모르는 남편은 70세까지 일한다고 한다. 상황이 이런데도 오늘도 7시쯤 집을 나섰다.

남편도 이 신문기사를 훑어봤을 텐데 아무 말이 없었다. 그러고 보니 남편이 다쓰히코가 범인일 리 없다고 확실히 말하는 걸 듣지 못했다. 설마, 나를 제외한 모두가 다쓰히코가 범인이라고 생각하는 걸까.

공포가 싸늘함으로 변해 등줄기를 타고 내려갔다.

다쓰히코도 노노코도 여전히 휴대폰 전원이 꺼져 있다.

도대체 무슨 일이 일어난 걸까. 자신 혼자만 아무것도 모르는 기분이 들었다.

3

가세 아스카가 고른 곳은 상업용 건물 1층에 있는 카페 겸 레스토랑의 테라스 자리였다. 오전에 내리던 비는 그쳤지만 음산

한 구름이 하늘을 뒤덮고 축축한 바람이 약하게 불고 있었다.

점심시간이 지난 테라스 자리에는 어린아이를 데려온 어머니와 중년 여성이 몇 팀 있을 뿐 대체로 한산했다. 누가 봐도 튀어 보이는 두 남자에게 가세는 "미쓰야 형사님이신가요?" 하며 주저 없이 말을 걸어왔다.

밝게 염색한 머리를 정수리까지 높게 묶고, 귀에는 치렁치렁한 귀걸이를 하고, 어깨에는 에스닉풍의 화려한 숄을 걸친 그녀는 '자칭 점술사' 같은 분위기였다.

"나에 대해서는 누구한테 들은 거죠?"

가세는 경계하는 기색도 없이 태연히 물었다.

"이전 직장의 직원이 알려주더군요."

미쓰야가 대답했다.

가세는 약 반년 전에 모모이 다쓰히코가 근무하는 광고대행사에서 퇴사했다.

"그건 알겠는데요, 누구예요? 가토? 요시자와? 사이토?"

가세가 이름을 댄 세 사람 모두 그녀가 과거 모모이의 불륜 상대였다고 증언했다.

"나랑 모모이 씨가 불륜 관계였다고 경찰에 고자질한 사람이 있잖아요. 그러니까 일부러 내 이야기를 들으러 왔겠죠."

"사실입니까?"

미쓰야의 질문에 가세가 장난스럽게 웃더니 "케이크 세트 주문해도 될까요?" 하고 답을 피했다.

"물론입니다."

미쓰야가 대답한다.

주문을 받으러 온 종업원에게 치즈 케이크와 커피를 주문한 가세는 미쓰야와 가쿠토를 번갈아 쳐다본 뒤 "사실이에요" 하고 웃으면서 대답했다.

"그런데 1년도 더 된 일이에요. 잠깐 사귀었을 뿐, 불륜이라고 할 만큼 대단한 관계는 아니었어요."

"가세 씨가 회사를 그만두신 건 모모이 씨 때문입니까?"

"아니에요, 무슨 그런 말씀을" 하고 가세는 코앞에서 손사래를 쳤다. "요가 강사가 되려고 그만둔 거예요. 형사님들도 괜찮으시면 체험 수업 한번 들어보실래요?"

가세는 가방에서 명함을 꺼내 미쓰야와 가쿠토 앞에 놓았다.

"퇴사 후에 모모이 씨를 만나신 적이 있습니까?"

"없어요."

"연락을 하신 적은?"

"없어요, 없어. 원래 그렇게 깊은 관계는 아니었거든요."

"모모이 씨와는 왜 사귀신 겁니까?"

"왜냐고요?" 하고 되물은 가세는 입술을 쭉 내밀고 생각하는 표정을 지었다. "왜?" 하고 거듭 혼잣말을 하며 잠시 생각에 잠긴 듯했지만, 이윽고 고개를 들고 "그냥?" 하고 애매하게 대답했다.

"그냥이라는 건 무슨 뜻입니까?"

아니나 다를까 미쓰야가 묻는다. 추궁하는 게 아니라 모르니까 가르쳐달라는 어조였다.

"으음. 흐름?"

"흐름이라 하면?"

"회식 끝나고 가는 길에 왠지 그런 분위기가 잡혀서 그대로 내 집에 머물고, 거기서부터 질질……. 그런데 반년도 못 갔어요."

"왜 헤어지신 겁니까?"

"나한테 남자친구가 생겼거든요."

가세가 치즈 케이크를 먹으며 한 손을 들고 대답했다.

"헤어질 때 문제가 생기지는 않았습니까?"

"전혀요."

"모모이 씨가 뭐라고 하던가요?"

"자세한 건 기억나지 않지만, 알겠어! 같은 느낌이었어요."

불륜 관계이긴 해도 서로 애정은 없었다는 걸까. 이것이 세상에서 흔히 말하는 쿨한 어른의 관계라는 걸까. 가쿠토는 그런 생각을 했다. 그런데 눈앞에서 케이크를 입에 가득 넣고 오물거리는 가세는 예쁘게 생긴 데다 요염한 분위기까지 풍긴다. 굳이 처자식이 있는 남자와 사귀는 위험을 감수할 필요는 없지 않을까. 피해자인 고미네 아카리가 동료에게 말한 것처럼 가세도 '헤어질 때 생각하면 유부남이 더 편하다'는 이유로 모모이와

140

사귀었던 걸까.

"모모이 씨 부인은 두 분 관계를 몰랐습니까?"

미쓰야의 질문에 가세는 "아마도"라고 대답했다.

"아마도, 라 하면?"

"모모이 씨한테 몇 번 물은 적이 있어요. 아내한테 들키면 큰 일인데 어쩔 거야? 하고. 그랬더니 자기 아내는 남편한테 관심 이 없어서 눈치 못 챈대요. 만약 들켜도 절대로 화내지 않으니 까 괜찮다던데요."

남편한테 관심이 없다. 들켜도 절대로 화내지 않는다.

가쿠토는 마음속으로 반복했다.

결혼한 지 2년밖에 안 된 부부 사이에 그런 일이 가능한 걸까.

"그때 모모이 씨는 어때 보이던가요? 외로워 보이거나 화가 난 상태였습니까?"

"전혀요. 모모이 씨는 원래 뭐랄까, 빈틈이 없고 매사에 스마 트해요. 굉장히 가볍다고 할까, 마음을 쓰지 않는다고 할까. 회 사에서도 마찬가지지만 다툼이나 귀찮은 일을 싫어하고, 편하 게 사는 게 최고지, 하는 느낌의 사람이에요. 그래서 요즘 세상 에선 드물게 트위터랑 인스타그램도 안 했어요. SNS는 성가신 문제의 근원이라면서요."

가세가 설명한 모모이 다쓰히코는 다른 사람들의 증언과 대 부분 일치했다. 회사 동료와 부하 직원, 대학 동창 들도 모모이를 '상냥하다' '빈틈이 없다' '적이 없다'고 평가하는 한편, '불편한 일은 피하는 유형' '자기만 좋으면 된다' '의욕이 없다'고 말했다.

"그래서 모모이 씨가 고미네 씨를 죽이고 달아났다는 이야기를 듣고 정말 깜짝 놀랐다니까요."

그 소감도 다른 사람들과 똑같았다. 모모이를 아는 사람들은 '설마 그가 사람을 죽이다니'라고 하면서도 모모이가 범인이라는 걸 받아들였다. '설마 그 사람이' '믿기지 않는다' '그런 사람으로는 안 보였다'는 말은 거의 대부분의 사건에서 듣는 말이다.

"모모이 씨가 범인이라는 말은 하지 않았습니다."

미쓰야가 부드럽게 지적했지만, 가세는 형식적인 말로 받아들인 모양이다.

"살해된 고미네 씨는 모모이 씨보다 열 살이나 어리죠? 그래서 그 이성적인 모모이 씨도 정신을 못 차렸나 보네요."

"모모이 씨가 누구와 친하게 지냈는지는 모르십니까?"

가세는 글쎄요, 하고 고개를 갸우뚱했다.

"모모이 씨가 친하게 지낸 사람이 있었나? 이러니저러니 해도 결국에는 가족이 최고잖아요. 그러고 보니 모모이 씨가 아내를 흉보거나 이혼하고 싶다고 한 적은 없네요."

아무래도 모모이의 인간관계는 좁고 얕았던 모양이다. 회사나 업무 관련 술자리가 있으면 참석한 정도지, 사적으로 친하게 지낸 사람은 없는 듯했다.

나도 마찬가지일지도 모르겠네, 하고 가쿠토는 생각했다. 대학을 졸업한 지 2~3년쯤 됐을 때는 친구를 만나 근황을 묻거나 미팅에 나가기도 했지만, 차츰 귀찮은 마음이 앞섰다. 휴일이면 굳이 외출하기보다 기숙사 방에서 인터넷과 게임을 하거나 동영상 사이트를 봤다.

아직 스물여덟 살인데 이렇게 지내도 괜찮을까. 문득 불안에 휩싸였다.

모모이는 서른네 살이고 가족이 있으니 그나마 나을 것이다. 그러나 자신은 혼자고 여자친구가 생길 기미도 안 보인다. 아니, 애초에 여자친구가 생기기를 진심으로 바라지도 않는다. 사적인 시간은 혼자 자유롭게 보내고 싶었다.

나, 괜찮은가? 순간 일하는 도중임을 잊고 스스로에게 물었다.

괴짜인 이 사람은 어떨까, 하고 미쓰야를 슬쩍 곁눈질했다.

친한 친구는 있을까. 여자친구는 있을까. 휴일에는 뭘 하며 지낼까. 미쓰야의 사적인 시간은 전혀 상상이 안 된다. 그가 누군가와 실없는 잡담을 하거나 함께 웃고 있는 광경이 머릿속에 그려지지 않는다.

"어떻게 생각합니까?"

가세 아스카와 헤어지고 역으로 걷고 있는데 갑자기 질문을 받았다. 이번에도 뭘 묻는 건지 몰라 "네?" 하고 되물었지만, 미쓰야는 그 이상은 말하지 않았다.

가쿠토는 초조해졌다. 빨리 대답하지 않으면 눈치 없는 놈이라고 생각할 것이다. 그렇다고 동문서답을 하면 멍청하다고 생각하겠지. 미쓰야는 도대체 무엇에 관해 어떻게 생각하냐고 물은 걸까. 이래서 괴짜는 질색이라니까, 하고 가쿠토는 마음속으로 구시렁거렸다. 정답이 떠오르지 않아 결국 생각한 것을 그대로 대답하기로 했다.

"모모이는 어디에 있을까 생각하고 있습니다."

자신의 목소리를 인지한 순간 가쿠토는 큰 실수를 저질렀다고 생각했다.

모모이는 어디에 있을까 생각하고 있습니다, 라고? 아마추어냐? 아니, 그 전에 어린애냐? 하고 스스로를 지적했다. 어디에 있는지 모르니까 찾고 있는 것이다.

"나도 마찬가지입니다."

"네?"

"모모이가 아니라, 모모이 씨지만."

"아, 네. 죄송합니다."

"나도 모모이 씨가 어디에 있을까 생각하고 있습니다."

미쓰야는 먼눈으로 저 앞을 바라본다.

모모이의 모습이 마지막으로 확인된 건 자택 아파트 근처 CCTV로, 아직까지는 그 이후 영상이 발견되지 않았다. 사건이 발생한 날 밤 모모이는 집에서 200미터 남은 곳까지 돌아왔었다. 그곳에서부터 행적이 뚝 끊겼다.

어젯밤 모모이가 찍힌 CCTV 위치를 확인하고 나서 아내인 노노코에게 다시 사정을 들으러 갔다. 그날 밤 모모이가 집에 돌아오지 않았다는 대답에는 변함이 없었다. 그때도 미쓰야는 모든 방은 물론 옷장, 욕실과 화장실, 베란다, 그리고 냉장고 속까지 확인했다.

미쓰야는 모모이가 집에 숨어 있을 가능성을 생각하는 걸까.

미쓰야가 무슨 생각을 하는지 알 수가 없다. 그는 일일이 설명해주지 않거니와 질문받는 것을 성가시게 여기는 것 같다. 아니면 내가 눈치가 없는 걸까. 다른 사람이라면 설명을 듣지 않아도 미쓰야의 언행의 의미를 헤아릴 수 있을까.

현관문을 열어준 사람은 일흔 살쯤 돼 보이는 백발의 여자였다.

"모모이 씨네 남편 일이죠?"

그렇게 물은 여자의 눈에는 호기심이 서려 있었다. 그녀는 모모이 다쓰히코가 사는 아파트 1층의 주민이다. 어젯밤에는 집에 없었기 때문에 다시 방문한 것이다.

5층짜리인 이 아파트는 한 층에 네 집이 있어 총 스무 가구가 산다. 그중 아직 탐문 수사를 하지 못한 집은 이 마쓰모토라는 주민이 사는 집을 포함해 총 네 가구였다.

"왜 모모이 씨 일이라고 생각하셨습니까?"

미쓰야의 질문에 여자는 맞은편 주민에게 들었다고 대답했다.

"오늘 아침에 쓰레기 버리러 나갈 때 맞은편 집 부인을 마주쳤거든요. 가네시로 씨라고 하는데, 형사님들, 어제도 왔었죠? 가네시로 씨 말로는 형사들이 모모이 씨 남편 못 봤냐고 끈질기게 물었다던데. 왜 있잖아요, 며칠 전에 젊은 여자가 살해된 사건. 아무래도 그 사건과 연관된 것 같다고 하던데."

"맞은편의 가네시로 씨가 그렇게 말씀하셨습니까?"

"네, 그렇다니까요. 저기, 모모이 씨네 남편이 범인이에요?"

미쓰야는 침묵하는 것으로 여자의 질문을 무시하고 본론에 들어갔다.

"9월 20일, 지난주 금요일입니다만, 밤에 모모이 씨 남편을 못 보셨습니까?"

"어, 그거요, 그거. 가네시로 씨가 질문을 받았다길래 나도 생각해봤는데 못 봤어요."

"모모이 씨를 마지막으로 보신 건 언제입니까?"

"그게 잘 기억이 안 나네요. 그 집 남편하고는 가끔 아파트 입구에서 마주치는 정도라, 그리 자주 마주치는 것도 아니고."

마지막으로 모모이 다쓰히코를 본 게 언제냐는 질문에 정확히 대답한 주민은 현재로서는 없다. 외곽이기는 하나 도쿄의 아파트인 만큼 주민끼리 친하게 지내는 경우는 드물 것이다. 실제로 지금까지 탐문 수사를 한 집에서 모모이를 알고 있는 주민은 이 마쓰모토라는 여자 외에 그녀의 맞은편 집에 사는 가네시로, 그리고 모모이의 옆집 주민뿐이었다.

도쿄의, 특히 서부 지역의 얄팍한 인간관계에는 완전히 적응한 줄 알았건만. 가쿠토의 몸속에 차가운 바람이 불었다. 미야기현 센다이에 있는 가쿠토의 본가는 단독주택으로, 동네 사람들과 대부분 아는 사이였다. 중학생 때 친구와 편의점 앞에 앉아서 게임을 하고 있으면 이튿날에는 어머니도 그 사실을 알게 됐다. 고등학생 때는 부모님 몰래 패스트푸드점에서 아르바이트를 했는데 일주일도 못 가서 어머니에게 들켰다. 대학 진학을 위해 도쿄로 나왔을 때는 자신이 투명 인간이 된 기분이었다. 아무도 자신에게 마음을 쓰지 않고 시선을 주는 일도 없었다. 주위의 무관심에 이것이 자유구나, 하고 해방감을 느꼈다. 그런데 언제부터인가 투명 인간이 된 자신이 미덥지 못하고 불확실하게 느껴졌다.

이렇게 지내도 되는 걸까. 배꼽 언저리에서 그런 의문이 자주 떠올랐다. '이렇게'가 무엇을 가리키는지도 모르는 막연한 불안. 어쩌면 모든 것에 대해 과연 이렇게 지내도 되는지 의문스러웠을지도 모른다.

현재 상황에 큰 불만이 있는 것도 아니다. 그저 만약 다른 직업을 가졌다면, 만약 고향인 센다이에서 살았다면, 하고 저도 모르게 이랬다면, 저랬다면 하고 가정하곤 했다.

가쿠토는 사진과 영상으로만 본 모모이 다쓰히코의 일상을 상상해봤다. 빈틈이 없고 매사에 스마트하다, 귀찮은 일을 싫어한다, 마음을 쓰지 않는다, 친하게 지내는 사람이 없다……. 실체 없이 둥둥 떠다니는 인상이다. 누구와도 깊이 관여하지 않아서 있는지 없는지 모를 투명 인간 같은 존재.

모모이는 모든 것이 다 싫어진 건 아닐까. 돌연 그런 생각이 들었다.

무의식중에 억눌러왔던 감정을 표출해 충동적으로 불륜 상대를 살해한 것이다. 그리고 지금까지의 일상을 버리고 다른 나로 살기 위해 도망갔다. 이럴 가능성은 없는 걸까.

순간 미쓰야에게 이 내용을 말하고 싶어졌다. 그러나 자신의 상상에 근거라고는 없다는 걸 깨닫고 입을 꾹 다물었다.

아무런 수확도 거두지 못한 채 아파트를 뒤로했다.

아파트 건너편은 월정액 주차장으로, 수사 차량이 감시를 하기 위해 정차해 있다. 하지만 이제 와서 모모이가 집으로 돌아올 가능성은 낮다고 생각된다.

미쓰야는 CCTV가 있는 쪽을 바라보고 있다.

"사람은 생각보다 쉽게 사라지는군요."

나직하고 허스키한 중얼거림이 귓가에 맴돌았다.

4

잘게 썬 양파를 약한 불에 충분히 볶아준다. 단맛과 감칠맛을 내기 위해 조리법에 적힌 양의 1.5배쯤 되는 양파를 볶다가 캐러멜색이 나면 한입 크기로 썬 당근과 감자도 넣는다. 닭다리 살은 미리 소금과 후추로 간을 하여 프라이팬에 노릇노릇하게 구워놓았다.

모모이 지에는 카레를 맛있게 만드는 비결은 시간을 충분히 들이는 것이라고 생각한다. 귀찮아하지 않고 정성을 들이면 시판 고형 카레로도 충분히 맛있게 만들 수 있다.

물을 부은 냄비에 시판 고형 카레를 쪼개서 넣는다. 더 맛있게 하기 위해 다진 마늘과 인스턴트커피를 넣고 푹 끓이면 완성이다.

다쓰히코는 어렸을 때부터 엄마가 만들어준 치킨 카레를 좋아했다. 결혼하고 나서도 본가에 올 때마다 치킨 카레를 해달라고 했다.

그러고 보니 올해 설날에도 치킨 카레를 먹었다. 아침과 점심은 오세치 요리(옮긴이 주 – 무, 연근, 토란, 다시마, 검은콩, 새우 등을 달짝지근하게 조려 찬합에 담아 설날에 먹는 요리)와 떡국으로 하고 저녁에는 스키야키(옮긴이 주 – 얇게 썬 소고기와 채소, 버섯, 두부를 간장 양념에 졸여 날달걀에 찍어 먹는 전골 요리)를 먹으려고 재료를 준비해놓았다. 다쓰히코에게 "뭐 먹고 싶은 거 있니?" 하고 물었더니 바로 "엄마가 해주는 치킨 카레가 먹고 싶네"라는 대답이 돌아왔다. 지에는 "설날에 카레가 먹고 싶다고?" 하고 어처구니없다는 표정을 지었지만 역시 아들에게 엄마표 카레는 특별한 것이구나 싶어 내심 기뻤다.

냄비에서 피어오르는 김이 환풍기에 빨려 들어간다. 환풍기의 낮은 소리가 지에를 감싸줬다. 자신이 어디에 있는지, 왜 카레를 만들고 있는지 모르겠다. 의식이 점점 멀어진다. 지에는 오직 카레 만들기에 집중했다.

"어머니?"

누군가 부르기 전까지 정신이 아득했다. 그 소리를 듣고도 지금 자신이 어디에 있는지 혼란스러웠다.

"할모니, 할모니."

새된 목소리에 정신이 퍼뜩 들었다. 린타가 신나게 소리를 지르며 아장아장 걸어오더니 지에의 다리를 부둥켜안았다.

"에구머니나, 린 짱. 위험해서 안 돼. 할머니 지금 요리하잖니."

린타는 지에가 주의를 주는데도 흘려듣고 "할모니, 할모니" 하며 해맑게 어리광을 부렸다. 다쓰히코의 어릴 때 모습을 쏙 빼닮았구나, 하고 셀 수 없이 많이 생각한 걸 또 생각했다.

지에는 가스레인지 불을 끄고 "린 짱, 잘 있었니?" 하며 린타의 볼을 검지로 쿡쿡 찔렀다. 린타가 까르르 웃는다.

고개를 들자 노노코가 멍하니 자신을 쳐다보고 있었다.

"아아, 멋대로 들어와서 미안하구나."

아파트 열쇠는 다쓰히코가 '무슨 일이 있을 때를 위해서' 준 것이지만 여태껏 한 번도 사용한 적이 없었다. 아들 집이긴 해도 아들네 식구가 함께 사는 곳이니 멋대로 들어오는 게 비상식적인 행동이라는 건 충분히 알고 있었다. "그런데 말이다" 하고 속내가 튀어나왔다.

"어제부터 계속 전화를 걸어도 받지도 않고 나한테 연락도 안 해줘서 혹시 무슨 일이 생겼나 걱정이 돼서 왔단다."

"아, 죄송해요."

"도대체 이게 무슨 일이야? 어떻게 된 거야?"

"어제 휴대폰을 잃어버렸어요."

"휴대폰을 잃어버렸다고?"

"아, 아뇨. 오늘 찾았어요. 그런데 배터리가 다 돼서 전화가 온 줄 몰랐어요……. 죄송해요."

사실일까. 내가 전화한 타이밍에 휴대폰을 잃어버린 것도 모자라 배터리가 다 됐다니, 그런 우연이 있을까.

지에가 의심한다는 걸 눈치채기라도 한 듯 노노코는 급히 가방에서 휴대폰을 꺼내더니 "충전해야겠어요" 하고 충전 케이블에 연결했다. 그 일련의 동작이 알리바이를 만드는 것처럼 보였다. 그도 그럴 것이 며느리는 다쓰히코가 행방불명이 됐는데도 연락 한번 주지 않았다.

벽시계를 보니 6시가 넘어 있었다.

"이런 시간까지 어디 갔다 왔니?"

"회사요."

그렇게 대답한 노노코는 의아해하는 얼굴이었다. 뻔한 것을 왜 묻냐고 말하려는 듯이.

"회사?"

"네" 하고 의아해하는 얼굴은 변함이 없다.

"린타를 어린이집에 맡기고?"

"그런데요."

다쓰히코가 행방불명이 된 데다 범인 취급까지 받고 있는데, 며느리는 평소처럼 생활하고 있다니. 지에의 관자놀이가 화끈 달아올랐다. 이와 반대로 폐는 싸늘한 공기로 채워졌다.

"어제 우리 집에 경찰이 왔었다."

"아아" 하고 노노코는 숨을 내쉬듯 말했다.

"아아?" 날 선 목소리가 튀어나왔다. "아아, 가 뭐니, 아아, 가. 다쓰히코가 없어졌는데 왜 바로 연락하지 않았니?"

"걱정하실까 봐요."

"걱정? 당연하지. 내가 엄마인데. 그런 중요한 일을 왜 알려주지 않는 거냐?"

"죄송해요."

"도대체 어떻게 된 거냐? 다쓰히코에게 무슨 일이 있었어? 얘야, 너는 자세히 알 거 아니니?"

노노코의 눈썹이 아래로 처지며 한심한 얼굴이 됐다. 지에가 보기에는 일부러 지어낸 표정 같았다.

"그게, 잘 모르겠어요."

노노코는 쥐어짜듯이 대답했다.

"잘 모르겠다니 무슨 소리냐? 다쓰히코는 어디 있어? 짚이는 데도 없니?"

"정말 잘 모르겠어요."

"경찰은 다쓰히코가 여자를 죽였다고 생각하는 거지?"

노노코는 눈을 내리까는 것으로 긍정의 뜻을 내비쳤다.

"그럴 리 없잖니. 얘야, 경찰한테 제대로 말했니? 다쓰히코가 그런 무시무시한 일을 저지를 리가 없다고."

노노코는 눈을 내리깐 채 "네" 하고 작게 대답했다. 그러나 지에는 노노코가 경찰의 말을 곧이곧대로 받아들인 게 아닐까 의심스러웠다.

"얘야, 네가 정신을 똑바로 차려야 한다."

"죄송해요."

죄송은 무슨 얼어 죽을! 하고 윽박지르려는 순간, 린타가 울먹이는 소리로 "할모니이" 하고 지에의 치맛자락을 잡아당겼다. 지에는 린타의 머리에 손을 얹었다.

"린 짱, 잠깐만 기다리렴. 지금 할머니는 엄마랑 중요한 이야기를 하고 있단다."

"린타가 배가 많이 고플 거예요. 카레를 만드셨군요. 린타에게 먹여도 될까요?"

다쓰히코에게 먹이고 싶어서 만든 카레다. 린타는 미처 생각도 못하고 매운맛 카레를 사용했다.

"린 짱, 미안하구나. 이 카레는 아빠 것이라 맵단다. 얘야, 우리 손자가 바로 먹을 만한 것 좀 없니?"

노노코는 찬장에서 콘플레이크를 꺼내 우유에 타서 린타에게 건네더니 미리 녹화한 듯한 만화영화를 틀었다. 린타는 TV 앞에 앉아 얌전히 콘플레이크를 먹었다.

지에는 부엌에서 차를 끓이는 노노코를 쳐다봤다. 시선이 느껴지지도 않는지 노노코는 속내를 알 수 없는 흐리터분한 표정을 지은 채 고개를 들지 않는다. 눈 밑이 눈에 띄게 거뭇거뭇하고, 생기 없는 뺨에는 머리카락이 한 올 내려와 있다.

지에의 머리에 '우둔'이라는 단어가 떠올랐다. 지금껏 '칙칙하다'는 의미를 담아 노노코를 '차분하다'고 평가해왔지만, 실은 '우둔하다'고 말하고 싶었다는 걸 깨달았다. 노노코를 만날 때면 늘 다쓰히코가 함께였다. 지에 입장에서 노노코는 다쓰히코에게 딸려 있는 존재에 불과했다. 그래서 그녀의 우둔함을 직시할 일이 없었던 것이다.

식탁에서 새삼 마주하자 노노코에 대한 짜증이 더해졌다.

다쓰히코의 일을 왜 바로 알려주지 않았을까. 어떻게 이런 상황에서 회사에 갈 수가 있을까. 왜 우리에게 도움을 청하지 않을까. 어떻게 린타의 저녁밥으로 콘플레이크 따위를 먹일 수가 있을까. 왜, 와 어떻게, 가 머릿속에서 소용돌이친다. 노노코의 행동 하나하나가 이해되지 않았다.

노노코는 흐리멍덩한 무표정을 하고 두 손으로 감싼 찻잔에 시선을 떨구고 있다.

"애야."

지에가 말을 걸자 노노코가 고개를 들었다. 그러나 눈동자에 힘이 없다.

"다쓰히코에게 무슨 일이 있었는지 설명해다오. 너는 살해된 여자를 아니?"

노노코는 고개를 가로젓고 나서 "아뇨" 하고 대답한 뒤 "그런데" 하고 계속했다. "아범의 불륜 상대였대요."

"그럴 리 없잖니. 너, 설마 그 말을 믿는 거 아니지?"

노노코는 다시 찻잔에 시선을 떨어뜨렸다.

"설마, 다쓰히코가 사람을 죽이고 도망갔다고 생각하는 거 아니지?"

노노코는 침묵을 사이에 두고 나서 "모르겠어요" 하고 작게 대답했다.

관자놀이에서 열이 뻗쳐 이성이 날아갔다.

"허튼소리 좀 작작해! 모르긴 뭘 몰라. 다쓰히코가 그런 짓을 할 리가 없잖아. 네가 안 믿으면 어떡하니."

시야 끝에 이쪽을 보고 있는 린타가 보여 지에는 노여움을 삼켰다. 그러나 말을 억누를 수는 있어도 노노코를 향한 날카로운 눈빛은 누그러뜨릴 수 없었다.

"죄송해요."

노노코가 고개를 숙인다.

"앞으로 어떻게 할 거니?"

애써 차분한 목소리를 냈다.

노노코는 "앞으로" 하고 억양 없이 읊조리더니 입을 다물었다. 눈썹을 내리고 고민하는 얼굴로 눈을 연신 깜빡인다.

"모르겠어요. 하지만 린타도 어리고 어떻게든 해야 한다고 생각해요. 생활비를 벌어야 해서 지금 회사는 계속 다닐 생각이에요."

"그 얘기가 아니고!"

간신히 억눌렀던 분노가 터져나왔다.

"다쓰히코 말이다. 이대로 가다가는 범인이 될지도 모르잖니. 아니, 경찰은 벌써 다쓰히코를 범인 취급하고 있어. 넌 그래도 괜찮니? 이대로 아무것도 안 할 생각이냐? 다쓰히코를 찾아내서 범인이 아니라는 걸 증명해야 하지 않겠어? 다쓰히코를 돕는 게 네 역할이잖니."

말하면서 애는 그런 것도 모르나 싶어 진심으로 한심했다. 분노를 넘어 슬픔이 밀려와 눈물이 날 것 같았다.

보통 남편이 행방불명되면 필사적으로 찾지 않을까. 게다가 살인 혐의까지 받고 있다. 평상심을 유지할 수 없지 않을까.

"제가 어떻게 하면 좋을까요?"

제가 어떻게 하면 좋을까요. 지에의 귀에 그 목소리는 음성 안내를 하는 기계음으로 들렸다.

아들 부부가 잘 산다고 믿어 의심치 않았다. 다쓰히코가 노노코를 흉보는 건 들은 적이 없거니와 노노코도 불평불만을 품고 있는 것처럼 보이지 않았다.

그런데 과연 정말 그랬을까. 지에 안에서 의심이 고개를 쳐들었다. 다쓰히코가 처자식을 아낀 것은 틀림없다. 그럼 노노코는? 노노코도 다쓰히코를 아꼈을까.

이 지경이 됐는데 노노코는 왜 울부짖지 않을까. 왜 패닉을 일으키지 않을까. 왜 다쓰히코를 찾으려 하지 않을까. 왜, 왜, 왜, 가 또 파도처럼 밀려든다.

"다쓰히코가 누군가와 다투진 않았니?"

노노코는 고개를 가로젓고 "못 들었어요" 하고 대답했다.

"그럼 고민거리는?"

"모르겠어요."

설마, 며느리가 다쓰히코를 버리려는 건 아닐까.

"갈 만한 데로 짚이는 곳은 없니?" "어쩌다 이 지경이 됐는지 모르니?" "경찰은 정말 다쓰히코를 범인으로 여기는 거니?"

무엇을 물어도 노노코는 "모르겠어요" 하고 중얼거리거나 고개를 가로저을 뿐이다.

"됐다."

지에는 자리에서 일어섰다.

"다쓰히코와 친한 사람이 누구인지 알려다오."

"……모르겠어요."

"뭐?"

"죄송해요."

"아까부터 모르는 것투성이잖아. 너, 아내잖니. 그런데 아무것도 모르냐?"

노노코는 죄송해요, 하고 반복했다.

지에는 할 말을 잃었다. 분노, 어이없음, 불안, 절망. 가슴속에 다양한 감정이 휘몰아친다. 혼란 속에서도 한 가지 결의가 솟구쳤다.

내가 다쓰히코를 지키겠다.

하룻밤이 지나도 노노코에 대한 분노와 낙심은 사그라들지 않았다.

남편에게 이야기하자 "충격으로 감정이 마비됐겠지"라고 대답했다. "정말 괴로운 일이 생기면 처음에는 아무 생각도 못한다고들 하잖아."

지에는 남편의 말을 받아들이려 했다.

아아, 그렇구나. 감정이 결여된 듯한 태도도, 멍한 표정도, 뭘 물어도 모르겠다고 대답한 것도 다 충격 때문이었구나. 머릿속이 새하얗게 변했을 뿐이구나. 그렇게 자신을 타일렀지만 가슴속에서 꿈틀거리는 감정은 격해지기만 했다.

지금껏 다쓰히코를 통해서만 노노코를 마주해왔다. 아들 아내로서의 노노코는 소극적이고 칙칙하기는 했어도 고분고분하고 상냥했다. '우리 며늘아기'라는 호칭이 딱 들어맞았다. 그러나 일대일로 상대한 어제의 노노코는 종잡을 수가 없고 무슨 생각을 하는지 당최 알 수가 없었다. 그 또한 남편 말대로 충격 때문이었을까.

어쨌거나 노노코가 미덥지 않은 건 확실하다. 이럴 줄 알았으면 결혼을 반대할 걸 그랬다. 더 이지적이고 발랄한 여자가 낫지 않니? 하고 말할 걸 그랬다. 다쓰히코가 노노코를 소개해줬을 때 실망한 건 엄마의 직감이었던 것이다.

앞으로 어떻게 될까. 그렇게 생각한 지에의 머릿속에 원죄冤罪라는 단어가 떠올라 심장이 불쾌한 소리를 냈다. 살면서 몇 번인가 보고 들은 단어지만 자신들과는 상관없는 세상에서만 사용된다고 생각했다.

과거의 자신을 돌이켜 생각했다.

'살인 사건의 원죄를 쓰고 30년간 복역', '원죄 사건의 무죄 판결 확정', '변호인단은 원죄를 주장'.

TV와 신문에서 원죄 사건이 보도될 때마다 정말일까, 하고 지에는 눈살을 찌푸리고 싶었다. 지문, 자백, 목격자, DNA, 동기. 이렇게 증거가 많은데 정말 원죄일까. 알고 보면 저 사람이 범인 아닐까.

과거의 자신이 현재의 자신의 가슴을 찌른다.

이대로 다쓰히코를 찾아내지 못하면 살인범으로 몰린다. 아니, 찾아내도 억울한 죄를 덮어쓸지도 모른다.

그래서 다쓰히코가 달아난 것 아닐까.

지에는 자신의 추측에 매달렸다.

그렇다. 그렇게 된 것이 틀림없다. 다쓰히코가 얼마나 영리한가. 지금 경찰에 붙잡히면 살인범으로 몰린다는 걸 알고서 몸을 숨긴 것이다. 그랬으면 좋겠다. 그랬으면 얼마나 좋을까.

지에는 무의식중에 의자에서 일어섰다. 정리되지 않은 생각에 들볶여 가만히 앉아 있을 수가 없었다. 식탁에는 남편이 다 먹은 그릇이 고대로 놓여 있고 빵 부스러기가 널려 있다.

만약 아니라면? 생각의 느슨한 곳에서 스르르 기어나온 것은 자신의 목소리였다. 만약 다쓰히코가 범인이라면?

식탁 주변을 의미 없이 걷고 있던 지에의 발걸음이 멈췄다.

"설마" 하고 일부러 낸 목소리가 미덥지 않게 들려서 다시 한 번 "설마" 하고 말했다. 그런데도 자신이 바라는 목소리가 아니었다.

만약 다쓰히코가 범인이라면? 쓰디쓴 생각을 곱씹었다. 답은 바로 나왔다.

만약 다쓰히코가 사람을 죽였다면 피치 못할 사정이 있었던 게 틀림없다. 일시적으로 착란상태에 빠졌을지도 모르고 정신적으로 궁지에 몰렸을지도 모른다. 다쓰히코의 이야기를 들어주고 싶다. 힘들었겠구나, 가엾게도, 괜찮아, 하고 안아주고 싶다.

지에는 초등학교에 들어가기 전의 다쓰히코를 떠올렸다. 다쓰히코는 어렸을 때 잘 넘어지는 아이였다. 넘어지면 울면서 두 손을 뻗어 안아달라고 졸랐다. 머릿속에서 엄마의 사랑을 무조건 믿고 따르던 순진무구한 아들이 다가온다.

범인이어도 좋다. 그저 살아 있기만 바랄 뿐. 살아서 돌아왔으면 좋겠다.

지에는 한 음절씩 새기듯 생각했다. 그 직후 후회가 밀려들었다. 그렇게 생각한 것으로 다쓰히코가 범인이라는 걸 인정해버린 기분이 들었다.

지에는 '범인이어도 좋다'는 부분을 황급히 머리에서 삭제하고 그저 살아 있기만 바랄 뿐, 살아서 돌아왔으면 좋겠다, 하고 다시 간절히 생각했다.

경찰이 다쓰히코를 찾고 있다. 그러나 행방불명자로서가 아닌 살인 사건의 용의자로서다.

지에는 노트북 전원을 켰다. 검색 사이트를 열어 '행방불명자'라고 입력했다. 경찰청 사이트와 탐정 사무소 사이트, 행방불명자 관련 뉴스가 떴고 그중 실종자 및 행방불명자 수색을 지원하는 단체의 사이트가 있었다. '폴라리스'라는 단체의 홈페이지에 들어가니 여러 명의 얼굴 사진이 죽 나열돼 있었다. 이름 외에도 나이와 성별, 특징, 행방불명이 된 연월일과 상황, 가족과 친척이 보낸 메시지가 쓰여 있다. 행방불명자 목록은 세 페이지에 이르고 초등학교 5학년생 여자아이부터 97세 남성까지 다양했다. 친구를 만나러 간다고 나갔다가 사라진 20세 남성. 죽고 싶다는 메모를 남기고 실종된 23세 여성. 산책 중에 증발한 81세 여성. 평소처럼 회사에 출근했다 행방불명이 된 40세 남성.

그곳에는 어느 날 홀연히 사라진 사람들이 있었다.

남겨진 가족은 그들이 돌아오길 간절히 바라고 있다. 걱정하고 있다. 살아 있기를 바란다. 연락해주기를 바란다. 무사히 있어주기를 바란다. 각 사연에 쓰인 말은 흔하디흔했지만 그렇기 때문에 남겨진 사람들의 진심이 담긴, 일종의 결정結晶 같은 순도 높은 소망처럼 보였다.

5

고미네 아카리가 살해된 지 일주일이 됐다. 모모이 다쓰히코의 행방은 여전히 알아내지 못했다. 범행 후 3일 뒤에 사건이 발각되어 수사가 난항을 겪고 있어서다. 도주 일시를 좁히지 못해 CCTV 분석과 목격자 찾기에 품과 시간이 걸리는 것이다.

사건이 있던 날 밤, 모모이는 자신의 아파트가 200미터밖에 남지 않은 지점까지 와 있었다. 그가 집을 향해 걸어가는 모습은 CCTV에 포착됐다. 그 후 모모이가 집에 갔는지 가지 않았는지는 알 수 없다. 아내인 노노코는 집에 오지 않았다고 증언했지만 남편을 감싸고 있을 가능성도 있지 않을까.

TV와 신문은 물론 인터넷 뉴스 홈페이지와 SNS, 각종 게시판에도 모모이 다쓰히코의 이름은 아직 나오지 않았다. 그 때문에 모모이의 아파트 앞에는 기자가 찾아오지도 않아 아내인 노노코는 평소처럼 생활하고 있는 듯했다.

잠복 중인 수사원에 따르면 노노코는 오전 8시 반쯤 아들 린타를 데리고 집을 나선다. 도보권 내에 있는 어린이집에 린타를 맡긴 뒤 전철을 타고 아카사카미쓰케역에서 내려 회사에 출근한다. 회사는 직원 스무 명 남짓의 IT 기업으로 노노코는 웹 디자이너다. 단축 근무를 하는지 오후 5시에 퇴근해 린타를 데리러 갔다가 귀가하는 생활이다. 지금까지 노노코에게 접촉한 사람은 모모이 다쓰히코의 모친인 지에뿐이었다. 노노코가 귀가하기 전에 아파트에 들어간 것으로 보아 여벌 열쇠를 갖고 있는 것으로 추정된다.

"아아, 여기로군요."

미쓰야가 멈춘 곳은 어느 빌딩 앞이었다.

가쿠토와 미쓰야는 마에바야시시에 와 있다. 마에바야시시는 도쿄에서 신칸센과 기존 철도를 이용해 두 시간이 채 안 걸리는 기타칸토北関東 지역에 있다. 삼면이 산으로 둘러싸이고 바람이 세게 불어서 체감온도가 도쿄보다 5도 정도 낮다.

마에바야시역에서 이어지는 느티나무 가로수 길을 왼쪽으로 꺾은 일대에는 먹자골목이 조성되어 이자카야와 바, 일식당과 이탈리안 다이닝 등이 들어간 빌딩이 늘어서 있다.

목적지인 'YOYO'라는 가게는 5층으로, 엘리베이터 앞 간판에 '술과 간단한 요리'라고 쓰여 있었다. 한 층에 가게 네 군데가 입점해 있는 듯하다.

오후 5시가 막 넘은 시간이라 5층 가게 중에는 네온사인이 켜진 곳이 한 군데도 없었다. 그런데 'YOYO'는 셔터가 반쯤 올라가 있고 안에 약한 조명이 켜져 있었다.

미쓰야가 상체를 굽혀 셔터 밑으로 "안녕하십니까" 하고 말하며 문을 열었다.

카운터 안에 여자가 서 있었다.

"어머, 미안해라. 아직 오픈 안 했어요. 지금은 음료밖에 안 되는데 그래도 괜찮으면 앉아요."

말꼬리마다 콧소리가 감긴 목소리가 날아들었다.

여자는 머리를 헐렁하게 묶고, 앞가슴이 크게 벌어진 니트 사이로 가슴골을 내비치고 있다. 빽빽한 속눈썹은 위로 말려 올라가 있으며 최소한의 조명 아래서도 화장이 진한 걸 알 수 있었다.

모모이 노노코의 모친인 이누이 요코다. 54세지만 40대라 해도 믿을 외모였다. 가쿠토는 모녀가 정반대네, 하고 생각했다.

"모모이 노노코 씨의 어머님이시죠?"

"어머. 우리 딸 소개로 온 거예요? 그럼 도쿄분?"

이누이가 물수건을 내주며 "앉아요, 앉아" 하고 환한 얼굴로 말했다.

"손님으로 온 게 아닙니다. 노노코 씨 남편분 일로 왔습니다."

"노노코의, 남편이요?"

이누이가 어리둥절해한다.

"네. 모모이 다쓰히코 씨 일입니다."

잠시 침묵이 흐르고 "……나한테요?" 하고 이누이가 손가락으로 자신을 가리켰다. "아니, 그런데 우리 사위가 왜요? 아, 혹시 이혼한대요? 당신들은 변호사?"

"노노코 씨에게 못 들으셨습니까?"

가쿠토도 이상하게 생각한 것이었다. 남편이 자취를 감춘 것도 모자라 살인 사건의 중요 참고인으로 경찰에 쫓기고 있다. 이럴 때는 어머니에게 의논하거나 우는소리를 하는 게 보통 아닌가.

"뭘요? 이혼 이야기요? 전혀요. 우리 딸은 옛날부터 괜히 입방정을 떠는 애가 아니거든요. 아마 나한테 걱정 끼치기 싫어서 그럴 거예요."

"노노코 씨와는 연락을 안 하십니까?"

"그렇지 않아요. 친구 같은 모녀거든요. 도쿄에 가면 같이 쇼핑하고 맛있는 것도 먹을 정도로 친해요. 노노코는 아이가 생기고 나서는 이쪽에 안 오지만요. 하긴, 이런 시골에 와봤자 심심하기만 하지."

"친구 같은 모녀란 건 어떤 의미입니까?"

그걸 묻다니, 하고 가쿠토는 속으로 혀를 내둘렀다. 여전히 미쓰야가 어느 지점에서 마음이 걸리는 건지 짐작도 안 된다. 친구 같은 모녀란 말 그대로 친구처럼 사이좋게 지내는 모녀 사이를 가리키는 말로, 벌써 일반화된 지 오래다.

"친구 같은 모녀가 친구 같은 모녀지 뭐겠어요?"

이누이는 주정뱅이를 달래듯이 웃으며 대답했다.

"그러니까 그 의미를 묻고 있는 겁니다."

집요한 미쓰야의 말에 이누이는 귀찮아하는 기색은커녕 오히려 재미있다는 듯 "하긴, 남자라면 모를 수도 있지"라고 말하더니 잠깐 실례, 하고 담배에 불을 붙였다.

"이 나이가 되면 서로 부모와 자식이라기보다는 속속들이 잘 아는 친구 같은 느낌이 들거든요. 오랫동안 함께 지냈으니 서로를 잘 알고 가족이니까 깊이 신뢰하잖아요. 나는 옛날보다 지금 더 딸을 사랑하는 것 같아요."

"그건 손이 가지 않기 때문입니까?"

"아아. 그럴지도요. 귀찮은 건 딱 질색이거든요. 그런데 노노코는 어렸을 때부터 말귀를 잘 알아들어서 손이 가지 않는 아이였어요. ……앗, 그런데 변호사님. 우리 딸과 사위가 어쨌길래 이런 데까지 행차하셨을까?"

"저희는 변호사가 아니라 경찰입니다."

그렇게 말하고 미쓰야는 경찰수첩을 꺼내 보였다.

"경찰?" 하고 이누이가 의아해하는 표정을 지었다.

"모모이 다쓰히코 씨가 행방불명이 되었습니다."

"행방불명이라뇨? 실종됐다는 거예요?"

"혹시 갈 만한 곳을 모르십니까?"

"모르죠." 이누이는 바로 대답했다. "사위를 만난 게…… 으음, 그러니까 언제였더라. 아, 그렇지. 아마 린타가 태어났을 때가 마지막이니까 벌써 2년 가까이 안 만났네요."

"그럼 노노코 씨와 다쓰히코 씨의 부부 사이는 어땠습니까? 노노코 씨에게 들으신 건 없습니까?"

"부부 사이요? 좋다고 생각해요. 잘 모르지만."

"잘 모르신다?"

"굳이 그런 이야기를 할 거 뭐 있어요. 그래도 남편을 흉보거나 불평한 적도 없어서 잘 지내는 줄로만 알았죠. 그런데 사위는 왜 실종됐어요?"

"저희도 그게 궁금합니다."

"회사 돈을 빼돌렸나요? 아니면 지금 생활이 지긋지긋해졌나? 앗, 딸한테 직접 물어봐야겠네."

이누이는 재떨이에 담배를 비벼 끄고 휴대폰을 손에 들었다. 그 타이밍에 미쓰야는 "그럼 이만 실례하겠습니다" 하고 주저 없이 인사했다.

고작 이것 때문에 도쿄에서 일부러 두 시간 가까이 들여서 온 건가? 가쿠토는 잘 이해가 가지 않았다. 수확을 얻기 위한 탐문 수사가 아니라 가능성을 하나하나 소거하기 위한 것이라고 생각해도 석연치 않다. 이럴 거면 차라리 전화가 낫지 않았을까.

"한 군데 더 들를 곳이 있습니다."

빌딩을 나오자 미쓰야가 말했다. 산에서 불어오는 바람에 미쓰야의 곱슬기 있는 앞머리가 나풀거린다.

"아, 네. 어디인가요?"

미쓰야는 대답하지 않고 한 손을 올려 택시를 잡았다.

무시하기까지 하네, 하고 가쿠토는 속으로 내뱉었다. 부글부

168

글, 울컥울컥, 아등바등. 지금의 감정을 나타내는 단어를 늘어놓자 하나같이 절묘하게 들어맞았다. 오늘도 탐문 수사에서 말 한마디 하지 못했고 아무런 도움도 못 됐다. 그저 그림자처럼 미쓰야를 따라 다녔다. 그림자라면 내가 아니어도 될 텐데. 굳이 사람이 아니어도 피규어나 봉제 인형으로도 충분하다. 미쓰야가 봤을 때 내가 얼마나 무능해 보일까. 그러니까 뭐 하나 의논하지 않고 모든 걸 혼자 결정하는 것이다. 스스로에 대한 한심함이 미쓰야에 대한 불만으로 바뀌었다.

택시를 타고 어느 약국 바로 앞에서 왼쪽으로 들어가면 나오는 주택가에서 내렸다.

미쓰야는 도중에 구입한 헌화를 들고 있다. 이 근처에 지인이 사는 모양이라고 생각했지만, 미쓰야는 빌라 화단 앞에 꽃을 두더니 지면을 향해 두 손을 모았다. 새우등 같은 조용한 뒷모습을 보니 사건 현장에서 합장했을 때가 떠올랐다. 그때처럼 족히 1분은 지나고 나서야 미쓰야가 두 손을 내렸다.

교통사고로 잘못된 사람이 있는 걸까. 가쿠토의 의문을 꿰뚫어본 것처럼 미쓰야가 차분히 고개를 돌렸다.

"예전에 이곳은 공터였다고 합니다."

그렇게 말한 미쓰야는 빌라를 가리켰다.

2층짜리 가족용 빌라는 오래되지는 않았지만 그렇다고 신축도 아니었다. 미쓰야가 말한 '예전'이란 언제쯤일까.

"모릅니까?"

늘 그랬듯 무엇을 묻는지 알 수가 없었다. 가쿠토는 일단 "네" 하고 대답했다.

"우쓰노미야 여성 연쇄살인 사건."

그거라면 알고 있다. 가쿠토가 중학생 때 일어난 사건이다. 가쿠토가 선명하게 기억하는 건 두 여성이 살해된 사건 그 자체보다 체포된 남자가 우쓰노미야 경찰서 화장실에서 달아난 것이다. 흉악범의 도주극에 온 일본이 발칵 뒤집혔다. 당시 가쿠토는 센다이에 살았지만 어머니에게 조심하라는 잔소리를 진탕 들었던 걸 기억한다.

이곳 마에바야시시는 우쓰노미야에서 70~80킬로미터는 떨어져 있고 현도 다르다. 우쓰노미야 여성 연쇄살인 사건과 무슨 관계가 있다는 걸까.

"범인을 기억합니까?"

그 질문에 가쿠토는 초조해졌다. 체포 후 범인이 과거에도 여성을 한 명 더 살해한 게 밝혀져 사형이 선고됐다. 형이 집행된 것은 알고 있지만 범인의 이름도, 얼굴도 생각나지 않는다.

"하야시 류이치입니다."

가쿠토가 기억하지 못한다는 걸 눈치챈 듯이 미쓰야가 뒤이어 말했다.

아아, 그렇다. 하야시 류이치다. 이름을 들었더니 어떻게 생겼는지도 기억이 났다. 치켜 올라간 눈과 짧은 금발. 체격이 건장해서 악역 레슬러 같은 인상이었다.

"그럼 중학교를 갓 졸업한 소년이 사망한 것도 모르겠군요."

미쓰야는 차분히 말했지만, 눈초리가 째지고 가는 눈은 무지한 신입 형사를 꾸짖는 것처럼 보였다.

"죄송합니다."

반사적으로 사과했다. 그 사건의 피해자 중에 소년이 있었다는 기억은 없었다.

"15년 전 하야시 류이치로 오인된 소년이 여기서 목숨을 잃었습니다. 순찰차에 쫓겨 자전거를 타고 도망가던 중 주차된 트럭에 세게 부딪친 겁니다."

"죄송합니다. 몰랐습니다."

"다도코로 씨는 몇 살입니까?"

"스물여덟 살입니다."

"그럼 15년 전에는 열세 살이었겠네요. 목숨을 잃은 소년보다 두세 살 아래로군요."

"네. 죄송합니다." 가쿠토는 다시 말했다. 사과할 때마다 몸이 점점 쪼그라드는 것 같았다.

당시 미쓰야는 20대 중반이었으니 경찰이 된 후였을 것이다.

"모르겠군요."

미쓰야가 숨을 훅 내쉬듯이 중얼거렸다.

"네? 뭘 말인가요?"

"소년이 왜 목숨을 잃어야 했는지."

그 사고를 모르는 가쿠토는 어떻게 반응해야 할지 몰랐다.

"사고는 깊은 밤 2시경에 일어났습니다. 소년은 경찰의 지도를 받은 이력도 없고, 성적이 우수하고 문제 행동도 없었다고 하더군요. 소년이 왜 그 늦은 시각에 밖에 있었는지, 어디에 갔는지, 무엇을 했는지, 혹은 무엇을 하려고 했는지, 왜 도망갔는지."

"경위님이 그 사건을 담당하신 건가요?"

"담당은 아니었지만 조금 관여했습니다."

"어떤 식으로 말인가요?"

"모릅니다."

"네? 모르신다고요?"

수사에 어떤 식으로 관여했는지 모른다니 무슨 소리일까. 가쿠토는 혼란스러웠지만 미쓰야는 소년에 관한 이야기를 하는 것 같았다.

"그날 밤 소년의 행동을 도무지 알 수가 없습니다. 당시에는 또래 아이들이 으레 그렇듯 즉흥적으로 집을 빠져나가 자전거로 어슬렁거렸는데 뜻밖에 순찰차에 쫓겨 순간적으로 도망친 거라는 의견이 많았습니다. 내가 열다섯 살이었을 때는 그러지 않았지만, 충분히 그럴 수도 있다고 봅니다. 그런데 말입니다."

미쓰야는 돌연 말을 끊고 고개를 살짝 끄덕이더니 "돌아갑시다"하고 대기시켜놨던 택시에 올라탔다.

그런데 말입니다, 의 다음 말을 기다리고 있던 가쿠토는 황당했다. 미쓰야가 택시 기사에게 알린 목적지는 마에바야시역이 아닌, '기보바시'라는 명칭이었다. '希(기)望(보)橋(바시)'인가 하는 가쿠토의 예상은 적중했다. 5분도 안 돼 택시가 선 곳은 강에 놓인 다리 앞이었다.

강은 폭이 3미터쯤 되고 물살이 세지 않다. 어두운 하늘이 비친 수면에 가로등의 오렌지색이 가는 띠가 되어 흔들린다. 강의 양쪽은 잡초가 무성한 제방이다.

말없이 걷던 미쓰야가 다리 한가운데에서 걸음을 멈췄다. 난간에 두 손을 얹고 먼 곳을 바라본다. 그 시선 끝을 좇아도 달 없는 어두운 하늘이 있을 뿐이었다.

"도주한 하야시 류이치가 체포된 지 얼마 안 됐을 때 일입니다."

미쓰야가 서론도 없이 이야기를 시작했다.

"자전거로 도망치던 소년을 봤다는 사람이 나타난 겁니다. 소년은 저쪽에서 와서……."

미쓰야가 강 건너를 가리켰다. 구획정리된 주택가가 있고 그 너머로 공장 같은 건물이 몇 동 보인다.

"다리 한가운데에 자전거를 세우고 주머니에서 뭔가를 꺼내 강에 버렸다고 하더군요. 순찰차 사이렌 소리가 들리자 소년은 허둥지둥 다시 자전거 페달을 밟았다고 합니다."

"소년이 뭘 버린 건가요?"

"잘 안 보인 모양인데, 목격자 말로는 주먹 속에 들어갈 만한 크기였다고 하더군요. 혹시 몰라 강을 뒤졌더니 신경쓰이는 물건이 발견됐습니다. 열쇠요."

열쇠, 하고 가쿠토는 무의식중에 따라 말했다.

"자동차 열쇠 두 개. 전부 새것이라 소년이 뭔가를 버렸다면 이 열쇠일지도 모른다고 추측했습니다. 물론 확증은 없죠. 소년이 무엇을 버렸든 그는 하야시 류이치와 무관하며 범죄에 연루된 것도 아닙니다. 게다가 하야시 류이치는 체포됐으니 신경쓸 필요가 없었고요. 그런데 당시 수사원 중에 나처럼 궁금한 게 많은 사람이 있었던 겁니다. 그가 조사했더니 열쇠 두 개 중 하나는 소년의 아버지가 근무하는 회사의 영업 차량 열쇠라는 게 밝혀졌습니다."

"네?"

무심코 미쓰야를 봤더니 그는 난간에 두 손을 얹고 여전히 먼 곳을 바라보고 있었다.

"게다가 그 열쇠는 회사에서 만든 적이 없는 복사 열쇠였다고 하더군요. 또 다른 열쇠도 차량 열쇠인 건 틀림없지만 차량 소유주는 알아내지 못했습니다."

당시 소년은 열다섯 살. 차를 운전할 수 있는 나이가 아니다. 하지만 기술적으로 운전을 할 수 있는지 아닌지는 별개의 문제다.

"그 열쇠 두 개는 정말 소년이 버린 걸까요?"

가쿠토는 물었다.

"말했다시피 그건 모릅니다. 다만 그렇게 생각하는 것이 합리적이겠죠. 소년의 아버지는 영업 차량으로 귀가하는 날도 많았다고 합니다. 즉, 소년은 열쇠를 복사할 수 있는 환경이었다는 겁니다. 소년이 그날 밤 왜 밖에 나갔는지, 어디로 갔는지, 왜 도망쳤는지. 그리고 왜 영업 차량의 복사 열쇠를 가지고 있었는지, 또 다른 차량의 열쇠는 누구의 것인지, 왜 강에 열쇠를 버렸는지, 하는 세 가지 의문이 추가됐습니다."

미쓰야는 주머니에 손을 넣고 나서 강에 물건을 던지는 동작을 하더니,

"어떻게 생각합니까?" 하고

가쿠토를 쳐다본다. 그를 시험하는 게 아니라 순수하게 대답을 듣고 싶어 하는 것처럼 보였다. 미쓰야가 마에바야시까지 온 건 모모이 노노코의 모친을 만난다는 명목으로 소년의 발자취를 더듬고 싶었을지도 모른다는 생각에 이르렀다.

"소년은 차량의 복사 열쇠를 갖고 있다는 걸 경찰에 들키고 싶지 않았던 거네요."

가쿠토가 신중하게 말하자 미쓰야는 눈짓만으로 다음 말을 재촉했다.

"그렇다는 건 그 복사 열쇠로 뭔가를 했거나, 하려고 한 게 아

175

닐까요? 아마 해서는 안 되는 일을 말입니다.”

“예를 들어 어떤 일 말입니까?”

“음, 글쎄요. 영업 차량에서 뭔가를 훔쳤다거나?”

겨우 머리를 짜냈지만 누구나 생각할 만한 유치한 추측이다. 가쿠토는 자신이 한심했다.

“영업 차량에는 훔쳐갈 만한 게 아무것도 없었다고 합니다. 안타깝게도 더 이상은 모릅니다. 사건성이 없으니 조사할 필요가 없다고 판단했던 모양이죠. 궁금한 게 많은 수사원도 그 이상은 알아보지 못했다고 합니다.”

“경위님은 왜 15년 전 소년의 사고사를 신경쓰시는 건가요?”

“신경쓰이기 때문입니다.”

미쓰야가 바로 대답했다.

“그러니까, 어째서요?”

소년이 누군가에게 살해당해 범인이 특정되지 않았다면 이해가 간다. 그러나 소년은 순찰차를 피해 도망가다 주차된 트럭에 부딪쳤다. 이 일에는 범인도 없고, 사고로 처리됐으니 사인에 미심쩍은 점도 없을 터였다. 도대체 무엇이 신경쓰이는 걸까.

“어째서?” 하고 미쓰야가 낯선 것을 관찰하는 표정을 지었다. 왜 그런 걸 묻는지 이해할 수 없다는 듯한 표정이다.

가쿠토는 초조함과 열등감으로 가슴이 짓눌리는 것 같았다.

“그가 죽어야 했던 이유를 모르기 때문입니다.”

"네?"

소년이 죽은 건 트럭에 부딪쳤기 때문이라고 방금 제 입으로 말하지 않았던가.

"소년은 왜 트럭에 부딪쳐야 했는가. 왜 순찰차를 피해 달아나야 했는가. 죽음에 이르기까지의 이유를 모릅니다. 모르기 때문에 알고 싶은 겁니다."

미쓰야는 그렇게 말한 뒤 부끄러운 듯한 미소를 띠고 눈을 내리깔았다.

"잘난 척하며 말했지만 솔직히 소년의 일은 거의 잊고 있었습니다. 신경이 쓰이지만 15년간 조사한 적도 없습니다."

"이제부터 조사하실 건가요?"

앞에 '설마'를 넣고 싶은 심정으로 물었다.

"무리겠죠."

그렇죠, 하고 속으로만 동의했다. 수사본부라도 설치되면 또 모를까 마에바야시시는 관할 밖이다. 게다가 사건성이 없다. 아무리 괴짜로 알려진 미쓰야라도 15년 전에 해결된 사고를 이제와서 다시 들춰내지는 못할 것이다.

"정년이 되면 조사할지도 모르겠군요."

농담인가 싶었지만 미쓰야는 진지한 얼굴이다.

"정년이 되면 조사하고 싶은 것이 많습니다. 세상에는 나로서는 이해할 수 없는 일이 가득하니까요."

6

폴라리스의 사무국은 사이타마시 오미야역에서 걸어서 10분쯤 걸리는 아파트에 있었다.

모모이 지에는 엘리베이터를 타고 7층에 내려 705호 인터폰을 눌렀다.

폴라리스는 실종자 및 행방불명자의 수색을 지원하는 NPO 법인으로, 가족과 친척이 행방불명된 멤버도 많은 모양이다.

지에가 폴라리스 홈페이지로 게재를 신청한 게 3일 전이다. 그 이튿날 집으로 사무국에 초대하는 연락이 왔다.

문을 열어준 사람은 뚱뚱한 여자였다. 지에보다 열 살쯤 어려 보이니 50대일 것이다. 엉덩이를 다 가리는 감색 셔츠와 청바지를 입고 있고, 살집이 좋은 뺨에는 기미가 나 있다.

"모모이 씨죠? 기다리고 있었습니다. 들어오세요."

외모와는 정반대로 작은 목소리였다.

지에는 이 사람도 가족이 행방불명되었나, 하고 생각했다. 나처럼 자식의 행방을 모르는 걸지도 모른다. 그렇게 생각하자 그녀의 손을 잡고 가슴에 휘몰아치는 불안과 공포를 터뜨리고 싶은 충동에 휩싸였다.

다다미 열 장 크기의 사무국에는 컴퓨터가 놓인 책상 세 개와 작은 응접세트가 놓여 있었다. 그곳에서 지에를 기다리던 사람은 대표이사인 후쿠나가라는 남자였다. 홈페이지 프로필에는 전 사이타마현 경찰이라고 돼 있었다. 일흔 살 전후로 보인다.

"먼 길 오느라 수고하셨습니다."

후쿠나가가 자리에서 일어나 머리를 깊이 숙였다.

지에는 정중하게 대해주는 것만으로 눈물이 날 것 같았다. "잘 부탁드립니다" 하는 목소리가 떨린다.

"작성하신 신청서를 봤습니다. 아드님인 모모이 다쓰히코 씨의 행방을 모르시는군요. 걱정이 많으시겠습니다."

후쿠나가는 신청서를 넘기며 바로 본론으로 들어갔다.

"다쓰히코 씨가 행방불명된 것이 이번 달 20일인 금요일. 저녁 7시 넘어 회사를 나온 걸 끝으로 행방을 알 수 없다고 돼 있네요. 틀림없습니까?"

"네."

경찰은 다쓰히코가 회사에서 나온 뒤 살해된 여성의 빌라 근처 CCTV에 찍혔다고 했지만, 그건 말하지 않기로 했다.

"전화나 문자도 없고요?"

"네."

"다쓰히코 씨에게 부인과 아이가 있네요. 부인에게도 연락은 없습니까?"

"네, 없다고 해요."

"다툼이나 고민거리가 있는 것 같지도 않았다고요?"

"네."

뚱뚱한 여자가 차를 내왔다. 실례하겠습니다, 하고 한숨을 쉬 듯 말한 뒤 살그머니 물러났다.

"가출 가능성은 없습니까?"

후쿠나가가 신청서에서 고개를 들어 지에를 똑바로 쳐다봤 다. 전직 경찰이라 그런지 눈초리가 날카롭다.

"가출은 아닐 거예요. 그런데……."

"그런데?"

"집에 가고 싶어도 못 가는 상황일지도 모르죠."

"예를 들면?"

후쿠나가는 지에에게서 눈을 떼지 않고 고개를 살짝 기울였 다. 그 눈동자가 바짝 긴장한 듯이 보였다.

"아뇨, 잘 모르겠네요."

지에는 눈을 내리깔고 폴라리스 홈페이지에 나열된 얼굴 사 진을 떠올렸다. 세 페이지에 걸친, 어느 날 갑자기 사라진 사람 들. 검색해보니 일본에서는 1년간 약 8만 명이 행방불명되는데, 대부분 발견된다고 한다. 그래도 2천 명 정도는 행방을 모른다.

"실례입니다만, 경찰이 행방을 찾고 있지는 않습니까?"

앗, 하고 지에가 고개를 들었다. 후쿠나가와 눈이 마주친 순 간, 이 사람은 사건을 알고 있구나 하고 확신했다.

"얼마 전에 신주쿠구 나카이 어느 빌라에서 20대 여성이 살해된 사건이 있었죠. 직장 동료인 남성이 자취를 감춰 경찰이 행방을 찾고 있다고 보도됐습니다. 행방불명된 일시가 일치하는데, 혹시 이 남성이 다쓰히코 씨 아닙니까?"

"맞아요."

지에는 순순히 인정했다.

다쓰히코가 경찰에 쫓기고 있는 것은 맞다. 그러나 다쓰히코는 범인이 아니다. 사실을 숨길 필요는 없다.

"그런데 다쓰히코는 범인이 아니에요. 암요, 아니고말고요. 분명히 지금 경찰에 발견되면 범인으로 몰린다는 생각에 숨어 있는 거라고요."

"그런데도 찾으시는 겁니까? 범인으로 몰릴 수도 있는데도?"

후쿠나가가 지에의 결심을 시험하듯 물었다.

"이대로 못 찾으면 경찰이 다쓰히코를 범인으로 단정할 게 뻔하잖아요."

"그럴 일은 없다고 생각합니다만."

이 사람은 전직 경찰이라 옛 직장을 두둔하는 걸까. 그렇게 생각한 걸 안다는 듯이,

"어쨌든 발견되지 않는 것보다는 발견되는 게 좋을 겁니다."

후쿠나가는 그렇게 말한 뒤 "잠깐만요" 하고 자리를 떴다.

지에는 폴라리스 홈페이지에 쓰여 있던 '사례' 중 하나를 떠올렸다.

어머니가 취직하지 않는 아들을 혼냈더니 아들이 집을 나갔다. 금방 올 줄 알았지만 일주일이 지나도 오지 않아 경찰에 상담했더니 사고나 사건에 휘말렸을 가능성이 없어 적극적으로 수색하지 않겠다는 말을 들었다. 어머니는 폴라리스에 상담해 홈페이지에 얼굴 사진과 이름 등의 정보를 올렸다. 그러자 며칠 뒤 아들 친구에게 연락이 와서 아들이 이웃 마을 인터넷 카페에서 숙식을 하고 있다는 걸 알게 됐다. 아들은 어머니에게 폭언을 퍼부은 탓에 집에 가고 싶어도 가지 못했다고 한다.

그 사례를 읽고 다쓰히코도 집에 가고 싶지만 못 가는 것이라고 생각했다. 사례에서는 그 아들 친구가 경찰이 아닌 폴라리스에 연락했다고 한다. 그렇다면 경찰보다 먼저 다쓰히코를 찾을 수 있을지도 모른다.

후쿠나가가 돌아왔다.

"방금 검색해봤습니다만, 다쓰히코 씨의 이름은 특정되지 않았고 사진도 돌아다니지 않더군요. 저희 홈페이지에 행방불명자로 올리면 다쓰히코 씨가 살인 사건의 중요 참고인으로 경찰에 쫓기고 있다는 게 알려질지도 모릅니다. 행방불명된 일시와 장소가 일치하니까요."

"상관없어요."

지에는 주저하게 될까 봐 얼른 대답했다.

다쓰히코는 범인이 아니다. 특정된다 해도 상관없다. 도망가

182

거나 숨으면 괜히 더 의심을 받는다. 아니, 그뿐 아니라 다쓰히코가 범인이라고 인정하는 셈이 된다. 행방불명자로 당당히 게재하는 것이 다쓰히코의 결백을 증명하는 방법이다.

가장 두려운 건 이 상황이 계속되는 것이다. 다쓰히코가 범인으로 몰려 다시는 만나지 못한다. 어디 있는지, 무슨 일이 있었는지도, 아니 살아 있는지조차 알 수 없을지도 모른다.

다쓰히코는 지금 무엇을 하고 있을까. 괴로워하고 있지는 않을까. 시련을 겪고 있지는 않을까. 고통스럽지는 않을까. 울고 있지는 않을까. 절망의 구렁텅이에 빠진 것은 아닐까. 생각하면 가슴이 짓눌리는 것 같았다. 세상에 이런 무시무시한 일이 있다는 게 믿기지 않았다. 지옥이라고 생각했다. 이대로 가면 머지않아 정신이 나갈 것 같았다.

"알겠습니다. 그럼 게재하겠습니다."

"잘 부탁드립니다."

지에는 머리를 숙였다.

"가족의 메시지는 어떻게 하시겠습니까? 어머니의 메시지만 쓰시겠습니까? 부인의 메시지는 올리지 않아도 괜찮겠습니까?"

그 질문을 받자 얼빠진 노노코의 얼굴이 생각났다.

지에는 매일 노노코에게 전화해서 다쓰히코에게 연락이 없었는지, 수사는 어떻게 되고 있는지 묻고 있다. 그러나 노노코가 먼저 전화를 해온 적은 없다. 통화 중에 노노코가 울먹인 적도 몇 번 있지만 지에의 귀에는 뻔뻔하게 들렸다. 노노코의 마음을 도무지 알 수가 없다. 다쓰히코를 진심으로 걱정하는 걸까. 무사히 돌아오기를 진심으로 바라는 걸까. 만약 그렇다면 왜 아무것도 하지 않을까. 원래는 내가 아니라 노노코가 지푸라기라도 잡는 심정으로 폴라리스를 방문해야 하는 것 아닐까.

"제 메시지만 올려주세요. 며느리는 충격을 받아서 제대로 생각할 수 없는 상태니까요."

가족의 메시지에는 '아무 걱정 안 해도 된다. 괜찮아. 반드시 널 지키마. 연락해다오'라고 썼다. 다쓰히코에게 전하고 싶은 마음을 글로 표현했더니 흔하디흔한 말이 됐다.

7

우쓰노미야 여성 연쇄살인 사건을 검색하자, 소년의 사고사를 보도한 관련 기사도 찾을 수 있었다. 전부 간략하게 사실만 알리는 짧은 기사로, 소년의 이름과 학교는 나와 있지 않다. 다만 소년의 이름을 밝힌 게시판 사이트와 블로그가 여럿 있었다.

소년의 이름은 미즈노 다이키. 마에바야시 북중학교를 갓 졸업했고 검도부 활동을 했다고 한다. 미쓰야는 소년의 성적이 우수하고 문제 행동도 없었다고 했는데, 과연 게시판 사이트 댓글에도 '똑똑했다', '공부를 잘했다'고 쓰여 있고 시내에서 입학 커트라인이 가장 높은 고등학교에 합격했다고 한다. '인기 있었다', '성격이 좋았다', '상냥했다'는 의견이 있는 한편 '속옷 도둑이었다고 한다', '우등생인 척 연기했다', '지킬과 하이드'라는 의견도 보였다.

다도코로 가쿠토는 눈에 띈 사이트를 클릭해 재빨리 훑어보고 다음 사이트로 이동했지만 소년이 왜 심야에 밖에서 어슬렁거리고 있었는지, 왜 순찰차를 피해 달아났는지에 대해 자세히 쓰인 글은 없었다.

자정이 지났다. 형사부 조직범죄대책과에서 자리에 앉아 있는 사람은 가쿠토뿐이다. 오늘은 퇴근하라는 미쓰야의 말에 수면실로 이용 중인 도장에 가기 전에 자리에 들른 것이다.

"왔어?" 하고 뒤에서 탁한 목소리가 들렸다. 돌아보지 않아도 선배 형사인 이케라는 것을 알겠다.

"수고 많으십니다."

"그래, 밋치는 어때?"

이케가 책상 서랍을 열면서 놀리듯이 묻는다.

"밋치요?"

"미쓰야 말이야. 네 파트너잖아."

이케가 꺼낸 것은 가키노타네(옮긴이 주─톡 쏘는 매운 맛이 나는 감 씨앗 모양 과자)였다. 도장에서 자기 전에 술을 마시며 안주로 먹으려는 것이다.

"미쓰야 경위가 밋치라고 불리나요?"

"그래, 뒤에서만. 그리고 파스칼이라고도 부르지. 녀석이 홀쭉하니 꼭 생각하는 갈대 같잖아. 뭐, 생각하는 것 치고 별로 대단한 말은 안 하지만 말이야."

이케는 그렇게 말하고 웃었다.

그렇긴 하지, 하고 가쿠토도 웃었다. 점잔 빼기만 할 뿐, 결국에는 '모른다', '알고 싶다' 이 두 가지 말밖에 하지 않는다.

"그럼 수고."

이케는 한 손을 올리고 나가려 했다.

"아, 선배님."

"왜?"

"15년 전 우쓰노미야 여성 연쇄살인 사건 혹시 기억하세요?"

"당연하지. 지원 나갔으니까."

이케는 갓 마흔이 됐으니 당시에는 20대 중반이었을 터다.

"그런데 살인 사건 수사 말고 도망친 하야시를 쫓는 쪽이었지. 너, 그때 몇 살이었지?"

"열세 살이었습니다."

"진짜? 와, 나이 차가 느껴지네. 그런데 그건 왜?"

"그 사건에 미쓰야 경위도 관여했다고 들었거든요."

"너 몰랐구나? 밋치가 도망친 하야시를 체포했잖아."

"네?"

"하야시 놈이 도쿄에 숨어 있었었는데 당시 지역과 소속이라 파출소에서 근무하던 밋치가 혼자 신병을 확보했지."

"아니, 어떻게요?"

이케는 생각이 났는지 실실 웃었다.

"밋치가 나보다 한 살 아래니까 그때는 햇병아리였지. 역시 옛날부터 괴짜였어. 거기 하야시 류이치가 있길래 잡았습니다, 하고 아무렇지도 않게 대답했다더라."

태연히 대답하는 젊은 날 미쓰야의 모습이 상상되었다.

"거기 산이 있길래, 하고 말하는 것 같네요."

"그렇지."

이케는 과자 봉지를 오자미처럼 던지고 놀면서 나갔다.

미쓰야는 15년 전 도주 중인 용의자 하야시를 체포했다. 그 일을 자랑하지도 않고 '조금 관여했다'고 표현하다니 괴짜인 미쓰야답다. 그렇게 생각하자 괜히 아니꼬운 마음이 들었다.

아침 수사 회의에서 모모이 다쓰히코의 이름과 사진이 인터넷에 올라와 있다는 것이 보고됐다. 정보의 출처는 실종자 및 행방불명자의 수색을 지원하는 폴라리스라는 단체의 홈페이지였다. 행방불명자로서 모모이의 이름과 사진이 게재되고 실종 당시 상황을 토대로 살인 사건의 중요 참고인이 아닌가 하고 추측한 사람이 있었다고 한다. 다만 아직 확산되지는 않았고 모모이가 트위터나 인스타그램 같은 SNS를 전혀 하지 않기 때문에 폴라리스에 올라와 있는 것 이상의 정보는 나돌지 않고 있다. 가쿠토와 미쓰야는 즉시 폴라리스 사무국으로 갔다.

"이렇게 될 가능성이 높다는 건 말했습니다만."

폴라리스의 대표이사 후쿠나가가 떨떠름한 표정으로 말했다.

전직 사이타마현 경찰로 형사 경험도 있는 후쿠나가는 미쓰야가 무슨 질문을 할지 알아차리고 선수 쳐서 대답했다.

"상담자는 모모이 다쓰히코의 모친입니다. 지난주 금요일에 홈페이지 양식을 통해 신청했고 이틀 전인 월요일에 이곳에 상담차 방문했습니다. 실종 당시 상황을 듣고 살인 사건의 중요 참고인이 아닌가 싶어 확인했더니 그렇다고 인정하더군요. 다만 자기 아들은 절대로 범인이 아니라고 주장했습니다."

경찰은 절대적인 서열 중심 사회로, 상하 관계가 불합리할 정도로 엄격하다. 경찰직에서 물러났어도 어린 경찰에게 거들먹거리는 퇴직자가 많은데 후쿠나가의 태도는 신사적이었다.

"모모이 씨의 아내는 같이 오지 않았습니까?"

"어머니 혼자 오셨더군요."

"아내에 대해 별말씀 없으셨습니까?"

"딱히 들은 건 없습니다."

후쿠나가는 경찰에 알려야 할 정보와 알릴 필요가 없는 정보를 명확하게 구분하는 것 같았다. 짧은 대화에서 상담자의 프라

이버시를 지키려는 자세가 느껴졌다.

"행방불명자의 목격 제보가 경찰이 아닌 폴라리스에 직접 제보되는 일도 있더군요."

"물론입니다." 후쿠나가는 미쓰야가 하려는 말을 알아들은 모양이었다. "만약 모모이 씨를 목격했다는 제보가 들어와도 경찰에 연락할 수는 없습니다. 모모이 씨는 피의자도, 지명 수배자도 아니기 때문이죠. 어떻게 할지는 모모이 씨와 그의 모친이 결정할 일입니다."

"지당하신 말씀입니다."

미쓰야는 주저 없이 동의했다.

"어차피 경찰은 아무것도 안 해주잖아요."

위에서 나직이 중얼거리는 목소리가 들려왔다.

고개를 들자 뚱뚱한 여자가 차를 내온 참이었다. 50대일까. 뺨에 기미가 나 있고 입꼬리가 내려간 입술이 불만스럽게도, 슬프게도 보였다.

"경찰이 아무것도 하지 않았습니까?"

미쓰야의 질문에 차만 놓고 가려던 여자가 동작을 멈췄다. 무표정으로 미쓰야를 내려다본다. 그대로 말없이 시간이 흘러갔다.

"경찰이 아무것도 하지 않았습니까?"

미쓰야가 똑같은 질문을 반복했다.

여자는 잠시 침묵한 뒤 "그렇던데요" 하고 될 대로 되라는 투로 대답했다.

"당신도 가족 중에 행방불명자가 있습니까?"

"그럼요." 여자는 대답하고 "약혼자예요" 하고 덧붙였다. 그것이 스스로에 대한 신호로 작용했는지 오므린 입술 사이로 공기를 들이마셨다.

"경찰에 상담해도 제대로 조사하기는커녕 이야기도 건성으로 듣고는 그 사람이 자기 의지로 내 앞에서 모습을 감췄을 거라면서 나를 무시하던데요. 경찰은 사람이 죽지 않는 이상 아무것도 해주지 않아요."

중얼거리듯 작게 쏟아내더니 이제 볼일이 없다는 듯 물러났다.

"전직 경찰로서는 양쪽 입장이 다 이해가 가서 마음이 괴로울 때가 있습니다. 실종자 가족 대부분은 경찰에 실종 신고를 하지만 경찰이 움직여주는 경우는 워낙 드물죠. 솔직히 경찰을 불신하는 사람도 적지 않습니다."

후쿠나가가 한숨 섞인 목소리로 말했다.

8

엄마, 살려줘.

어둠 속에서도 그 목소리는 또렷이 들려왔다.

"다쓰히코!"

소리친 느낌은 있지만 실제로 목소리를 낸 건지는 모르겠다.

모모이 지에는 눈을 떴다.

가슴이 터질 듯 심장이 쿵쾅거린다. 온몸에서 식은땀이 났다. 호흡은 얕고 가쁘다. 고막에는 다쓰히코의 목소리가 새겨져 있다.

소파에 누워 있던 지에의 눈에 하얀 천장이 보인다. 바닥 높이까지 나 있는 큰 창문으로 부드러운 햇살이 들어와 천장 구석과 조명 주위에 엷은 그림자를 만들고 있다. 지금 몇 시일까, 하고 언뜻 생각하지만 강력한 힘이 엎어누르는 것처럼 몸이 움직여지지 않는다.

낮잠을 잔 기억도, 소파에 누운 기억도 없다. 지에는 기억을 더듬다 현기증이 나서 소파에 쓰러진 것을 생각해냈다.

점심 전에 폴라리스의 후쿠나가에게 전화가 왔다.

후쿠나가는 익명의 전화가 왔다고 했다. 전화를 건 사람은 다쓰히코가 마지막으로 목격된 건 퇴근길이 아니라고, 귀가 도중인 모습이 CCTV에 찍혔다고 했다.

후쿠나가를 속일 생각은 아니었다. 다쓰히코가 범인으로 의심받을까 봐 그 말을 하지 않은 것뿐이다. 지에가 사과하려 하자 후쿠나가가 뜻밖의 말을 꺼냈다.

다쓰히코 씨가 자택 근처 CCTV에 찍혔다고 합니다.

후쿠나가는 밤 9시 20분경인 듯하다고 말했다. 전화 목소리는 여자였다고 한다. 그는 전화를 건 사람이 경찰이 탐문 수사를 한 인물로, 다쓰히코와 같은 아파트 주민이거나 동네 사람이 아닐까 하고 판단했다.

살인 사건이 있던 날 밤, CCTV에 사건 현장 근처를 왕복하는 다쓰히코의 모습이 찍힌 것은 경찰에게 들어서 알고 있었다. 그게 마지막 모습인 줄 알았다. 그런데 아니었다. 그 후 다쓰히코는 집으로 가려 했다. 그러나 실제로 집에 가지는 않았다. 집 바로 앞에서 모습을 감춘 것이다.

경찰은 왜 가르쳐주지 않았을까. 내가 다쓰히코를 숨겨둘 가능성을 생각해서일까. 그럼 노노코는? 노노코 역시 경찰이 가르쳐주지 않은 걸까. 그러나 동네 사람이 알 정도라면 당연히 노노코 귀에도 들어가지 않았을까. 노노코는 무슨 생각을 하길래 나에게 숨기고 있는 걸까.

그런 생각을 하는 도중 현기증이 덮쳐온 것이었다.

그리고 보니 다쓰히코가 행방불명됐다는 것을 알게 된 후 제대로 잠을 이룬 날이 없다. 낮에는 다쓰히코를 찾아야 한다, 다쓰히코를 구해야 한다며 기운을 내보지만, 밤이 되어 침대에 누우면 머릿속에서 불길한 상상이 끊임없이 뛰어다니는 바람에 잠이 들었다가 금방 깨는 것을 반복하다 아침을 맞이했다.

그런데 방금 그 잠은 뭐였을까.

길게 잔 것 같지는 않다. 아니, 애초에 잠든 감각이 없다. 깊은 구멍에 내려가 있었던 것 같기도 하고, 다른 차원으로 넘어갔던 것 같기도 하다. 어쨌든 전부 빛이 없는 공간이었다.

─엄마, 살려줘.

지에의 의식에 직접 호소하는 다쓰히코의 목소리.

목소리만 들리고 보이지는 않았다. 아니, 그렇지 않다. 보이지 않았던 게 아니다. 다쓰히코에게는 모습이 없었던 것이다.

절망의 구렁텅이에 빠지듯이 그런 확신이 들었다. 그 순간 누워 있던 몸에 힘이 들어가 지에는 벌떡 일어났다.

─엄마, 살려줘.

또렷이 들렸건만, 그 목소리에 절박함이라고는 없이 이미 포기한 것처럼 들렸다.

몸에서 핏기가 가시며 시야가 어둡고 좁아진다.

그럴 만도 하지, 하고 지에는 스스로를 타이르려 했다. 다쓰히코가 걱정돼 견딜 수가 없었고 온종일 다쓰히코 생각만 했으니 이런 꿈을 꾸는 것도 당연하다.

그런데 또 다른 자신은 그 목소리가 꿈이 아니었다고 주장했다.

이 CCTV일까.

지에가 올려다본 것은 'CCTV 작동 중'이라고 쓰인 팻말이 붙은 전봇대였다. 시커먼 렌즈가 이쪽을 내려다보고 있다.

다쓰히코의 집은 바로 저기, 200미터쯤 가서 오른쪽에 있다.

후쿠나가는 폴라리스에 전화를 건 사람이 같은 아파트 주민이거나 동네 사람인 것 같다고 했다.

지에의 앞에 모녀로 보이는 두 사람이 손을 잡고 걸어간다. 엄마는 등까지 내려오는 머리를 노랗게 물들였고, 딸은 서너 살쯤 돼 보인다. 당연한 행복을 아무 의심도 없이 누리고 있는 뒷모습이다. 두 사람이 다쓰히코의 아파트로 들어가는 것을 확인한 지에는 서둘러 그들을 따라갔다.

"실례합니다. 잠깐 물어보고 싶은 게 있는데요."

뒤돌아본 엄마는 젊은 사람처럼 회색 트레이닝복을 입었지만 40대로 보인다. 101호 문 앞에 서서 오른손에 열쇠를 쥐고 있다. 다쓰히코의 바로 아랫집 주민인 모양이다.

"나는 201호에 사는 모모이 다쓰히코의 엄마인데요."

"네?"

놀라움과 호기심이 뒤섞인 표정을 보고 이 여자는 다쓰히코가 처한 상황을 알고 있구나 싶었다.

"우리 아들 일로 경찰이 찾아오지 않았나요?"

"왔었는데요."

"와서 뭘 묻던가요?"

"그야, 모모이 씨네 남편분을 보지 못했냐고요. 무슨 사건과 관련됐는데 행방을 알 수 없다나 봐요."

그렇게 대답한 여자의 눈에 흥미로워하는 기색이 가득하다.

폴라리스에 익명의 전화를 건 사람이 이 여자일까 하는 의심이 들었다. 하지만 지금은 그게 중요한 게 아니다.

"최근에 우리 며느리한테 뭐 이상한 점은 없었나요?"

지에는 가장 궁금했던 것을 입 밖에 냈다.

"며느리? 아내분 말인가요?"

"네. 예를 들어 우리 아들과 싸움을 했다거나……."

거기서 갑자기 목소리가 멎었다.

다른 남자가 있다거나, 큰 짐을 밖으로 실어 날랐다거나, 하고 계속할 생각이었다. 말은 목구멍까지 차올라 있건만, 소리내어 말하는 데에 엄청난 거부반응이 일었다. 지금은 아직 지에의 머릿속에만 머물러 있는 망상 같은 것이, 소리내어 말함으로써 형태를 이루고 현실에 반영될 것만 같은 기분이 들었다.

"우리 아이하고 모모이 씨네 아이가 같은 어린이집에 다니긴 하는데, 그 집 아내분이 워낙 개인적인 이야기는 잘 안 해요."

여자는 그렇게 말한 뒤 "아내분도 사건에 관련돼 있어요?" 하고 눈을 반짝였다.

이것이 현실인가. 지에는 거대한 손에 의해 된통 얻어맞은 충격을 느꼈다. 내가 괴로워서 몸부림치며 한탄하고 있는 이 지옥 같은 현실이 타인에게는 그저 심심풀이 땅콩인 것이다.

"아뇨, 아무것도 아니에요. 실례했네요."

지에는 그렇게 내뱉고 도망치듯 계단을 올라갔다.

여벌 열쇠로 201호 문을 열었다.

남의 집 냄새가 콧속에 훅 끼쳐 들어왔다.

지에는 흠칫 놀랐다. 그동안 다쓰히코 집에 수없이 드나들었지만 이런 냄새를 느낀 적은 없었다. 이곳은 네 공간이 아니다, 하는 무언의 압력이 사방에서 가해지는 것 같았다.

지에는 지저분한 거실을 바라보았다.

식탁에는 린타가 먹다 말았는지 죽 그릇과 찌부러진 딸기가 담긴 접시, 음식물이 묻은 숟가락과 포크, 먹다 만 우유, 식빵 봉지가 널려 있다. 개수대에는 사용한 냄비와 식기가 아무렇게나 놓여 있다. 거실 바닥 여기저기에 린타의 장난감이 굴러다니고 소파에는 벗어놓은 건지 세탁한 건지 알 수 없는 옷가지가 넘쳐난다. 그리고 보니 얼마 전에 여벌 열쇠로 들어왔을 때도 평소보다 더 어질러져 있었다. 그때가 정확히 일주일 전이었던 것 같다.

다쓰히코가 사라지자마자 노노코는 이렇게 칠칠치 못한 생활을 하고 있었던 것이다. 마치 다쓰히코가 다시는 돌아오지 않을 걸 알고 있다는 듯이.

끼이 하는 이명이 나더니 현기증이 덮쳐올 것 같았다.

지에는 욕실로 향했다. 바닥, 벽, 욕조, 샤워 헤드, 수도꼭지, 배수구를 꼼꼼히 확인했다. 핏자국은 어디에도 없고 부자연스러운 점도 보이지 않았다. 하지만 안도감이 들지 않았다.

욕실을 나와 부엌으로 갔다. 싱크대 아랫부분에 있는 세 개의

식칼을 꺼내 은색 칼날을 응시했다. 지난번에 아무 생각도 없이 카레를 만들었던 게 떠올라 비명을 지르고 싶어졌다.

과한 생각이야, 진정해, 하고 머리 한구석에서 애써 말을 거는 자신이 있었다. 그러나 폭주한 생각은 멈출 줄 몰랐다. 돌연 보험금이라는 단어가 머리에 떠올랐다. 다쓰히코에게 거액의 생명보험이 들어 있지는 않을까.

지에는 거실 서랍장을 열었다. 볼펜, 만년 도장, 줄자, 택배 송장, 어린이집 서류, 병원 진찰권. 보험증서는 보이지 않았다.

다가오는 발소리를 들었지만 지에의 손은 멈추지 않았다.

"할모니!"

손자의 어린 목소리를 들은 건 그릇장을 뒤지고 있을 때였다.

"어머니, 어쩐 일이세요?"

묵직해 보이는 토트백을 어깨에 멘 노노코는 손에 편의점 봉지를 들고 있었다.

"다쓰히코는 어디 있냐?"

"네?"

"다쓰히코는 어디에 있냐고."

내가 무슨 소리를 하는 걸까, 하고 머리 한구석의 냉정한 자신이 생각했다.

노노코는 잠시 침묵한 뒤 "아직 모르나 봐요. 경찰도 연락이 없어요"라고 대답했다.

지에의 눈에는 모든 것이 다 연기로 보였다. 얼빠진 대답도, 한심한 표정도, 작은 몸에 두른 깊은 슬픔과 피로감도.

"으응. 할모니! 할모니!"

린타가 지에의 바지 자락을 잡아당겼다. 무심코 내려다보니 "자! 할모니" 하고 펼친 작은 손바닥에 도토리가 하나 있다.

"자! 자!"

린타는 함박웃음을 짓고 도토리가 올라간 손바닥을 지에에게 내밀고 있었다. 까만 눈동자가 천진난만하게 빛나고 입술 사이로 작은 이와 분홍색 혀가 살짝 보였다.

지에는 그제야 정신이 들었다. 세차게 소용돌이치던 검은 안개가 걷혔다. 천천히 숨을 들이켜고 내쉬었더니 오랜만에 호흡을 한 기분이 들었다.

서두르면 안 된다고 스스로를 타일렀다. 앞질러도 안 되고 섣불리 단정해서도 안 된다. 다쓰히코는 분명히 살아 있다.

엄마, 살려줘, 하고 당장에라도 들릴 것 같은 목소리를 막기 위해 "고맙다, 린 짱. 할머니가 소중히 간직하마" 하고 웃음을 띤 채 도토리를 받았다.

지에는 새삼 집 안을 둘러보았다. 미심쩍은 흔적이 없는지 냉정한 눈으로 확인하려 했다.

"아, 죄송해요. 너무 어질러놨죠?"

지금 알아차렸다는 듯이 노노코가 말한다.

"정말, 이게 어떻게 된 일이냐? 다쓰히코가 돌아오면 깜짝 놀라겠구나."

농담조로 말하려 했는데 목소리에 노기가 깃든 게 스스로도 느껴졌다.

노노코에게 등을 돌리고 소파 위의 옷가지를 정리하려고 손을 뻗었다. 그러다 문득 쓰레기통 속 감색 천에 눈길이 갔다.

노노코가 뭐 하는지 살펴보니 린타를 데리고 세면대로 가고 있었다.

지에는 쓰레기통에서 감색 천을 주워 올렸다. 천 조각이다. 광택 있는 감색에 파란색과 하늘색의 작은 물방울무늬. 아니다, 자세히 보니 물방울이 아니라 하트 무늬다. 지에는 다시 한번 쓰레기통을 봤다. 같은 무늬의 천 조각이 많이 들어 있었다.

이건 다쓰히코의 넥타이 아닐까. 노노코가 넥타이를 가위로 자른 거 아닐까.

핏기가 가셨다. 온몸의 구멍에서 공기와 함께 자기 자신이 빠져나가는 느낌이 들었다. 지에는 멀어져가는 의식을 필사적으로 그러모았다.

다쓰히코의 넥타이가 왜 잘라져 있을까. 왜 버려져 있을까.

지에는 쓰레기통에서 넥타이 조각을 주워 재빨리 바지 주머니에 넣었다.

다쓰히코의 동료는 끈 형태의 도구로 목이 졸려 살해되었다.

넥타이도 끈 형태의 도구라고 할 수 있지 않을까. 이 넥타이로 여자의 목을 졸랐을까, 아니면 다쓰히코의 목을…….

"어머니, 죄송해요."

뒤에서 들리는 목소리에 가슴이 철렁했다.

"지금 정리할 테니 그냥 놔두세요."

넥타이를 버린 게 탄로 나겠다 싶은 걸까.

"알겠다."

지에는 아무렇지 않은 척하며 노노코를 쳐다봤다.

실물 크기의 인형이 서 있는 것처럼 보였다. 눈도 코도 입도 기묘하게 평면적이고 흐릿해서 속이 보이지 않는다. 정체 모를 존재와 대치하는 감각이었다.

우리 며느리가 이런 여자였던가. 그렇게 생각한 순간 등골이 오싹해졌다.

이 넥타이 어떻게 된 거니?

그 한마디가 도저히 나오지 않았다.

9

눈에 띈 중식당에서 라면과 볶음밥 세트를 먹은 다도코로 가쿠토는 카페에서 커피를 두 잔째 마시고 있다.

모모이 다쓰히코의 고등학생 때 친구를 찾아갔다가 예상대로 아무런 수확도 거두지 못해 이제 어떻게 할까 생각하고 있던 가쿠토에게, 미쓰야가 "나는 볼일이 있어서" 하는 말을 남기고 어디론가 가버린 지 세 시간이 넘었다. 미쓰야는 나중에 연락하겠다는 말을 보냈지만 아직 볼일이 끝나지 않은 걸까, 아니면 가쿠토의 존재를 잊은 걸까.

뭐, 어차피 나 같은 사람은 있어도 그만 없어도 그만인 존재니까. 가쿠토는 식은 커피를 마시며 마음속으로 자조했다.

미쓰야와 수사 파트너가 되고 나서 원래 별로 없던 자신감이 갈수록 줄어드는 것을 느꼈다. 미쓰야는 위압적이진 않지만 무음의 목소리로 너는 무능하다고 끊임없이 속삭이는 것 같았다.

가쿠토는 한숨을 쉬고 카페를 둘러봤다. 직장인의 모습이 눈에 띈다. 휴대폰과 노트북을 만지작거리거나 미팅을 하고 있다. 같은 정장을 입고 있는데도 자신과는 다른 인종으로 보였다.

창밖에는 석양이 지는지 붉은 기운이 감돈다. 조금 망설이다 미쓰야에게 전화를 했다. 그러나 신호음만 들릴 뿐이다.

미쓰야가 말한 볼일이란 무엇일까. 내가 있으면 불편한 일일까. 그럼 사건과는 관계없는 일일까. 아니, 미쓰야가 사건과 관계없는 일에 시간을 쓸 리가 없다. 거기까지 생각하자 사건과 관계없는 일에 시간을 쓰고 있는 건 혼자 번민하며 커피를 마시고 있는 내가 아닌가, 하고 깨달았다. 가쿠토는 머리를 싸쥐고 으악 하며 비명을 지르고 싶어졌다.

결국 가쿠토는 혼자 수사본부로 돌아왔다.

6시가 넘은 직후라 돌아온 수사원은 얼마 없었다.

"오, 밋치한테 버림받았구나."

이케가 말을 걸어왔다.

"어떻게 아세요?"

"아까 증거품을 가져왔으니까."

"네? 증거품이라뇨? 미쓰야 경위가 왔었다고요?"

"그래, 바로 또 나갔지만."

"무슨 증거품이요?"

"뭐야, 너 정말 몰라? 넥타이잖아. 넥타이를 잘게 조각낸 것.
이거 아주 그럴듯해 보이는데."

흉기가 된 끈 형태의 도구는 넥타이일 가능성도 있다.

미쓰야는 그런 중요한 정보를 왜 내게 가르쳐주지 않았을까.
머릿속에서 뭔가가 부글부글 끓었다.

"괴짜는 좋겠네요. 뭘 하든 다 용납되니까요."

가쿠토는 짜증을 냈다.

"그래. 그런데 괴짜기만 한 것도 아니야. 아카사카 경찰서 전
서장이 밋치의 숙부라고 하더라. 2~3년 전에 정년퇴직 했지만."

"거기다 연줄까지. 최강이네요."

반사적으로 말하고 나서야 목소리가 너무 컸다는 생각에 주위를 둘러봤지만 가쿠토를 신경쓰는 사람은 없었다.

가쿠토가 수사본부를 나오자마자 누군가 말을 걸었다.

"어때? 빡세?"

오래 써서 낡은 듯한 탁한 목소리의 주인, 지역과 소속인 가가야마였다.

반삭발한 머리는 은색이고 햇볕에 탄 얼굴에는 주름이 잡혀 있다. 정년까지 2년이 채 남지 않았을 것이다. 경찰학교 시절 내근 실습을 할 때 가가야마에게 신세를 졌는데 이후에도 그는 여러모로 신경을 써주고 있다. 수사본부 지원 인력으로 가가야마가 뽑힌 건 알고 있었다. 가쿠토는 그가 자원했으리라 생각한다.

이케와의 대화를 들었구나 싶어 창피했다. 아버지와 동갑인 가가야마가 자신의 모든 것을 꿰뚫어보는 느낌이 들 때가 있다.

"첫 수사본부구나. 여러모로 힘들지?"

가가야마의 말에 자신이 너무 아등바등하고 있나 싶었다.

"캔커피 좀 얻어먹어볼까?"

가가야마가 부드럽게 말했다.

"제가 사야 하나요?"

"처자식 없는 몸이라 자유롭게 돈을 쓸 수 있잖나."

"박봉인 거 아시잖아요."

1층 자동판매기의 단골이라는 가가야마를 따라 나란히 계단을 내려갔다. 가가야마의 걸음은 부자연스러울 정도로 느렸다. 가쿠토는 그가 뭔가 중요한 이야기를 하려 한다는 걸 알아차렸다.

"미쓰야는 어때?"

가가야마가 물었다.

"어떻, 다니요……"

대답이 궁해진 가쿠토에게 연타를 가하듯 묻는다.

"못 따라가겠어? 지긋지긋해? 화가 나?"

더더욱 대답이 궁해졌다.

"녀석은 중2거든."

'중2병'을 말하는 걸까. 그런데 미쓰야는 종잡을 수 없고 부담스럽긴 해도 중2병적인 나르시시즘은 느껴지지 않는다.

"중2라고요?"

"마음이 중2에서 멈춰버렸어."

"무슨 말씀인가요?"

"녀석이 중2 때 어머니가 살해되셨지."

네? 라는 말마저 나오지 않았다.

"범인이 어머니의 교제 상대였다더군."

이번에는 "네?" 하고 목소리가 나왔다.

"녀석은 어렸을 때 아버지를 병환으로 잃고 줄곧 어머니와 단둘이 살았어. 어머니의 교제 상대는 공무원이었는데, 아무튼 신원이 확실한 남자고 미쓰야도 잘 따랐나 봐. 셋이서 여행도 가고 밥도 먹으러 가고 정말 가족처럼 사이가 좋았다더군. 실제로 어머니와 남자는 조만간 결혼할 예정이었대. 그런데 어느 날 어머니가 살해됐어. 집에서 가슴을 찔려 죽은 상태로 발견됐지."

"어째서……."

"범인이 어머니의 교제 상대라는 건 유류품과 목격자의 증언으로도 명백히 드러났어. 얼마 후 산속에서 목을 맨 남자의 시신이 발견됐지. 미쓰야는 계속 그럴 리가 없다고 주장했다더군. 그 사람이 어머니를 죽였을 리가 없다, 절대로 아니다, 범인은 따로 있다고 말이야. 남자가 어머니를 살해한 증거는 완벽하게 갖춰져 있는데 동기가 없었지. 미쓰야는 어머니가 왜 죽어야 했는지, 그 이유를 조사해달라고 요청했다더군. 그렇게 하면 진범을 찾을 수 있을지도 모른다고 말이야."

—죽음에 이르기까지의 이유를 모릅니다. 모르기 때문에 알고 싶은 겁니다.

귓가에 미쓰야의 목소리가 되살아났다.

그건 모모이 노노코의 모친을 만나기 위해 마에바야시시에 갔을 때의 일이다. 기보바시라는 이름의 다리 위에서였다.

—그가 죽어야 했던 이유를 모르기 때문입니다.

미쓰야가 말한 '그'는 15년 전 순찰차에 쫓겨 죽은 소년을 가리키는 것이었다.

"나는 저가당低加糖으로."

자동판매기 앞에서 그렇게 말한 가가야마는 어서 동전을 넣으라고 눈짓한다.

그는 달캉달캉 소리와 함께 떨어진 캔커피를 주워 올리면서 "아카사카서 전 서장이 녀석의 숙부였다는 건 아까 이케한테 들었지?" 하고 자연스럽게 말했다.

"네" 하고 대답하면서도 거기다 연줄까지, 최강이네요, 하고 대꾸한 것이 생각나 자기혐오에 빠지지 않을 수가 없었다.

"사건 후 숙부가 미쓰야를 거뒀어. 녀석이 자기 방식을 고집해도 용납되는 것 같은 건 연줄 때문만은 아냐. 미쓰야가 20대 중반의 젊은 나이에 본부의 수사 1과로 뽑힌 이유, 알고 있나?"

"아뇨."

"15년 전에 우쓰노미야 경찰서에서 살인 사건 용의자가 달아났지."

"네, 그거라면 압니다. 신병을 확보한 사람이 미쓰야 경위였다고 하던데요."

"뭐야, 알고 있었어?"

"그때 미쓰야 경위는 지역과 소속이라 파출소에서 근무하고 있었고, 거기 하야시 류이치가 있길래 잡았습니다, 하고 말했다던데요."

가쿠토는 이케에게 들은 것이 생각나 웃으면서 대답했다.

"신주쿠역 동쪽 출구 파출소였지." 가가야마가 진지한 얼굴로 말했다. "그 혼잡한 곳 말이야. 게다가 하야시는 건너편 보도에서 걷고 있었지."

설마, 하는 생각이 솟아올랐다. 신주쿠역 동쪽 출구의 파출소와 건너편 보도 사이에는 로터리와 차도가 있다. 게다가 그곳은 혼잡하기로 유명한 곳이다. 한순간에 사람 얼굴을 인식할 수 있을까.

"소문으로는 미쓰야가 순간 기억 능력을 갖춘 게 아닌가 하더군. 게다가 머릿속에서 클로즈업하거나 줌을 하는 등 조절까지 할 수 있는 거 아니냐고 말이야."

'순간 기억'은 '사진 기억'이나 '카메라아이'라고도 하는데, 본 것을 영상이나 화상으로 완벽히 기억하는 걸 뜻한다. 서번트 증후군에서 자주 보이는 능력으로 알려졌는데, 수험 공부를 하느라 고생할 때 이런 능력이 있으면 좋겠다고 생각했다.

"순간 기억은 특별한 능력이 아니라 원래 인간이 갖추고 있다는 설도 있지."

"그런가요?"

"너, 들어본 적 없어? 태어나기 전의 기억이 있는 아이의 이야기."

"아, 들어봤습니다."

대답하면서 무심코 쓴웃음이 나왔다.

207

엄마 배 속에 있을 때의 기억이 있는 아이, 구름 위에서 엄마를 고른 아이, 개중에는 전생의 일을 이야기하는 아이도 있다는 건 일종의 괴담으로 알고 있었다.

"가본 적도 없는 나라의 언어를 할 줄 아는 아이도 있다더군."

"가가야마 씨, 설마 믿으시는 건가요?"

가쿠토는 밀크티 버튼을 눌렀다. 덜 달다고 쓰여 있는데 혀가 녹을 것처럼 달콤했다.

"실은 태어나기 전의 기억을 모두 갖고 있는데 자라면서 사라진다는 말도 있지."

가가야마가 이런 비과학적인 이야기를 하다니 의외였다.

"순간 기억 능력도 그와 마찬가지로 대부분은 사춘기 전에 사라진다는 말을 들은 적이 있어."

"아, 네에" 하고 흘려들으려다 사춘기라는 단어가 마음에 걸렸다. 미쓰야는 중학교 2학년 때 어머니가 살해됐다.

"미쓰야 경위의 어머님 시신을 발견한 사람이……."

마지막까지 말하지 않아도 전달됐다. 가가야마가 캔커피를 꿀꺽꿀꺽 삼키더니 "맞아"라고만 대답했다.

미쓰야는 자신의 어머니가 살해된 사건의 최초 발견자였다.

피투성이 몸, 바닥에 퍼지는 핏빛, 허공을 향한 눈동자, 창백한 얼굴, 바닥에 아무렇게나 뻗어 있는 팔다리. 세상이 무너진 순간. 일상이 끝난 광경. 그때 미쓰야의 눈동자가 포착한 영상은 빛바랠 일도, 흐릿해지는 일도 없이 선명하게 각인된 채 남아 있다.

지옥 같다. 나였다면 미쳐버렸을 것이다.

미쓰야는 그 체험 탓에 순간 기억 능력을 잃을 수 없었던 걸까.

"가가야마 씨는 미쓰야 경위에 대해 어떻게 그렇게 잘 아세요?"

"이 나이쯤 되면 아는 게 많아지거든. 그리고 나는 옛날부터 아오에 씨와 친하게 지낸 사이라."

아오에는 아카사카서 전 서장으로, 미쓰야의 숙부다.

"그래서 미쓰야의 소식을 듣고 그때 그 아이가 경찰이 되다니, 하며 지켜보게 됐지."

미쓰야는 지금도 어머니를 살해한 범인은 교제 상대가 아니라고 생각할지도 모른다. 어머니가 살해되어야만 했던 이유와 범인이 어머니를 살해해야만 했던 이유를 계속 찾고 있을지도 모른다.

"그런데 사건에 관해서 말인데."

이야기 흐름상 미쓰야의 어머니가 살해된 사건을 말하나 싶었더니 아니었다.

"모모이 녀석, 이쯤 되면 이미 살아 있지 않은 거 아니냐고들 하던데."

수사본부에서 은근히 나오는 의견이었다. 가쿠토도 그 가능성이 높다고 생각한다. 모모이 다쓰히코와 피해자 모두 휴대폰이 발견되지 않았다. 전원이 꺼져 있어 GPS 추적도 불가능한 상태다. 만약 모모이가 스스로 목숨을 끊었다면 피해자인 고미네 아카리가 왜 죽어야 했는지, 그 이유는 어둠에 묻히게 된다.

수사본부가 추측한 시나리오에는 피해자 집에 있던 조각상으로 머리를 내려치고 끈 형태의 도구로 목을 조른 수법으로 보아 이별 문제로 인한 돌발적인 범행이라고 되어 있다. 그렇다고 계획적 범행일 가능성이 배제된 것은 아니다.

거기까지 생각했을 때 돌연 넥타이가 떠올랐다. 아까 미쓰야가 잘게 조각난 넥타이를 가져왔다고 했다. 혹시 그게 흉기일까. 그는 그걸 어디서 찾아냈을까.

10

"얘, 경찰이 또 왔어. 괜찮은 거야?"

엄마의 말에 모모이 노노코는 심장이 멎을 것 같았다.

엄마를 만나는 건 석 달 만으로, 늘 그랬듯 이케부쿠로의 백화점에 있는 카페에서 만나기로 했다. 약속 시간에 맞춰 카페에 들어가니 일요일의 혼잡한 가게 테이블에서 엄마가 다리를 꼰 채 커피를 마시고 있었다. 엄마는 "오랜만" 하고 웃는 얼굴로 손을 흔든 뒤 자리에 앉은 노노코에게 얼굴을 들이밀고 경찰이 왔다고 알려줬다.

"또? 또가 언젠데?"

일주일쯤 전에 두 형사가 마에바야시시에 있는 엄마의 가게를 찾아간 건 알고 있었다.

사위가 행방불명됐다며? 방금 우리 가게에 형사가 와서 네 남편 행방을 모르냐고 묻더라. 내가 어떻게 알겠니? 도대체 무슨 일이 있는 거야? 왜 연락해주지 않았어?

전화로 쉴 새 없이 말하던 엄마는 남편이 중요 참고인으로 경찰에 쫓기고 있는 것은 모르는 눈치였다. 노노코는 엉겁결에 나도 아는 게 없어, 하고 대답했다. 출장 간다면서 나가더니 그걸 끝으로 사라졌어.

"그저께 말이야. 전에는 두 명이었는데 그저께는 혼자 왔더라. 둘 중 더 괜찮은 쪽이. 얼굴은 내 취향인데 여심을 영 모르는 타입인 것 같아. 아, 이런 소리를 할 때가 아니지. 미안."

엄마는 가방에 손을 넣고 담배를 꺼냈지만, "아아, 금연이지? 어디를 가도 금연, 금연, 너무하지 않니?" 하고 투덜거리며 도로 넣었다.

"그래서, 그저께는 경찰이 왜 엄마를 찾아간 거야?"

"나야말로 궁금해. 네 남편이 행방불명된 지 보름 됐다며. 어디로 갔을까. 정말 짚이는 거 없어? 회사 돈을 횡령했다거나 여자랑 바람나서 도망갔다거나."

"없어" 하고 노노코는 짧게 대답했다.

경찰은 뭐 때문에 다시 엄마 가게를 찾아갔을까, 가서 무슨 질문을 하고 엄마는 어떻게 대답했을까. 물어보려 했지만 엄마가 선수를 쳤다.

"그런데 일반적인 실종이면 경찰이 이렇게 열심히 찾을 리가 없지."

그 말에 노노코의 심장이 꽉 조인다.

"너한테는 잔인한 이야기일지 몰라도, 횡령이 맞는 것 같아. 만약 그렇더라도 네가 대신 갚을 필요는 없어. 너는 맹해가지고 남이 시키는 대로 도장을 찍을 것 같아서 무섭다니까. 무슨 일 생기면 바로 나한테 연락해."

"응, 알겠어. 그래서 그저께 경찰이 뭘 물어봤어?"

"지난번이랑 똑같이 네 남편 어디 갔는지 모르냐고…… 으음, 그리고 딱히 대단한 질문은 없었어. 세상 돌아가는 이야기나 좀 하고."

"세상 돌아가는 이야기라니?"

경찰이 두 시간이나 들여 마에바야시시까지 가서 세상 돌아가는 이야기나 하다니 믿기지 않는다.

"아무개를 모르냐 같은, 옛날에 마에바야시에서 이런 일이 있었다, 뭐 그런 거."

"누구에 대해 물었는데?"

"모르는 사람이었어. 이름도 기억 안 나."

엄마는 태연히 대답하고 커피를 마시더니 "아아, 담배 피고 싶어" 하고 혼잣말을 했다.

너무나 자연스러운 그 모습이 노노코에게는 연기를 하는 것처럼 느껴졌다. 정말일까. 정말 누구에 대해 물었는지 기억을 못하는 걸까. 생각할수록 심장박동이 빨라졌다.

"그럼 옛날 일은 뭔데?"

노노코는 일부러 아무렇지도 않은 척 물었다.

"왜, 네가 중학교 졸업했을 때 범인으로 오인돼서 죽은 애 있었잖아."

미즈노 다이키―. 이름이 번뜩 떠오르고 잠시 후 가슴이 조이듯이 아팠다.

"어디 보자, 이름이 뭐였더라? 형사님한테 들었는데."

"미즈노 군이잖아. 미즈노 다이키." 소리내어 말하자 가슴의 통증이 날카로워졌다. "이제 와서 미즈노 군이 어쨌다는 거야?"

"딱히 별거 아니었어. 형사님이 말이야, 네가 어디 중학교를 나왔는지 묻더라. 마에바야시 북중이라고 했더니 그럼 미즈노 다이키 군과 같군요, 라던데? 같은 학년인데 반도 같았냐고 물었어. 같은 반이었지, 아마."

"그래."

213

"너한테서 그 애 이야기를 들은 적은 없냐고 묻더라. 그런 옛날이야기에 왜 관심이 있을까. 너도 알지? 그 무렵에."

말하다 입을 다문 엄마는 천천히 턱을 괴었다. 그리운 광경을 떠올리듯이 속눈썹을 연장한 눈을 깜빡인다.

"왜, 우리, 많은 일이 있었잖니."

엄마는 장난스럽게 속삭이더니 비밀을 공유하는 눈길로 노노코를 본다.

엄마가 엄청난 이야기를 꺼낼 것 같은 예감에 노노코는 숨을 죽였다. 점점 숨이 막혀서 온몸을 돌던 피가 천천히 내려가는 느낌이다.

엄마는 입꼬리를 올려 빙긋 웃더니 의미심장하게 눈동자를 반짝였다. 그 표정은 말 안 해도 알지? 라고 말하는 것 같았다.

ㅡ 많은 일이 있었잖니.

엄마가 말하는 '많은 일'이 무엇을 가리키는지는 알고 있다. 그러나 엄마와 노노코가 공유하는 '많은 일'이 과거에 있었던 모든 일은 아니다. 노노코가 엄마에게 숨기는 것이 있듯 엄마 역시 딸에게 숨기는 것이 있을 터다.

엄마가 말하는 '많은 일'은 노노코 모녀 앞에 료가 나타나고부터 생긴 일이다. 그때 노노코는 중학교 3학년으로, 아버지가 돌아가신 지 3년이 됐을 때였다.

어렸을 때부터 아버지가 호적상 아버지가 아니라는 건 노노코도 눈치채고 있었다. 한 달에 한두 번 집에 오던 그는 과묵한 사람으로, 겉으로는 상냥하지만 딸과는 소원한 관계였다. 그래서 아버지의 부고를 들었을 때도 지금까지와 다를 바 없는 생활이 계속되겠구나 싶었다.

하지만 완전히 달라졌다. 거의 모든 짐을 버리고 아파트에서 낡은 빌라로 이사했다. 부엌과 다다미방이 하나씩 있을 뿐인, 습하고 옅게 곰팡내가 나는 집이었다. 엄마에게서 좋다는 감정이 사라졌고 노노코에게 보였던 웃는 얼굴은 지겨운 표정으로 채워졌으며 웃음소리는 역정을 내는 목소리로 바뀌었다.

"엄마, 미안해. 학교에 체험학습비 내야 해."

돈 이야기를 꺼내면 엄마의 기분은 더욱 나빠졌다. 들으라는 듯이 한숨을 푹푹 내쉬고 "아무리 일해서 벌어놓으면 뭐하니? 네가 몽땅 가져가는데", "하아, 애는 왜 낳아가지고" 하는 말을 내뱉었다. 밤일을 시작한 엄마는 새벽에 만취해서 들어오더니 이윽고 집을 비우는 날이 많아졌다.

그때 엄마를 바꾼 건 가난이라고 생각했지만, 그게 아니라 절망이었다는 생각에 이른 것은 료가 나타나고부터다.

"이 사람은 료 짱. 이쪽은 내 딸 노노코."

소개를 마친 엄마는 들떠 있었다. 눈동자와 피부가 반짝이고 소녀처럼 사랑스러웠다. 이런 식으로 웃는 엄마를 본 건 아버지의 죽음 이후 처음이라는 것을 깨달았다. 그간 엄마가 남자를

215

만나는 낌새는 있었지만 진지하지는 않았다. 노노코는 엄마가
이 사람과는 정식으로 사귀는 사이라는 걸 알 수 있었다. 료는
죽은 아버지와 달리 부자는 아니었지만 엄마는 행복해 보였다.

"노노코, 료 짱 어떻게 생각하니?"

어느 날 엄마가 쑥스러워하며 물었다.

"좋은 사람이라고 생각해."

료는 노노코를 훼방꾼 취급하지 않고, 노노 짱, 노노 짱, 하고
나이 차가 많이 나는 여동생처럼 귀여워해줬다.

"나 료 짱하고 결혼할 것 같아."

그렇게 되리라는 예감은 있었다.

엄마에게 료를 소개받고 나서 반년이 흘렀다. 료는 일주일에
사나흘은 집에 와서 같이 저녁을 먹거나 함께 TV를 보거나 쇼
핑을 가기도 하는 등 가족 같은 존재가 돼 있었다. 24시간 영업
하는 헬스클럽에서 밤 근무를 하는 그는 일을 마치고 아침 8시
넘어서 오는 경우가 많았다. 노노코는 학교에 갈 준비를 하고
엄마는 자고 있을 시간대다. 료는 여벌 열쇠를 사용해 살그머니
문을 열고 노노코에게 "좋은 아침" 하며 작은 소리로 웃고, 조용
히 장지문을 열어 자고 있는 엄마에게 "다녀왔어" 하고 다정하
게 속삭였다.

"결혼하면 생활도 조금은 편해지고 너한테 필요한 건 뭐든 다
사줄 수 있어."

그렇게 말한 엄마는 노노코에게 웃어 보였다.

그런 건 원하지 않았지만 엄마가 웃고 있는 것이 기뻐서 노노코는 "고마워" 하고 대답했다.

고등학교 합격 발표가 있던 날의 일이었다.

노노코는 공립과 사립을 동시에 지원하지 않고 공립 고등학교 한 군데만 지원했다. 등급을 낮춰서 지원했기 때문에 지망 학교에 합격하는 것은 당연했다. 그래서 합격보다 엄마와 료가 합격 축하를 해준 게 훨씬 더 기뻤다. 테이블에 차려진 초밥과 피자를 보니 자신이 엄마와 료에게 매우 소중한 존재라는 것이 느껴졌다.

"그거, 혹시 클로버 케이크?"

노노코는 저도 모르게 소리를 높였다.

료가 냉장고에서 꺼낸 케이크 상자에는 선명한 네 잎 클로버가 그려져 있었다.

"그래. 노노 짱을 축하해주려고 큰마음 먹고 샀지."

"고마워요!"

역 건너편에 있는 양과자점 클로버는 누구나 아는 고급 제과점이다. 노노코에게 클로버 케이크는 행복의 상징이었다. 전부터 동경했지만 평생 먹지 못할지도 모른다고 포기하기도 했다. 그렇구나, 지금 나는 무척 행복하구나, 하고 노노코는 새삼 충만한 기분을 곱씹었다.

"이 작은 조각 케이크가 5백 엔이나 하다니 믿기지가 않아."

얼큰히 취한 엄마는 불평을 하면서도 기분이 좋은지 "그럼 특별히 내 케이크도 먹어" 하고 노래하듯 말했다.

클로버 케이크는 현실감이 없을 만큼 맛있었다. 새하얀 크림은 폭신하고 부드러울 뿐만 아니라 입에 넣자 고급스러운 단맛을 남기고 마법처럼 상냥하게 녹았다. 마치 환상을 먹은 것 같다고 노노코는 생각했다.

탁자 너머로 엄마가 "젊긴 젊구나. 나는 케이크가 아무리 맛있어도 두 개는 못 먹어" 하고 웃자, 료가 "요코 짱은 케이크보다 술이 더 좋은 거잖아" 하고 엄마의 잔에 와인을 부었다. "여기서 더 마시면 일 못 가는데" 하고 엄마가 애교를 부리자, 료는 "쉬어, 쉬어" 하고 부추겼다.

지금 나는 세상에서 가장 행복할지도 모른다. 그렇게 생각한 노노코의 입꼬리는 자연히 올라갔다. 마치 머리 위에서 따뜻한 햇살이 내리쬐는 기분이었다.

이 순간이 영원히 계속되기를. 엄마가 계속 웃고 있기를.

정신이 들자 떠들썩함은 사라져 있었다.

지금이 언제고 자신이 어디에 있는지 알지 못했다. 머리도 몸도 무거워서 마치 미지근한 물의 밑바닥에 가라앉아 있는 것 같았다. 정신은 흐리멍덩했지만 본능적으로 뭔가 큰일이 벌어졌음을 감지했다.

거친 숨소리가 들리고 담배 냄새가 나는 입김이 닿았다. 목에서 가슴까지 쌕쌕대고 있다.

눈을 뜨자 바로 위에 료의 얼굴이 있었다. "아, 일어났네" 하고 장난을 들킨 듯한 표정을 지었다.

료의 얼굴에서 아래로 시선을 옮기니 블라우스 단추가 풀린 것이 보였다. 경악과 공포로 몸이 경직됐다. 악몽에서 도망치기 위해 노노코는 반사적으로 눈을 감았다.

"그래그래, 착한 아이네." 거친 숨소리와 함께 료가 말했다. "잠깐이야, 잠깐."

역시, 하는 생각이 마음에 생겨났다.

그동안 이상하다고 느꼈다. 뺨을 쓰다듬고 손을 잡고 어깨를 안는 등 료는 엄마가 집에 없을 때만 노노코에게 스킨십을 하더니 그 정도가 점점 더 심해졌다. 얼마 전에는 뒤에서 끌어안고 "노노 짱, 뽀뽀해본 적 있어?" 하고 물었다. 그때 료의 손이 가슴에 닿았다. 하지만 설마, 하고 생각하려 했다. 엄마와 료는 사이가 매우 좋았다. 료는 스킨십을 함으로써 아버지가 돼주려는 거다, 내 자의식과잉에 불과하다고 스스로를 타일렀다.

그러나 이제 그 어떤 억지스러운 생각도 떠오르지 않았다.

료의 손이 브래지어를 걷어 올렸다.

어서 눈을 떠야 한다. 그만해, 하고 소리쳐야 한다. 여기서 도망가야 한다. 그렇게 생각했지만 눈에 보이지 않는 쇠사슬에 얽매여 있는 것처럼 자신의 모든 것이 뜻대로 움직이지 않았다.

료의 손끝이 한쪽 가슴에 닿았다. 소름이 돋았다. 그때 캬아──! 하는 엄청난 비명 소리가 울리고 창문이 드르르 흔들렸다. 료가 뒤로 물러남과 동시에 노노코의 몸에 스위치가 켜졌다.

생각보다 먼저 몸이 움직였다. 노노코는 료를 냅다 밀치고 일어났다. 그제야 자신이 다다미방 침대에 있다는 것을 알아차렸다. 몸을 움직이자 두개골 안쪽이 망치로 두들겨맞은 것처럼 머리가 지끈지끈 아팠다.

노노코는 옷매무새를 고치면서 현관으로 뛰었다. 당장에라도 뒤에서 팔이 뻗어와 몸을 속박할 것 같은 공포에 뒤를 돌아볼 수도 없었다. 현관의 외투걸이에서 교복 코트를 낚아채 밖으로 뛰쳐나갔다.

정신없이 달리다 첫 번째 횡단보도에서 겨우 발을 멈췄다. 조심스레 뒤를 돌아보고 료의 모습이 없는 것에 안심했다. 지끈지끈 울리는 두통과 뇌가 뜨거워지면서 팽창하는 듯한 불쾌감. 머리끝에서 발끝까지 축축한 모래로 가득 채워진 것처럼 몸이 무거웠다.

홍차, 하고 번뜩 떠올랐다. 클로버 케이크와 함께 료가 내준 홍차는 진하고 달콤했다. 노노코가 별로 입에 대지 않고 있자 "노노 짱을 위해 비싼 홍차를 샀는데" 하고 유독 열심히 권했다. 료가 홍차에 뭔가를 섞었을지도 모른다.

지금 몇 시일까. 집집마다 창문에 불빛이 켜지고 어디선가 생선 굽는 냄새가 흘러왔다. 공터가 많은 이 부근은 밤이 되면 인적이 없다.

아까 그 비명 소리를 떠올렸다. 캬아──! 하는 세상의 종말 같은 소리. 그건 뭐였을까. 여자의 비명이었을까, 남자의 단말마였을까, 아니면 기계음 같은 것이었을까.

노노코는 왔던 길을 되돌아가 빌라 뒤쪽을 살폈다.

몇 년 전까지 자재를 두는 곳으로 이용되던 공터에는 낡은 조립식 오두막과 목재가 남아 있다. 딱 한 대 세워져 있는 흰 차는 료의 것이다. 그는 이 공터를 주차장으로 쓰고 있었다.

노노코가 불과 10분 전까지 있던 다다미방 창문에는 불빛이 켜져 있다. 그런 일을 겪었는데 밖에서 보니 밝고 안전한 장소로 보이는 게 믿기지 않았다. 료의 입김과 손끝의 감촉이 되살아나 내장이 몸부림치듯 떨렸다.

창밖으로 새어나오는 불빛이 어둠 속에서 움직이는 것을 포착했다.

그것은 창문 아래서 노노코를 향해 유유히 걸어왔다. 갈색에 검은 줄무늬가 들어간 뚱뚱하게 살찐 고양이. 아까 들은 건 이 고양이의 울음소리였을까.

"너였어? 네가 구해준 거야?"

이웃집에서 기르는 고양이일까. 살찐 고양이는 노노코를 경계하기는커녕 애교 부리듯이 풍만한 몸을 정강이에 문지른 뒤 길 건너에 있는 공터로 사라졌다.

앞으로 어떻게 해야 할까. 이대로 어디 먼 곳으로 갈까. 아니면 죽어버릴까. 만약 내가 없어지면 엄마와 료는 저 집에서 몸을 맞대고 웃으며 둘이서 행복하게 살아갈까.

싫다. 왜 내가 쫓겨나야 하는 걸까.

엄마에게 말해야겠다고 생각했다. 그런데 엄마가 화를 내지도 않고, 슬프지도 않고, 상처도 받지 않게 하려면 어떻게 말해야 하는 건지 알 수 없었다.

모른다면 료를 피하는 것밖에 할 수 없었다.

"료 짱은 영 도움이 안 된다니까."

어느 날 점심때가 지나서 일어난 엄마가 담배를 피우며 말했다. 목소리는 걸걸하게 쉬었고 눈은 반밖에 뜨고 있지 않았다.

료와 헤어질 작정인가 싶어 기대했지만 아니었다.

"이럴 때 시골에 가버리다니. 너도 알지? 어제 우쓰노미야인가 어딘가에서 살인범이 도망갔잖니. 그런데 손님이 이 부근에 있을 가능성도 있지 않겠냐고 그러더라. 이런 때야말로 같이 있어줬으면 하는데, 할머니가 돌아가셨다며 일주일쯤 본가에 가 있겠대. 정말 쓸모없다니까."

그러나 집 뒤쪽 공터에는 여전히 료의 차가 세워져 있었다.

노노코가 그렇게 말하자 엄마가 대답했다.

"음주운전으로 면허정지를 당했대. 면허취소 되면 큰일이라면서 두고 갔어. 멍청하긴."

엄마는 노노코를 보고 "가끔은 여자끼리 지내는 것도 좋지" 하고 생긋 웃었다. 친밀함을 전하는 듯한 웃는 얼굴에 노노코는 결심이 섰다.

"엄마!"

노노코는 몸을 내밀고 료가 무슨 짓을 했는지 털어놓았다.

합격 발표 날 밤에 일어났던 일. 그 몇 달 전부터 손을 잡거나 뺨을 쓰다듬거나 끌어안았던 것. 그러나 지나친 생각이라고 여기려 애썼던 것.

엄마는 미간을 찌푸리고 가늘게 뜬 눈으로 노노코를 뚫어지게 쳐다봤다. 더러운 걸 보는 듯한 표정이었다.

"진짜야! 홍차에 약 같은 걸 탔을 거야. 정말이라니까! 엄마, 믿어줘."

엄마는 언짢은 표정으로 연신 담배를 피워댔다. 좁은 공간에 연기가 피어올라 기침이 날 것 같았지만, 소리를 내면 모든 것이 나쁜 쪽으로 기울 것만 같아서 참았다.

"거짓말이네."

이윽고 엄마는 혀를 차듯 내뱉었다.

거짓말이네, 하고 말한 엄마였지만, 노노코의 이야기에 충격

223

을 받은 게 틀림없었다. 료가 본가에서 돌아오기 전까지는 잠에서 깨면 바로 술을 들이켜거나 만취해서 집에 오곤 했다. 다른 남자를 데려온 적도 있었다. 료와 사귀기 전의 엄마로 돌아온 듯했다.

료가 돌아온 날, 엄마는 합격 발표날 저녁처럼 탁자에 초밥과 피자를 차려놨다. 료 짱, 료 짱, 하고 들떠 있었지만 무리를 하는 것처럼 보였다.

"노노코도 같이 건배하자. 료 짱이 돌아온 걸 축하해야지."

엄마는 노노코에게 스파클링 와인을 권했다.

"그래, 노노 짱도 같이 마시자."

료가 자, 어서어서, 하고 신나게 부추겼다.

억지로 마신 스파클링 와인은 독특한 사이다 같았다. 노노코는 두 사람이 권하는 대로 계속 마셨다. 취기는 뒤늦게 찾아왔다. 얼굴에 열이 나고 머리가 멍하고 심장박동이 빨라졌다.

"노노 짱, 지난번에는 미안."

료가 그렇게 말한 것은 엄마가 일하러 나가고 난 뒤였다. 료가 노노코의 옆자리로 옮겨 앉아 "자, 더 마셔" 하고 빈 잔에 스파클링 와인을 따라줬다.

"노노 짱, 그동안 나 피했지? 혹시 싫었어?"

"당연히 싫죠."

"그런데 지금 내 앞에서 무방비하게 취해 있잖아." 료가 웃는

다. "요코 쨩한테도 고자질하지 않은 것 같은데. 그런 걸 옛날 말로 뭐라고 하는 줄 알아? 싫다 싫다 하면서 속으론 좋아한다, 고 하지."

료는 익숙한 손길로 노노코의 어깨를 껴안았다.

"료 쨩, 엄마를 좋아한 거 아니었어요?"

"내가 좋아한다기보다 요코 쨩이 나를 더 좋아하거든. 요코 쨩은 내가 없으면 망가질 거야. 나한테 버림받으면 못 산다고 입버릇처럼 말하잖아. 어쩌면 자살할지도 몰라."

료의 손이 옷 속으로 들어왔다. 온몸에 소름이 돋아 "하지 말아요" 하고 반사적으로 료의 손을 붙잡았다.

"잠깐만. 잠깐이면 된다니까. 안 그러면 요코 쨩을 버릴 거야. 노노 쨩, 엄마가 죽으면 슬프겠지?"

료는 노노코의 귀에 얼굴을 바싹 대고 물기를 머금은 목소리로 속삭였다. 옷 속으로 파고든 손이 브래지어에 닿았다.

노노코는 눈을 질끈 감았다.

"자살은 무슨 얼어 죽을!"

장지문이 열리며 엄마가 다다미방에서 뛰쳐나왔다.

힉, 하고 료가 숨을 삼키며 냅다 뒤로 물러났다.

엄마는 금속 배트를 높이 쳐들고 있었다.

"어디서 개수작이야? 이 자식이!"

엄마가 금속 배트를 내리쳤다. 휭, 하고 공기가 떨린 직후 장지문이 버걱, 소리를 내며 부서졌다.

"잠…… 요코 쨩. 진정해. 아니야, 아니야. 아니라니까."

료는 엉덩방아를 찧은 채 뒤로 물러났다.

"거짓말 좀 작작해! 료 쨩한테 버림받으면 못 산다고? 그딴 소리를 누가 지껄였다는 거야!"

엄마는 다시 금속 배트를 쳐들고 힘껏 내리쳤다.

"으악——!"

료가 비명을 질렀다.

배트가 테이블을 때려 부숴 요란한 소리와 함께 접시가 깨지고 먹다 만 초밥과 피자가 공중으로 날아갔다.

"죽여버리겠어!"

엄마의 눈에 벌겋게 핏발이 서 있었다.

계획을 세운 것은 엄마였다. 일하러 나가는 척을 한 뒤 다다미 방 창문으로 들어와 료의 모습을 훔쳐보겠다고 했다. 노노코는 그 계획을 들었을 때 내 이야기를 믿어주는구나 싶어 기뻤다.

그리고 정말 죽일 듯이 격노하는 엄마의 모습을 보고 놀라움과 충격보다 감동이 앞섰다. 엄마가 나를 위해 이렇게 화를 내주고 있다. 료가 아닌 나를 선택해줬다. 노노코는 엄마에게 이런 면이 있다는 걸 이때 처음 알았다.

엄마는 금속 배트를 쥔 채 현관에서 뛰쳐나간 료를 따라갔다. 노노코가 말리지 않았다면 료의 머리를 깨부쉈을지도 모른다.

료는 공터에 세워둔 차에 올라타더니 급하게 출발했다. 엄마는 전력 질주를 했을 때처럼 숨을 몰아쉬면서 엔진 소리를 내며 달아나는 차를 노려보았다. 금속 배트를 지팡이처럼 짚고 다른 한 손을 허리에 댄 엄마는 귀신 같았다.

"진짜 죽일 거야. 죽여버릴 거야."

핏발 선 눈은 치켜 올라가고 눈꺼풀은 경련을 일으켰다.

보라색 원피스를 입은 엄마가 탈의실 앞에서 한 바퀴 빙 돌았다. 치마가 부드러운 원을 그리자 약한 바람이 불어 향수 냄새를 흩뿌렸다.

"어떤 것 같아요?"

의견을 묻고 있긴 하지만 웬만큼 자신 있는 눈치였다.

"어쩜, 정말 잘 어울리세요. 손님의 화사함이 더 돋보입니다."

젊은 점원이 콧소리를 내며 요란하게 칭찬한다.

"응, 잘 어울려."

노노코가 동조하자 엄마는 만족한 모양이다. "그럼 이것도 줘요" 하고 기분 좋게 탈의실로 돌아갔다.

비싼 가게는 아니다. 젊은 사람을 대상으로 하는 고급 캐주얼 브랜드다. 그래도 원피스와 치마를 두 벌씩, 니트를 세 벌 구입하면 수만 엔에 달한다. 이 가게에 오기 전에 이미 롱 카디건과 코트와 구두를 샀으니 옷값이 10만 엔 가까이 나왔을 것이다.

엄마는 전부 신용카드로 구입했다.

엄마가 서너 달에 한 번 마에바야시시에서 도쿄로 오는 건 딸이나 손자의 얼굴을 보기 위해서가 아니라 쇼핑 때문이다.

서비스 라운지에서 택배 접수를 마친 노노코가 예의상 물었다.

"이제 어떻게 할 거야? 린타 만나러 갈래?"

평소 같으면 주말에는 린타와 함께 보내지만 오늘은 엄마의 쇼핑에 어울려주기 위해 베이비시터에게 맡겼다.

"으음. 어떻게 할까."

엄마는 고민하는 척했지만 노노코는 엄마의 대답을 알고 있었다.

"린타 얼굴을 보고 싶긴 한데, 다음에 보지 뭐. 그보다 나 배고파. 가볍게 먹고 나서 집에 가고 싶은데."

미리 가게를 알아봤는지 엄마는 이른 시간에 오픈한 이탈리안 바의 이름을 대고 휴대폰으로 지도를 열어 노노코에게 보여줬다.

이케부쿠로역 동쪽 출구에서 약 5분 거리에 있는 가게였다.

예상대로 흡연 가능한 작은 바로, 문을 열자마자 담배 냄새가 코를 찔렀다. 카운터가 메인으로 테이블은 두 개. 이제 3시를 넘은 시간이라 손님은 3분의 1 정도 들어와 있었다. 엄마는 자리에 앉자마자 바로 담배에 불을 붙였다. 훅 소리와 함께 담배 연기를 내뿜더니 "하아. 살 것 같다" 하고 호들갑을 떨었다.

"마에바야시까지 두 시간 걸리잖니. 지금 피워두지 않으면 니코틴이 다 빠져서 못 견딘다니까."

엄마는 메뉴판을 펼치고 레드 와인과 모둠 치즈, 닭 간 파테를 주문한 뒤 일방적으로 근황을 알려주기 시작했다. 짜증나는 손님과 재미있는 손님, 새로 사용하기 시작한 화장품, 핫 요가 체험 수업에 갔던 일. 엄마가 하는 이야기는 늘 똑같다.

"그래서 말이지" 하고 엄마는 몸을 살짝 내밀었다. "나, 남자친구 생길 것 같아."

1년에 한 번은 듣는 이야기였다.

그래도 노노코는 "와아" 하고 감탄하면서 "어떤 사람이야?" "어디서 만났는데?" "몇 살이야?" "직업은?" 하고 잇따라 질문했다.

득의양양한 엄마에게, 응응, 와아, 그래서? 하고 완전히 습관이 된 맞장구를 치면서 린타는 지금쯤 뭘 하고 있을까, 하는 생각을 했다.

평소 어린이집에 갈 때도 칭얼대는 일이 없는 린타가 오늘은 베이비시터에게 안긴 채, 엄마, 엄마, 싫어! 하고 울어젖혔다. 엄마를 부르짖으며 엉엉 우는 린타를 보고 가슴이 미어졌다. 린타를 괴롭게 하면서까지 엄마의 쇼핑에 어울려야 하는 걸까. 하지만 노노코는 그 이상 생각하기를 멈추고 울부짖는 린타에게서 등을 돌렸다.

"그런데 너는 어떠니? 이대로 네 남편을 찾지 못하면 어떻게 할 거야?"

화제를 바꾼 엄마는 노노코에게 대답할 시간도 안 주고 속사
포처럼 떠들어댔다.

"그나마 네가 회사에 다니는 게 불행 중 다행이지. 만약 남편
을 못 찾아도 린타를 키울 수 있잖니. 역시 여자도 제 손으로 돈
을 벌어야 한다니까. 혼자 생활비 벌어서 자식 키우는 게 보통
힘든 일이 아니거든. 내가 경험해봐서 잘 알잖니. 그런데 내가
더 힘들었어. 마에바야시는 도쿄와 달리 일거리가 없잖아. 지금
도 그렇고. 마에바야시는 불경기야. 그러니까 괜히 마에바야시
에 성급하게 돌아올 생각일랑 말아."

"아직 그런 구체적인 것까지는 생각을 못했어."

"아니, 그런데 오히려 찾아내면 어떻게 할 작정이니? 횡령인
지 여자랑 바람난 건지는 몰라도 어쨌든 너랑 린타를 버리고 도
망갔잖아. 예전처럼 같이 살 수 있겠어? 하긴, 너는 참을성도 많
고 착하니까 어쩌면 용서할 수도 있겠네. 나도 너한테 자식이
없으면 그런 놈이랑은 당장 헤어지라고 할 텐데 린타가 있잖니.
앞으로의 생활을 생각하면 이혼을 쉽게 권할 수도 없어. 우리
가게 손님 중에도 이혼한 딸이 자식을 데리고 돌아온 사람이 있
는데, 딸은 직장을 못 구하지, 손주는 환경이 바뀌어서 정서 불
안이 됐지, 말도 못하게 힘든가 보더라. 부모도 점점 늙어가니
큰일이야."

드디어 끝났다. 엄마는 딸이 손자를 데리고 돌아올까 봐 경계하고 있다. 유유자적한 나날을 방해받고 싶지 않은 것이다.

그게 아니면……, 하고 생각한 노노코의 가슴에 불안이 짙은 그림자를 드리운다. 엄마에게는 딸을 멀리하고 싶은 다른 이유가 있는 걸까.

엄마와 내가 과거의 모든 일을 공유하는 것은 아니다. 내가 숨기는 게 있듯 엄마도 내게 숨기는 것이 있을 터다.

—진짜 죽일 거야. 죽여버릴 거야.

분노에 떨고 있던 15년 전 엄마를 떠올렸다.

그날 이후 료는 자취를 감췄다. 신경이 쓰여서 회사인 헬스클럽에 전화를 해봤더니 무단결근이 계속되고 있다고 했다. 료는 어디로 갔을까. 단순히 우리 앞에 나타나지 않게 된 걸까.

그럼 2년 뒤 발견된 남자의 시신은 누구일까.

미쓰야라는 형사가 두 번이나 엄마를 찾아온 이유. 남편을 찾고 있다는 건 핑계고, 사실은 15년 전 일을 조사하는 거 아닐까.

"노노코 쨩."

엄마의 애교 부리는 목소리에 노노코는 현실로 돌아왔다.

"오늘도 돈을 너무 많이 써서 위기 사태야. 5만 엔만 플리즈."

엄마가 그렇게 말하고 한 손을 코앞에 세웠다.

예상했던 일이다. 노노코는 지갑에서 만 엔짜리 지폐를 다섯 장 꺼냈다.

"땡큐. 덕분에 살았어. 그 대신 여기는 내가 낼게."

엄마는 카운터를 향해 "체크 플리즈!" 하고 노래하듯 말했다.

II

방문하겠다는 연락을 미리 했는데도 모모이의 집 거실은 어질러져 있었다.

바닥에는 아이의 장난감이 굴러다니고 소파에는 옷가지며 수건이 산더미처럼 쌓여 있다. 식탁에는 자료 같은 게 쌓여 있고, '제안서'라고 쓰인 표지에는 음식물이 튀었는지 누런 얼룩이 졌다.

"너무 지저분하죠? 죄송해요."

노노코가 식탁을 치우며 말했다.

아무 말도 하지 않고 거실을 둘러보고 있는 미쓰야 대신 가쿠토가 "괜히 바쁘신데 찾아와서 죄송합니다" 하고 대답했다.

"회사 다니시느라 힘드시겠군요."

"단축 근무인걸요." 노노코가 물티슈로 식탁을 닦으며 말했다. "그런데 최근에는 좀 바빠져서 집으로 일을 가져오고 있어요. 그래서 살림할 시간이 없네요."

노노코의 발치에는 21개월인 린타가 있다. 엄마의 치맛자락을 붙잡고 "엄마, 엄마. 이거 모야아? 응? 이거 모야아?" 하고 반복하지만, '이것'이 무엇을 가리키는지 가쿠토는 알 수 없었다.

노노코는 가쿠토 일행에게 앉으라고 한 뒤 차를 끓이려는지 부엌으로 향했다. 홀로 남은 린타가 어리둥절해하더니 자지러질 듯이 울어대며 발을 동동 굴렀다.

"발 동동 하면 못써!"

노노코가 얼른 안아 올렸지만 린타는 더욱 크게 울었다.

노노코는 차 끓이기를 포기하고 아이를 안은 채 의자에 앉았다. 아이의 등을 부드럽고 리드미컬하게 토닥여준다.

"어린이집에 소문이 돌았나 봐요."

노노코가 불쑥 말했다.

"무슨 말을 들으셨습니까?"

미쓰야가 물었다.

"선생님들은 아무 말도 안 하는데 낌새가 이상하다고 해야 할지, 데면데면한 느낌이에요. 엄마들 중에는 힘들겠다고 말하는 사람도 있고⋯⋯. 남편의 이름과 사진이 인터넷에 올라왔더라고요. 오늘 회사 사장님이 가르쳐줬어요. 출처는 폴라리스라는 행방불명자를 찾는 사이트인 것 같다고요."

"폴라리스 홈페이지를 보셨습니까?"

노노코는 고개를 끄덕이고 "시어머니가 올리셨대요." 하고 말했다. 그 말에 비난이나 분노하는 기색은 없이 체념한 듯한 허탈감이 엿보였다.

잠시 침묵이 흘렀다. 아이는 잠이 들었는지 엄마 품에 축 늘어져 안겨 있다.

"저기" 하고 노노코가 결심한 듯이 고개를 들었다. "금요일에 또 엄마 가게에 찾아가셨다면서요? 왜 가신 거죠?"

가쿠토는 앗, 하고 왼쪽에 앉은 미쓰야를 쳐다봤다.

금요일? 또 노노코의 모친을 만나러 갔다고?

처음 듣는 소리였다. 금요일은 "나는 볼일이 있어서" 하고 미쓰야가 혼자 어디론가 가버린 날이다. 미쓰야가 그 후 노노코의 모친을 만나기 위해 마에바야시시까지 갔다는 걸까.

"어머님께 들으셨군요?"

미쓰야의 질문에 노노코는 고개를 끄덕였다.

"어머님이 어떻게 말씀하시던가요?"

"제 남편에 관한 것 말고도 옛날 일을 이것저것 물으셨다고요. 옛날에 마에바야시에서 있었던 일이나, 아무개를 모르냐 같은. 왜 일부러 마에바야시까지 가서 엄마에게 그런 걸 물으셨나요? 15년 전 일이 남편과 무슨 관계가 있다는 거죠?"

노노코의 의문은 가쿠토도 궁금한 것이었다.

"15년 전 일이라고는 말하지 않았습니다."

미쓰야가 지적하자 노노코는 아차 싶은 표정을 지었다. 그러나 곧바로 "엄마가 그러던데요. 미즈노 다이키 군에 대해 물으

섰다고요. 그가 죽은 건 15년 전이니까요" 하고 말을 이었다.

미쓰야는 노노코를 응시한 채 천천히 몸을 내밀었다.

"그는 왜 죽어야만 했을까요."

"네?"

노노코의 동공은 허를 찔린 듯 심하게 흔들렸다.

"왜라고 생각하십니까?"

미쓰야가 추궁하듯 거듭 물었다.

가쿠토는 자신이 대답해야 할 것 같은 압박감을 느꼈다.

"왜 저한테 그런 걸 물으세요?"

노노코의 눈에 두려움과 경계의 빛이 나타났다.

"미즈노 군과는 같은 반이었다고 하더군요."

"그렇긴 한데 이야기를 해본 적은 거의 없어요. 그보다 엄마를 따라다니는 이유를 가르쳐주세요."

"따라다닌다?" 하고 미쓰야가 의아해하는 표정을 지었다. "두 번 찾아뵀을 뿐 따라다닌 적은 없습니다."

"저는 따라다니시는 것 같은데요."

"아직 대답하지 않으셨군요. 미즈노 다이키 군이 왜 죽어야만 했다고 생각하십니까?"

"모릅니다."

노노코는 건조하게 대답한 뒤 미쓰야에게 시선을 거두어 자기 품에 잠든 아이를 바라봤다.

사건이 발생한 지 보름이 넘은 지금 모모이 다쓰히코의 아파트 앞 잠복근무는 해제됐다. 도로를 사이에 둔 주차장에 수사 차량은 없다.

모모이의 모습이 마지막으로 포착된 CCTV 아래로 가는 동안 미쓰야와 가쿠토 모두 말이 없었다.

가쿠토는 미쓰야의 침묵이 사정없이 엄격하게 느껴졌다.

그는 왜 죽어야만 했는가.

가쿠토는 그 답을 찾기는커녕 제대로 생각도 못하고 있었다. 밤중에 자전거를 타고 어슬렁거리던 모습을 경찰에 들켜서 큰일 났다는 생각에 도망갔다. 그게 전부 아닌가? 하는 생각에서 벗어날 수가 없다. 소년이 다리 위에서 차량 열쇠를 던졌다고 한들 그게 그가 죽은 이유를 알아내는 단서가 될 것 같지는 않았다. 가쿠토의 생각은 거기서 멈춰 앞으로 나아가지 못하고 있었다.

"그 넥타이 말입니다." 서서히 몸을 죄는 침묵을 떨치기 위해 가쿠토가 입을 열었다. "아까 확인했어야 하는 거 아닌가요?"

미쓰야가 수사본부에 가져왔다는 잘린 넥타이. 그 후 미쓰야는 모모이 다쓰히코의 모친인 지에가 넥타이를 주었으며 모모이의 집 쓰레기통에 버려져 있었다는 걸 가르쳐줬다.

"굳이 말할 필요는 없다고 생각했습니다. 시어머니가 자신을 의심한다는 걸 알면 두 사람 관계는 회복이 안 될 수도 있으니까요."

감정 결과, 잘린 넥타이에서는 피해자의 피부 조직도, DNA도 검출되지 않았다. 또한 피해자의 목에서 채취된 섬유와 넥타이 섬유는 일치하지 않아 흉기가 아닌 것으로 판명됐다.

"그 넥타이는 모모이 씨의 침실 옷장에 걸려 있던 겁니다. 아홉 장 중 왼쪽 끝에 있던 넥타이일 겁니다."

순간 기억 능력, 이라는 말이 머리에 떠올랐다.

미쓰야가 그 특수한 능력을 갖췄다는 이야기를 가가야마에게 들은 뒤, 이 괴짜가 전보다 더 정체 모를 인간으로 느껴졌다. 자신이 보는 세상과 이 사람이 보는 세상은 완전히 다르다는 생각을 도저히 떨칠 수가 없었다.

가쿠토의 뇌리에 핏빛이 번지고 콧구멍 속에 쇳내가 느껴졌다. 미쓰야는 자신의 어머니가 살해된 광경을 전부 기억하고 있다. 그건 어떤 감각일까. 제정신을 잃지 않고 견딜 수 있을까.

미쓰야는 가쿠토의 침묵으로 알아차린 듯했다. 그가 아아, 하고 엷은 미소를 흘렸다.

"누군가에게 들었군요. 수사본부에 있는 사람에게 들었다면 아마 가가야마 씨겠죠. 순간 기억이라도 모든 걸 기억하지는 못합니다. 무엇을 기억할지도 제어가 안 되죠. 게다가 지금은 1년에 몇 번 있는 정도입니다. 참고로 넥타이는 순간 기억 능력이 아니라 일반적인 기억입니다. 그 넥타이만 센스가 다른 것 같아 잘 기억하고 있었죠. 만약 그 넥타이가 흉기였다면, 그리고 노노코 씨가 그걸 알고 있었다면, 바로 버리는 등 증거인멸을 했을 겁니다. 이제 와서 적당히 자르는 것도 모자라 자택 쓰레기통에 버렸을 리는 없습니다."

그럼 노노코는 왜 넥타이를 잘라서 쓰레기통에 버렸을까. 문득 분노라는 단어가 떠올랐다. 그 넥타이는 바람 상대가 선물해 준 것 아닐까.

"노노코 씨는 남편이 바람피우는 것을 알고 있었을지도 모르겠네요."

가쿠토는 얼핏 떠오른 생각을 입 밖에 냈다.

"그럴지도 모르겠군요."

그런 것쯤은 벌써 예전에 생각했다고 말하는 듯한 어조에 약이 발끈 올랐다. 아니, 상처받은 걸지도 모른다. 돌이켜보면 가쿠토가 자신의 생각을 먼저 말한 것은 처음이었다.

"왜 항상 그런 식입니까?"

그렇게 말한 순간 이제 멈출 수 없다는 걸 깨달았다.

"경위님, 나를 너무 바보 취급하는 거 아니에요? 아니, 바보 취급하는 건 전혀 문제가 안 됩니다. 나도 내가 바보라는 걸 아니까요. 도움이 되지 않는 것도, 쓸모없는 것도, 애송이인 것도, 경험이 부족한 것도 다 알고 있다고요. 차라리 화를 내거나 잔소리를 하세요. 가장 괴로운 건 바로 무시당하는 겁니다. 내가 없는 것처럼 행동하고 혼자 어디로 가버리고, 뭘 보고 무슨 생각을 하는지 중요한 건 하나도 가르쳐주지 않고. 경위님은 원래 다른 사람들한테도 그래요? 나 아닌 다른 사람이야 어찌됐든 상관없는 거예요? 다른 사람도 마음이라는 게 있다는 걸 아세요? 경위님과 함께 있으면, 정말 외로워진다고요."

그렇게 쏘아붙이고 나서, 아뿔싸, 하고 격하게 후회했다. 미쓰야는 가쿠토로서는 상상도 못할 만큼 가혹한 일을 겪었다. 조금 이상해도, 아니 매우 이상해도 어쩔 수 없는 일 아닐까. 그것을 탓하고 마는 자신의 형편없는 인간성과 작은 그릇이 저주스러웠다.

게다가 뒤늦게 생각난 자신의 말이 결정타를 먹였다.

―경위님과 함께 있으면, 정말 외로워진다고요.

으아악, 하고 소리치고 싶었다. 소리치면서 이곳에서 뛰쳐나가고 싶었다. 정말 외로워진다고요, 라니, 애인에게 투정하는 사람도 아니고!

미쓰야는 멈춰 서서 긴 눈을 크게 뜨고 가쿠토를 바라보고 있다. 멀뚱멀뚱, 이라는 단어가 딱 들어맞는 표정이었다. 미쓰야의 이런 무방비한 얼굴을 보는 것은 처음이었다.

"많이 들었습니다."

미쓰야가 감탄한 듯이 말했다.

"네?"

"옛날에 많이 들었죠. 옛 생각이 나는군요."

"네에."

"왜 무시하는가, 왜 아무 말도 하지 않는가, 무슨 생각을 하는지 모르겠다, 자기 이야기를 하지 않는다, 타인에게 관심이 없다, 바보 취급을 당하는 기분이 든다. 그렇죠?"

가쿠토는 떨떠름하게 고개를 끄덕였다.

"교제한 사람에게 거의 백 퍼센트 그런 말을 들었고, 거의 백 퍼센트 차였습니다."

아아, 역시 애인이 할 법한 말이었구나, 하고 가쿠토는 창피함에 어지러움을 느꼈다.

"젊었을 때는 자주 들었습니다만, 최근에는 말해주는 사람이 없더군요. 방금 다도코로 씨 말을 듣고 정신이 번쩍 들었습니다."

미쓰야는 짧게 숨을 내뱉은 뒤 입을 열었다.

"무시하려던 건 아니었습니다. 정말입니다. 그저 나는 종종 주변이 안 보일 때가 있습니다. 모르는 것이나 궁금한 것과 마주치면 그 외의 것은 생각하지 못하게 되죠."

죄송합니다, 하고 미쓰야가 머리를 숙였다.

"아. 아니에요."

저야말로 죄송합니다, 하고 말하려 했지만 미쓰야가 더 빨랐다.

"그럼 물어보시죠."

"네?"

"자, 어서 물어보세요. 내가 무슨 생각을 하는지, 무엇을 하려고 하는지. 나도 묻고 있지 않습니까, 어떻게 생각합니까, 하고."

그 말을 듣고 아, 하고 깨달았다.

―어떻게 생각합니까?

확실히 미쓰야는 그 말을 자주 했다.

그렇구나, 무시당한다고 착각하는 바람에 이 사람과 제대로 마주한 적이 없을지도 모른다. 열등감과 거부반응이 앞장서서 마음의 셔터를 내리고 있던 건 오히려 나였다. 그걸 깨닫는 순간 가슴에 걸려 있던 것이 쑤욱 내려갔다.

"그럼 묻겠습니다. 묻고말고요."

가쿠토는 단단히 별렀다.

네, 하고 미쓰야가 미소를 짓는다.

"묻고 싶은 건 세 가지입니다. 우선 첫 번째는 금요일에 모모이 노노코 씨의 모친을 만나러 가신 이유. 두 번째는 15년 전에 사고사한 소년이 이 사건과 관련이 있는지 없는지. 세 번째는 경위님이 무슨 생각을 하시고 어떻게 추리하고 있으신지. 그런데 그 전에 금요일에 저를 두고 어디에서 무엇을 하셨는지부터 가르쳐주시죠."

"설명하려면 시간이 조금 걸리니 어디 들어가는 게 좋겠군요."

이왕이면 저녁까지 해결하는 것이 좋겠다 싶어 역 근처 패밀리 레스토랑에 들어갔다.

동네의 특징인지 대부분의 손님이 가족 단위로, 괴성을 지르며 뛰어다니는 아이도 있었다. 가쿠토가 채소 카레와 드링크 바를 주문하자 미쓰야는 "저도 같은 것으로" 하고 메뉴도 보지 않고 주문했다.

"이제 가르쳐주세요. 금요일에 저 몰래 뭘 하신 건가요?"

가쿠토는 두 손으로 테이블을 짚고 상체를 내밀어 미쓰야에게 다가갔다.

"몰래 한 것은 아닙니다. 수사에 관련이 있는지 없는지 몰랐기 때문에 혼자 행동한 것뿐입니다."

"변명은 필요 없습니다."

가쿠토의 강한 어조에 미쓰야는 쓴웃음을 지으며 이마를 긁적였다.

"네. 그럼 금요일 행동을 설명하겠습니다. 처음에는 폴라리스 대표인 후쿠나가 씨를 만나러 갔습니다."

"후쿠나가 씨요?"

"이유는 조금 이따 설명할게요. 후쿠나가 씨와 헤어진 뒤 모모이 지에 씨에게 전화가 왔습니다. 아들의 집 쓰레기통에서 넥타이를 발견했으니 조사해달라는 거였죠. 그래서 지에 씨에게 넥타이를 건네받고 일단 수사본부로 돌아갔습니다. 그러고 나서 노노코 씨의 모친을 만나러 마에바야시시에 간 겁니다."

"알겠습니다. 그럼 다음으로 아까 그 세 가지 질문에 대답해 주세요."

"첫 번째와 두 번째 질문을 건너뛰고 세 번째부터 설명해도 되겠습니까?"

세 번째는 미쓰야가 무슨 생각을 하고 어떻게 추리하고 있는지였다.

가쿠토가 고개를 끄덕이자 미쓰야도 얕게 끄덕였다. 미쓰야는 우롱차로 목을 축인 뒤 나직하고 허스키한 목소리로 이야기를 시작했다.

"솔직히 아직 구체적인 생각도, 추리도 없습니다. 다만 마음에 걸려 도저히 외면할 수 없는 게 있어요. 모모이 다쓰히코 씨의 행방을 찾고 있으면 묘하게 15년 전 마에바야시시가 떠오른다는 겁니다."

15년 전 마에바야시시라면 도주 중인 살인범으로 오인된 소년이 사고사한 것을 가리킨다.

"노노코 씨 모친이 마에바야시시에 있다는 것을 알고 거의 잊고 지냈던 소년의 일을 떠올렸습니다. 금요일에 모친을 만났을 때 노노코 씨와 그 소년이 동급생이었다는 걸 알게 됐죠."

거기까지는 아까 미쓰야와 노노코의 대화를 통해 알고 있던 것이었다.

"또 한 명, 구사나기 마사미 씨입니다."

243

미쓰야는 그렇게 말하고 코앞에 검지를 세웠다.

"구사나기 마사미 씨요?"

처음 듣는 이름이다.

"다도코로 씨도 만난 적 있는 사람입니다."

그 말을 듣고도 떠오르는 사람은 없었다.

"어차피 경찰은 아무것도 안 해주잖아요."

미쓰야가 억양 없이 읊은 그 대사를 듣고 구사나기 마사미가 폴라리스에 있던 뚱뚱한 여자라는 걸 알아차렸다. 그녀는 약혼자가 행방불명이라고 했다. 경찰이 아무것도 하지 않았습니까? 하고 미쓰야가 묻자, 그렇던데요, 하고 될 대로 되라는 투로 대답했었다. 설마, 그녀가 고미네 아카리 살해 사건과 관련이 있다는 걸까.

"폴라리스의 홈페이지를 봤습니까?"

"네, 일단은."

"그럼 사토 고타라는 사람을 알고 있겠군요."

"네?"

연달아 모르는 이름이 나와서 머리가 따라가질 못하고 있다.

"폴라리스 홈페이지를 봤다면서요? 사토 고타 씨 말입니다. 올라와 있었어요."

"으음. 죄송합니다. 잠깐만 기다려주세요."

가쿠토는 황급히 휴대폰을 꺼냈다. 폴라리스 홈페이지에서는 모모이의 정보를 확인했을 뿐 다른 행방불명자는 보지 않았다. 미쓰야는 처음부터 끝까지 다 확인한 걸까.

채소 카레가 나왔지만 자신의 대충대충 습관에 넌더리가 나서 도저히 먹고 싶은 기분이 들지 않았다. 그런데 미쓰야는 문제를 효율적으로 정리하듯 카레를 한 숟가락씩 떠먹고 있었다.

사토 고타. 나왔다. 하지만 다른 행방불명자와 달리 사진 해상도가 낮고 뒤에서 비스듬히 찍어서 얼굴이 잘 안 보인다. 실종 당시 34세, 지금까지 무사하면 49세인 셈이다. '부디 무사하기를. 당신을 계속 기다리고 있어요'라고 쓰인 가족의 메시지 끝부분에는 '마사미'라는 이름이 있었다. 이 남자가 구사나기 마사미의 실종된 약혼자인 것이다. 실종 당시 상황을 훑어보다 아, 소리가 나올 뻔했다. 사토 고타가 실종된 건 15년 전인 2004년이다. 3월 25일 밤부터 연락이 안 됐다고 나와 있다. 2004년 3월 25일—.

무심코 미쓰야를 봤더니 벌써 절반밖에 남지 않은 카레를 먹는 데 집중하고 있었다. 가쿠토는 숟가락을 들었다. 빨리 먹는 데에는 자신이 있다. 숟가락이 접시에 닿는 소리와 음식을 씹는 소리가 두 사람 사이에 떠다닌다. 거의 동시에 다 먹어치웠다.

"사토 고타 씨의 정보를 확인했습니까?"

냅킨으로 입을 닦자 미쓰야가 물었다.

"네, 폴라리스에서 만난 여성의 약혼자네요."

245

"어떻게 생각합니까?"

가쿠토는 우롱차를 마시고 나서 신중하게 입을 열었다.

"사토 고타 씨가 실종된 건 2004년 3월 25일이라고 돼 있습니다. 이날은 살인범으로 오인된 소년이 사고사하기 전날이죠?"

미쓰야는 가쿠토를 응시한 채 고개를 깊이 끄덕였다.

"지금으로서는 모모이 다쓰히코 씨와 피해자인 고미네 아카리 씨에게 마에바야시시와의 접점은 보이지 않습니다. 그런데 모모이 다쓰히코 씨의 행방을 찾다 보면 15년 전 마에바야시시와 맞닥뜨리는 기분이 들어요. 묘하지 않습니까?"

"이번 살인 사건과 15년 전 소년의 사고사가 관련돼 있다는 말씀인가요?"

"그건 두 번째 질문이로군요. 대답은 모른다, 입니다. 다음으로 첫 번째 질문인 왜 모모이 노노코 씨의 모친을 만나러 갔는가. 대답은 모르는 걸 알고 싶어서였습니다. 모친은 구사나기 마사미 씨도, 실종된 사토 고타 씨도 모른다고 했습니다. 따라서 결국 여전히 모르는 상황입니다만……. 사고사한 미즈노 다이키 군, 동급생이었던 모모이 노노코 씨, 그리고 실종된 사토 고타 씨. 이 세 사람이 연결돼 있는 건 아닌지 생각 중입니다."

가쿠토는 아까 노노코의 반응을 떠올렸다.

15년 전에 사고사한 미즈노 다이키라는 소년에 대해 물었을 때 그녀는 당황한 듯했다.

그녀가 왜 당황했고 뭘 숨기고 있는지 알아내면 뭔가 밝혀지는 것이 있을까. 그건 고미네 아카리가 살해된 이유일까, 모모이 다쓰히코의 행방일까, 아니면 15년 전 미즈노 다이키라는 소년이 죽어야만 했던 이유일까.

가쿠토의 머릿속을 읽은 것처럼,

"그리고 한 가지 더."

미쓰야가 검지를 세우고 "내일 알게 되는 것이 있습니다" 하고 덧붙였다.

"그 사람이 행방불명된 지 오늘로 15년 6개월 13일째예요. 그때 일은 똑똑히 기억하고 있어요. 어떻게 잊겠어요?

그 무렵엔 스마트폰은 없었고 동영상을 찍을 수 있는 휴대폰이 막 출시된 시기였죠. 저는 그런 기기에는 전혀 관심이 없었지만 그 사람은 유독 새로운 걸 좋아했어요. 그래서 놀래주려고 그에겐 비밀로 하고 최신 기종 휴대폰으로 바꾼 거예요. 동영상을 촬영해서 몇 번이나 보냈는데 답장이 없길래 이상하다 싶었죠. 그 사람은 굉장히 부지런하거든요.

그 무렵 뉴스에 여자를 두 명이나 죽인 남자가 우쓰노미야 경찰서 화장실에서 도망간 일이 나왔어요. 나 참, 지금이나 옛날이나 경찰은 뭘 하고 있는 건지. 아, 그렇구나, 아무것도 안 하고 있네요, 후훗.

그때 범인으로 오인된 중학생이 있었어요. 순찰차에 쫓겨 도 망가다 트럭에 부딪쳤다고 하더라고요. 맞아요. 마에바야시 에서 일어난 사고예요. 저는 당시 생명보험회사에서 일하고 있 었는데 그 뉴스는 회사 점심시간에 TV로 보고 알게 됐죠. 같이 TV를 보던 부장님도 말했지만, 중학생이 밤에 놀러 다니고 경 찰이 불렀는데 도망간 걸로 봐서 분명히 불량한 아이였겠죠. 부 장님은 무뢰배라고 했지만요. 후훗. 무뢰배라니. 생각하니 웃기 네요.

그런데 그보다 그 사람과 연락이 닿질 않으니 제 머릿속은 걱 정으로 가득했죠. 그 사람과 마지막으로 연락을 한 건 그 뉴스 를 보기 전날 점심 지나서예요. 그 사람한테 문자를 보냈더니 답장이 왔고, 그날 퇴근길에 최신 휴대폰으로 기종을 변경했거 든요. 그래서 밤에 동영상을 찍어서 보내봤는데, 답장이 없었어 요. 휴대폰 문자는 상대방이 확인을 했는지 표시되지 않으니까 그 사람이 봤는지 안 봤는지도 몰라요. 물론 전화도 많이 걸어 봤죠. 그런데 전원이 계속 꺼져 있었어요.

괜히 불길한 예감이 들더라고요. 혹시 도주 중인 살인범한 테 살해된 게 아닐까. 그 범인이 도주 중에도 여자를 습격했잖 아요. 칼로 베서 가방을 빼앗은 걸로 알고 있어요. 그래서 그 사 람도 범인한테 습격당해 강에 버려지거나 산에 묻힌 게 아닐까, 어찌나 걱정이 되던지.

물론 경찰에 신고했어요. 그런데 경찰은 사건성이 없다며 아무것도 해주지 않았어요. 그 사람이 스스로 자취를 감춘 거라고 단정하던데요."

구사나기 마사미는 내내 한숨을 쉬듯 나직한 목소리로 말했다.

"그랬군요. 스스로 자취를 감췄다면서 경찰이 아무것도 해주지 않았군요."

미쓰야가 같은 말을 하자, 구사나기는 불평불만을 나타내듯 고개를 크게 끄덕이고 나서 아이스 코코아 빨대를 입에 물었다. 얼음이 많았는지 유리컵 속 아이스 코코아가 단숨에 줄었다.

이곳은 폴라리스 근처의 카페다. 런치타임을 마친 카페 안은 대부분 단골손님인지, 수다를 즐기는 노부인들과 혼자 신문이나 책을 읽는 사람이 많아 느긋한 분위기가 감돌았다. 폴라리스의 대표 후쿠나가의 허락을 받고 구사나기를 불러내 15년 전 이야기를 들려달라고 한 것이다.

실종자 및 행방불명자는 1년간 약 8만 명이 발생하지만 그중 절반은 발견된다. 그렇지 않은 경우에도 사고나 사건에 휘말린 사례는 거의 없다. 스스로 자취를 감춘 사람이 압도적으로 많다.

"사토 고타 씨와 마지막으로 연락한 게 2004년 3월 25일 점심 지나서가 틀림없습니까?"

미쓰야가 확인했다.

"네. 오늘로 15년 6개월 13일째니까요."

구사나기는 비둘기 눈을 연상시키는 작은 눈을 내리뜨고 나직한 목소리로 대답했다.

그녀는 15년이 넘는 세월 동안 매일 날짜를 꼽으며 살아온 걸까. 가쿠토는 눈앞의 여자를 다시 바라보았다. 그러나 무표정으로 뒤덮인 얼굴에서 비탄의 기색은 느껴지지 않았다.

"그 이튿날 점심에 도주 중인 범인으로 오인된 소년이 죽었다는 뉴스를 보셨군요?"

"네, 회사에서요. 그게 왜요?"

"죽은 소년의 이름을 아십니까?"

"아뇨."

"그런데 사토 고타 씨는 어떤 사람이었습니까?"

미쓰야의 질문에 구사나기는 비둘기 같은 눈을 들어 2~3초 사이를 두고,

"우리는 결혼할 예정이었어요"

하고 질문과는 미묘하게 어긋난 대답을 했다.

"사토 고타 씨가 어디에 갔다고 생각하십니까?"

"사고나 사건에 휘말렸다고 생각해요. 솔직히 살아 있지 않을지도 모르겠어요."

그렇습니까, 하고 중얼거린 미쓰야는 "고맙습니다" 하고 자리에서 일어났다. 덩달아 가쿠토도 몸을 일으켰지만 구사나기는 계속 자리에 앉아 있었다.

"찾아주시는 건가요?"

구사나기가 무표정으로 물었다. 눈을 위로 향하고 있기는 하지만 누구와도 시선을 마주치지 않고 있다.

"이제 와서 찾아도 이미 때를 놓쳤을지도 모르는데."

미쓰야는 자신과 눈을 마주치려 하지 않는 구사나기를 잠시 말없이 내려다보았다. 이윽고 "당신은 알고 있을 겁니다" 하고 대답했다.

카페를 나올 때 뒤돌아보니 구사나기는 등을 구부리고 앉아 있었다.

어제 미쓰야가 말한 '내일 알게 되는 것'은 마에바야시시에서 발견된 시신을 뜻하는 것이었다. 미쓰야는 그 사실을 마에바야시 경찰서에 문의해 알아냈다고 한다.

사토 고타의 실종 신고서는 수리되지 않았다. 그런데 기록은 남아 있었다. 사토 고타라는 이름, 생년월일, 주소, 회사를 포함한 모든 것이 엉터리로, 구사나기와 연락할 때 사용한 전화기는 선불 휴대폰이었다고 한다. 분명 결혼 사기를 치기 위해 가명으로 구사나기에게 접근했을 것이다.

사토 고타가 행방불명되고 2년 후, 마에바야시시의 공장이 철거된 부지에서 백골화한 시신이 발견됐다. 살해됐을 가능성도 있지만 사인은 불명이었다. 치과 치료 흔적을 통해 마에바야시시에 인접한 마을에 사는 남자로 판명됐다. 그에게는 결혼 사기 전과가 있었다. 사후 2년 정도 지났다고 판단됐지만, 결국 사인 불명인 채 도호쿠에 있는 본가 부모에게 시신이 양도됐다.

미쓰야가 폴라리스 대표 후쿠나가에게 이 사실을 털어놓자 예상대로 그는 알고 있었다고 한다. 그러나 구사나기에게 조금이나마 위로가 되면 좋겠다는 생각에 폴라리스 홈페이지에 사토 고타를 행방불명자로 게재했다는 것이었다.

오늘 구사나기를 만나서 확실히 알게 됐다. 그녀 또한 모든 걸 알고 있다는 것을.

구사나기는 남자에게 배신당했다는 걸 받아들이지 못한 것이다. 눈을 뜨면 행복과 기쁨이 보였을지도 모르는데, 그녀는 15년 세월 동안 눈을 감고 어둠 속에서 지내는 것을 선택했다.

"이걸로 확실해졌군요." 미쓰야가 말했다. "15년 전, 미즈노 다이키 군이 죽었을 무렵 죽은 남성이 또 한 명 있었다는 것이."

12

엄마의 감은 맞는 법이다.

문득 머릿속에 그런 말이 떠올라, 모모이 지에는 심연을 들여다보고 있는 것만 같았다. 한 치 앞도 보이지 않는 시커먼 구멍. 낮은 땅울림 같은 소리가 지에를 손짓하듯 울리고, 찬바람이 불어 올라온다. 무서워서 견딜 수가 없다. 다리가 떨린다. 그런데 차라리 뛰어들고 싶다. 심연과 연결된 곳에 다쓰히코가 있을 것 같기 때문이다.

—엄마, 살려줘.

그 목소리를 들었을 때 알아버렸다. 그리고 쓰레기통 속 넥타이를 발견한 순간, 그건 확실한 것이 되었다. 다쓰히코는 이제 이 세상에 없다.

그런데 그 넥타이가 흉기가 아니라고 한다.

어째서? 하는 의문이 소용돌이친다. 노노코는 왜 넥타이를 잘랐을까. 어째서 쓰레기통에 버렸을까.

하지만 잘 생각해보면 이상했다. 만약 그 넥타이가 흉기라면 그렇게 찾기 쉬운 곳에 버렸을 리가 없으니까.

지에는 쓰레기통에서 넥타이를 주워 올렸을 때의 충격을 떠올렸다. 노노코는 이 넥타이로 여자의 목을 졸랐을까, 아니면 다쓰히코의 목을……. 그런 생각이 들어 몸을 떨었던 것이다.

설마 덫이었던 걸까. 무엇 때문인지는 몰라도 나를 속이기 위해 일부러 찾기 쉬운 데 버린 걸까.

형사가 그 넥타이는 흉기가 아니라고 했다. 그러나 그것은 여자의 목을 조른 흉기가 아니라는 것에 불과하다.

엄마의 감은 맞는 법이다. 그런 생각을 하고 싶지 않은데도, 마치 보이지 않는 손이 꽉 누르고 있는 것처럼 그 생각이 머릿속에서 떠나지를 않는다.

이미 때는 늦은 걸까.

"질투에 미친 아내가 남편을 죽였다니까."

지에의 귀에 그 목소리가 날아들었다.

"뭐어? 설마. 그 사람 되게 얌전해 보이던걸."

지에는 히바리가오카역 화장실 칸에 문을 닫고 들어가 있었다. 한시바삐 다쓰히코의 아파트로 가야겠다며 서둘렀지만, 열차를 타고 있을 때부터 느꼈던 복통이 방해를 했다.

문틈 사이로 살펴보니 두 여자가 거울을 보며 화장을 고치고 있었다. 노랗게 물들인 머리를 등까지 늘어뜨린 여자와 키가 작은 검은 머리 여자였다.

"사람은 겉보기와는 다르다잖아. 게다가 그렇게 생각하는 사람이 나 말고도 또 있는 것 같더라. 경찰도 아내를 의심하는 것 같았어. 그러니까 묘하게 아내에 대해서 물은 거겠지. 그리고 요전번에 남편의 어머니라는 사람까지 찾아와서 묻더라니까. 부부 싸움 하는 거 못 봤냐고. 정말 소름 돋지 않아?"

노란 머리 여자는 아파트 1층 주민이었다. 지에는 숨을 죽이고 여자들의 대화에 귀를 곤두세웠다.

"글쎄, 그 집 남편이 아파트 근처 CCTV에 찍혔다잖아. 거기까지 왔으면 당연히 집에 들어갔겠지. 그런데 행방불명이라니,

아내가 죽이고 토막 내서 버렸을지도 몰라."

"어휴, 가네시로 씨, 형사 드라마 좀 작작 보라니까."

"그래야겠지?"

두 사람은 웃으면서 나갔다.

지에의 머릿속에 눌러앉은 말은 '질투에 미친 아내가 남편을 죽였다'도, '아내가 죽이고 토막 내서 버렸다'도 아니었다.

—경찰도 아내를 의심하는 것 같았어.

지에는 그 말을 신으로부터 건네받은 기분이었다. 신은 그 말을 들려주기 위해 두 여자를 이곳에 데려온 것이다.

노노코가 다쓰히코를 죽인 거 아닐까—. 머리 한구석에 있던 그 의심이 자신의 존재를 주장하듯 커지더니 지금은 머리를 뚫고 나올 기세다.

어쩌면 처음부터 알고 있었을지도 모른다. 그렇게 생각하면 전부 앞뒤가 들어맞는다. 다쓰히코가 사라졌는데 노노코가 태연히 지내는 것도, 내게 연락하지 않은 것도, 다쓰히코가 돌아오지 않을 걸 알고 있다는 듯 방을 치우지 않은 것도, 적극적으로 다쓰히코를 찾으려 하지 않은 것도.

그렇구나, 경찰도 노노코를 의심하고 있구나. 지에는 어금니를 악물었다. 끼이 하는 이명이 나더니, 엄청난 전기가 흐르는 것처럼 머리가 찌릿찌릿했다. 자신 안에 모든 것을 얼게 하는 냉기와 거친 열기가 혼재하고 있음을 느꼈다.

쓰레기통에 있던 넥타이는 역시 덫이었다. 노노코는 일부러 넥타이를 버린 것이다. 내가 그 넥타이를 흉기로 생각해 경찰에 가져다줄 수 있게, 경찰이 나를 상대하지 않게 하기 위해, 전부 망상이라고 인식시키기 위해 계획적으로 꾸민 일이다.

화장실을 나온 지에는 반사적으로 노노코에게 전화를 걸었다. 무슨 소리를 하려는지, 무엇을 추궁하려는지는 머릿속에 없었다. 그저 가슴에 소용돌이치는 분노를 터뜨리고 싶었다.

"여보세요?"

휴대폰에서 들려온 남자 목소리에 지에의 머릿속은 순간 새하얗게 변했다. 정신이 들었을 때는 전화를 끊은 뒤였다. 온몸에서 힘이 빠져 바닥에 주저앉았다.

노노코에게 남자가 있어―.

모든 게 납득됐다. 그 여자는 남자와 공모하여 다쓰히코와 다쓰히코의 바람 상대를 죽인 것이다. 그리고 다쓰히코에게 살인범이라는 누명을 씌우려 했다.

참으로 무시무시한 여자다. 반드시 가면을 벗겨줄 테다. 다쓰히코의 원수를 갚아줄 테다.

린타는 괜찮을까. 갑자기 떠오른 생각에 지에가 몸을 부르르 떨었다.

13

남편의 넥타이에 가위질을 한다.

섬유를 자르는 싹둑 소리가 불온하게 울리고, 천의 저항이 훅 풀린 감촉이 가위 너머로 전해진다. 갈색과 노란색의 체크무늬 넥타이. 잘린 끝이 쓰레기통에 떨어진다. 아마 이건 예전 바람 상대가 선물해준 넥타이일 것이다.

모모이 노노코는 가위질을 멈추고 쓰레기통 속 넥타이를 바라봤다.

이 배신자! 짐승만도 못한 놈! 당신이 바람피우는 것쯤은 오래전부터 알고 있었어!

그런 생생한 분노와 질투가 자신 안에 싹트기를 가만히 기다렸다. 그러나 아무리 기다려도 원하는 감정이 찾아오지 않아, 노노코는 습관적으로 다시 가위질을 했다. 마지막 한 조각이 쓰레기통에 떨어져도 마음은 여전히 잠잠했다.

하트 무늬 넥타이를 잘랐을 때도 그랬다. 최근 출장 핑계를 대고 집을 비울 때면 늘 그 넥타이를 했으니까, 지금의 바람 상대가 선물해준 것이라고 생각했다. 남편의 바람에 분개하는 아내인 척 가위질을 해봤지만 그때도 아무것도 느껴지지 않았다.

남편은 회사 거래처 사람이었다. 미팅을 거듭하던 어느 날 그가 술을 마시자고 했다. 사귀기 시작하자마자 임신했다. 거기까지는 눈 깜짝할 사이에 지나갔다. 마치 반짝반짝 빛나는 마법에 걸린 것처럼 즐겁고 꿈같은 나날이었다.

그러나 임신을 한 순간 누가 눈앞에서 손뼉을 짝 친 것처럼 정신이 들었다. 남편이 모르는 사람처럼 느껴졌다. 자신이 왜 그렇게 들떠 있었는지 이해되지 않았다.

남편을 좋아하지 않을 뿐 아니라, 친밀함과 정조차 들지 않아 노노코는 줄곧 찜찜함을 느꼈다. 남편은 린타가 태어나기 전부터 바람을 피웠지만 아무런 감정도 일지 않았다. 텅 빈 마음을 품을 바에야 차라리 싫어하는 편이 낫지 않을까 생각한 적도 있었다. 노노코는 찜찜함을 가볍게 하기 위해 남편이 원하는 아내를 연기하기로 마음먹었다. 남편은 아내의 마음에 자신이 비치지 않는다는 걸 알아차렸을 터였다. 그런데도 남편 나름대로 가정을 유지하려 애썼는지도 모른다.

나는 누군가를 사랑한다는 감정이 결여돼 있을지도 모른다. 그렇게 생각하면 두려워졌다.

노노코는 고개를 뻗어 침실을 살펴봤다. 린타는 이불 속에서 깊이 잠들어 있다.

오늘은 외부 미팅을 한 뒤 바로 퇴근해 평소보다 두 시간이나 빨리 귀가했다. 린타는 요즘 어린이집에서 낮잠을 자지 않는지 집에 와서 간식을 먹고 나면 바로 잠든다. 세 시간쯤 뒤에 깨어나 밤에는 좀처럼 자지 않아서 수면 사이클이 흐트러졌다.

지금까지는 일어나는 대로 놔뒀지만 억지로라도 깨우는 편이 좋은 걸까. 검색을 해보려고 가방에 손을 넣었지만 휴대폰이 없다. 또야? 하고 자신에게 넌더리가 났다. 회사나 미팅 장소에 두고 온 걸까.

집에 일반 전화기는 없다. 노노코는 린타가 깊이 잠든 걸 확인하고 서둘러 아파트 1층에 있는 공중전화로 향했다. 노노코의 전화를 받은 사람은 회사 동료로 "또 잊어버렸지? 책상에 놓여 있더라" 하고 웃었다.

"회사라 다행이야."

"아까 전화 왔었는데. 시어머니라고 떠서 급한 일인가 싶어 대신 받았는데 금방 끊어졌어. 받지 말 걸 그랬나."

"아니야, 고마워. 나중에 걸어볼게."

전화를 끊고 집에 왔다. 린타는 여전히 푹 잠들어 있었다.

옆에 앉아 천사처럼 자는 린타의 얼굴을 내려다봤다. 쌕쌕, 규칙적인 숨소리. 아이 특유의 달콤한 냄새. 쿠키를 구울 때 나는 냄새와 비슷한 것 같다.

알고 보면 아이도 사랑하지 않는 거 아닐까?

늘 스스로에게 하던 질문이 머리에 떠올랐다. 린타가 태어났을 때부터 따라다닌 의문이었다.

린타는 사랑스럽다. 귀엽다. 소중한 존재다. 하지만 그게 진심에서 우러나온 감정인지는 자신이 없었다. 다른 엄마들도 이렇게 답이 나오지 않는 질문을 반복하고 있을까.

거기까지 생각했을 때 시어머니가 전화를 했다는 이야기가 떠올랐다.

시어머니의 히스테릭한 언행은 처음에 대처를 잘못했기 때문일 것이다. 경찰이 남편의 행방을 찾고 있다는 걸 바로 알렸어야 했다.

노노코의 엄마는 옛날부터 싫은 소리나 성가신 이야기는 듣고 싶어 하지 않았다. 예를 들어 돈이 모자라다는 말, 반 아이들에게 무시당하고 있다는 말, 취직이 잘 안 된다는 말, 린타가 더디게 크는 것 같다는 말. 노노코가 그런 말을 입 밖에 내면, "나는 즐거운 일만 듣고 싶은데" 하고 분명하게 거부했다. 그래서 시어머니에게도 어두운 이야기는 가급적 피하고 있었다. 그런데 이번만큼은 연락을 했어야 했다.

시어머니가 두르고 있는 깊은 슬픔을 떠올리자 노노코는 가슴이 미어졌다.

나도 린타가 사라지면 그렇게 될지도 모른다. 그 생각을 한 순간, 그렇게 되지 않으면 어떡하지, 하고 불안에 휩싸였다.

노노코가 진심으로 두려워하는 건 정말 중요한 순간이 왔을 때, 자신이 린타보다 엄마를 선택할지도 모른다는 것이었다.

자신이 15년 전 일에 얽매여 있다는 것을 알고 있었다.

그때 엄마는 료가 아닌 나를 선택해줬다. 나를 믿어줬다. 내가 더 소중하다고 행동으로 보여줬다.

─죽였으니까.

엄마의 목소리가 귓가에 되살아난다. 비밀을 흘리는 듯한 은밀한 목소리였다.

그건 료를 쫓아내고 나서 며칠이 지난 뒤 깊은 밤의 일이었다. 일하고 돌아온 엄마가 자고 있던 노노코를 흔들어 깨우더니 술냄새를 풍기며 그렇게 말했다. 어? 하고 물은 노노코에게 엄마는 입술을 올려 빙긋이 웃고,

─안심해. 죽였으니까.

조금 전보다 더 분명한 목소리로 말했다.

공장이 철거된 부지에서 신원 불명의 시신이 발견된 것은 그로부터 2년쯤 뒤였다. 노노코는 고등학교 2학년이었다. 시신이 발견되고 며칠 뒤 경찰이 엄마를 찾아왔다. 일하러 갔다고 하자 회사를 알고 있는지 묻고는 그대로 돌아갔다. 엄마는 그 후 어떻게 됐는지 말하지 않았고 노노코도 묻지 않았다.

그 무렵 빌라 뒤쪽의 무너져가는 조립식 오두막에는 노노코를 구해준 고양이가 자리 잡고 살고 있었다. 뚱뚱하게 살쪘던 몸은 조금씩 야위었고 눈이 하얗게 흐려지며 코피를 흘렸다. 노노코는 골판지 상자와 목욕 수건으로 집을 만들어놓고 몰래 밥과 물을 줬지만 거의 입에 대지 않는 날이 이어졌다. 고양이는 노노코의 모습을 발견하면 도망치는 일 없이 냐아, 하고 가냘프

게 울었다.

아르바이트비가 나오면 바로 병원에 데려갈 작정이었다. 그러나 엄마에게 몽땅 빼앗기고 말았다. 아니, 정확히 말하면 빼앗긴 것은 아니다. "완전 위기 사태야! 돈 낼 게 있는데 못 내고 있으니까 돈 좀 빌려줘" 하는 말에 전부 주고 말았다. 죄책감 때문에 고양이를 만나러 가지도 못하다 사흘째 아침에야 겨우 오두막에 갔더니 고양이는 밥을 남긴 채 자취를 감춘 뒤였다.

노노코는 자신이 그때 일을 되풀이하는 것은 아닌가 싶어 내내 불안했다. 두 목숨 중 하나를 택해야 할 때 엄마를 택하는 것은 아닐까, 린타를 버리는 것은 아닐까.

실은 알고 있다.

15년 전 엄마가 그토록 격노한 건 딸을 위해서가 아니었다. 자신을 기만한 남자를 용서할 수 없었던 것이다. 엄마가 지키려 한 건 딸이 아닌 자신의 자존심이었다. 그래서 만약 엄마가 정말로 료를 죽였다 해도 나는 책임도, 은혜도 느낄 필요가 없다. 전부 엄마가 스스로를 위해 한 일이기 때문이다.

머리로는 이해하지만 마음속 깊은 곳은 여전히 그 무렵에 얽매여 있다.

경찰은 왜 두 번이나 엄마를 찾아갔을까. 남편을 찾고 있다는 것은 핑계고, 15년 전 일을 조사하고 있지는 않을까.

노노코는 달콤한 숨을 내쉬며 자고 있는 린타의 볼에 검지를

262

댔다. 손가락을 밀어내려는 탄력과 감싸려는 부드러움이 동시에 느껴져 문득 울고 싶어졌다. 사랑스러움과 슬픔이 뒤엉킨 감정이 복받쳐올라 마음이 약해질 것 같았다.

숨 막힘에서 벗어나기 위해 일부러 힘차게 일어났다.

이 틈에 방을 정리해야 한다. 아니, 그 전에 시어머니에게 전화를 해야겠다고 생각했다.

그때 갑자기 거실 문이 열렸다. 노노코의 입에서 헉 소리가 나왔다. 시어머니가 서 있는 걸 보고 숨을 삼켰다.

시어머니는 무서운 모습을 하고 있었다. 머리카락은 흐트러지고, 충혈된 눈은 치켜 올라가고, 새파랗게 질린 얼굴은 땀에 젖어 있었다. 전력 질주라도 한 듯 온몸으로 거친 숨을 몰아쉬고 있다.

"린타는?!"

소리치는 듯한 목소리였다.

시어머니는 놀라서 말문이 막힌 노노코를 밀어젖히고 침실을 들여다보더니 그 자리에 주저앉았다. 거친 숨소리 사이로 아아, 다행이야, 정말 다행이야, 하는 중얼거림이 들렸다.

시어머니가 뒤로 확 도는 바람에 노노코는 움찔했다. 몇 초 전의 무서운 모습은 사라지고 안도한 얼굴로 바뀌었다. 안심한 노노코는 겨우 목소리를 냈다.

"어머니, 무슨 일이세요?

"무슨 일은 무슨. 아까 히바리가오카역에서 네 휴대폰에 전화를 했더니 남자가 받더구나. 린타와 너한테 무슨 일이 생겼을까 봐 걱정돼서 달려온 거란다."

"죄송해요. 휴대폰을 깜빡 잊고 회사에 두고 왔어요. 전화를 받은 사람은 동료예요."

"그러니? 아이고, 놀래라."

시어머니는 무슨 상상을 했을까, 하는 생각이 잠시 머리를 스쳤지만 깊이 생각하지는 않았다.

"그런데 너, 휴대폰을 회사에 두고 왔다고? 그럼 안 되지. 다쓰히코한테 전화가 오면 어쩌려고 그러니."

시어머니는 자고 있는 린타를 신경쓰며 작은 소리로 말했다. 그러나 말투는 노노코를 탓하고 있었다.

"죄송해요."

"지금은 비상이잖아. 이럴 때 휴대폰을 깜빡 잊다니, 너 정말 뭐 하는 거야?"

벽시계를 보니 아직 5시 전이었다. 회사까지는 한 시간쯤 걸린다. 아마 시어머니는 노노코가 휴대폰을 가지러 가지 않으면 납득하지 못할 것이다.

"린타는 내가 보고 있으마. 계속 떠들었는데도 안 깨는 걸 보면 얼마간은 괜찮을 것 같구나."

노노코가 잠자코 있는 틈에 시어머니는 그렇게 말하더니 "조

264

심해서 다녀오렴. 최대한 빨리 와야 한다" 하고 덧붙였다.

서둘러 역으로 향하던 도중, 무심코 늘 들르는 편의점을 봤는데 노란 머리 여자가 눈에 들어왔다.

계산대 앞에 서 있는 사람은 같은 아파트 1층에 사는 가네시로였다. 그녀의 옆에는 히로타가 서 있다. 가네시로와 히로타, 두 사람의 아이와 린타는 같은 어린이집에 다닌다. 두 사람 다 아이를 데리러 가지 않았는지, 달리 손님이 없다는 핑계로 점원과 수다를 떨고 있다. 예상대로 점원은 가네시로의 집 맞은편에 사는 마쓰모토였다.

가네시로는 자신과 관계없는 이런저런 문젯거리를 매우 좋아한다. 사건을 안줏거리 삼아 이야기하고 있을 게 틀림없다. 어린이집에 소문을 퍼뜨린 사람도 그녀일 것이다.

가네시로 일행이 알아채지 못하는 사이 노노코는 편의점 앞을 지나갔다.

이케부쿠로로 향하는 전철에 자리가 있었지만 마음이 조급해서 앉고 싶지가 않았다. 손잡이를 붙잡고 창밖 풍경을 바라봤다. 집을 나올 때는 밝았는데 어느덧 하늘은 석양빛으로 물들고 있다. 20분밖에 안 지났는데 꽤 오랜 시간이 흐른 것처럼 느껴졌다. 가슴이 울렁거리고 호흡이 얕아진다.

왜 이렇게 불안할까. 시어머니에게 린타의 저녁밥을 일러두

265

지 않아서일까. 냉장고에 볶음밥과 채소 우유 수프가 들어 있다. 린타가 깨면 잘 챙겨서 먹일까. 거기까지 생각하자 불안의 정체가 린타의 밥이 아님을 깨달았다. 전에도 시어머니에게 린타를 맡긴 적이 있다. 식사와 기저귀 갈기, 목욕도 항상 문제없이 해줬다. 그럼 무엇 때문일까. 왜 이렇게 불안한 걸까.

노노코는 차창에 비친 자신을 바라봤다. 눈 밑이 시커멓고 볼이 처졌다. 피로에 지친 얼굴로 이쪽을 보는 여자가 다른 사람처럼 보였다. 거기서 귀신의 형상이 보여 움찔했다. 아까 시어머니의 얼굴이다, 하고 생각해낸 순간 심장이 불쾌하게 뛰면서 불안의 정체와 맞닥뜨렸다.

시어머니는 왜 그런 무서운 얼굴을 하고 있었을까. 왜 반 강제로 휴대폰을 가지러 가게 했을까. 왜 린타에게서 떨어지려 하지 않았을까.

온몸에서 식은땀이 나는 것을 느꼈다.

노노코는 다음 역에서 반대 방향 전철로 갈아탔다. 시시각각 풍경에서 색이 사라지고 땅 위에 어둠이 내려앉으려 하고 있다. 휴대폰을 꺼내려다 회사에 두고 온 것이 생각났다. 늘 이렇다니까, 하고 울고 싶어졌다. 나는 늘 중요한 순간에 선택을 그르친다.

히바리가오카역에서 내려 집까지 달렸다. 계단을 뛰어올라 열쇠를 꺼내는 것도 애가 타 손잡이에 손부터 댔다.

현관문은 잠겨 있지 않았다.

"린타!"

신발을 벗어 던지고 짧은 복도를 달렸다. 거실에 들어가지 않아도, 침실을 들여다보지 않아도 린타가 없다는 걸 알 수 있었다.

집은 엉망이었다. 거실도, 부엌도, 침실도 가구의 서랍이란 서랍은 죄다 열려 물건이 바닥에 쏟아져 있었다. 옷장 문도 열려 있고 속은 엉망진창이었다.

심장이 방망이질을 치며 점점 올라왔다. 한순간이라도 방심하면 정신을 잃을 것 같았다.

시어머니가 린타를 데려갔다. 그런데 데려간 이유도, 집을 어지럽힌 이유도 모른다.

시어머니가 아니라면?

최악의 상상에 하마터면 비명을 지를 뻔했다.

린타를 데려간 사람이 완전히 다른 사람이라면?

노노코는 집을 뛰쳐나갔다. 신고할 생각은 하지도 못했다.

어디로 가야 할지도 모른 채 길거리를 빠져나가 십자로를 꺾고 역을 향해 달렸다.

역 앞 광장에 도착해 주위를 둘러봤다. 이케부쿠로 방면에서 열차가 도착했는지 역에서 퇴근하는 승객이 쏟아져나왔다. 노노코는 인파를 헤치고 역 안으로 들어가려 했다. 그때 시야 끝에 익숙한 모습이 보여 걸음을 멈췄다.

"린타!"

아들의 이름을 불렀지만 노노코의 목소리는 닿지 않았다. 그런데 저쪽의 목소리는 분명히 들렸다.

"내 손자야! 안 데려가면! 이대로 놔두면 이 아이가 살해될 거야!"

시어머니가 쇳소리를 내며 린타에게 손을 뻗고 있었다. 경찰두 명이 그 손을 막으며 자, 자, 진정하세요, 하는 모습으로 달래고 있었다. 주위에 구경꾼이 몇 명 모여들었다.

"린타!"

이번에는 목소리가 닿았다.

린타가 고개를 돌려 노노코의 모습을 확인하자 "엄마!" 하고 천진한 목소리를 냈다. 린타는 백발 여자의 손을 잡고 있었다.

"린 짱! 어서 할머니 곁으로 와! 빨리 와!"

시어머니가 절망적인 목소리로 부르짖었다.

노노코가 달려들어 린타를 안아 올렸다. 으아앙! 하고 린타가 세차게 울음을 터뜨렸다.

"아이 엄마신가요?"

경찰의 질문에 노노코는 고개를 끄덕끄덕했다. 좀처럼 목소리가 나오지 않았다. 린타가 어엄마, 어엄마, 하고 노노코의 품에서 서럽게 울었다.

"린타를 내놔! 너 같은 건 엄마도 아니야! 너, 이 아이를 어떻게 할 작정이야!"

시어머니의 손을 피하기 위해 노노코는 린타를 더 세게 끌어 안았다.

"이 사람이 정말 아이의 할머니인가요?"

경찰의 질문에 노노코는 다시 고개를 *끄덕끄덕*했다. 머릿속에 있던 것이 싹 날아가서 아무 생각도 할 수 없었다.

"아무리 할머니라 해도 이상하잖아요."

그렇게 말한 사람은 아까 린타와 손을 잡고 있었던 백발의 여자였다.

"아니, 애가 엄마! 엄마! 하면서 울길래 말을 걸었더니 애를 안고 달아났어요. 오지랖 넓은 아줌마 눈에는 꼭 유괴하는 것 같았다니까요."

다시 백발의 여자를 보니 아파트 1층에 사는 마쓰모토였다.

"그런데 정말 할머니였구나. 애가 너무 울길래 아닌 줄 알았네."

그렇게 말한 마쓰모토는 겸연쩍은 듯 웃었다.

마쓰모토는 편의점 아르바이트를 마치고 역 건너편 상점가에 물건을 사러 가는 길이었다고 한다. 그러다 린타를 안고 급하게 걸어가는 시어머니를 발견했다. 린타의 울음소리가 심상치 않아 뭔가 이상하다는 걸 직감했다. 노노코에게 확인할 생각도 했지만 전화번호를 모르고, 아파트로 돌아가면 너무 늦을 것 같아서 일단 말을 걸었다고 한다.

모모이 씨네 린타 군이지? 엄마는 어디 있니?

그러자 시어머니가 린타를 안은 채 달아나듯 뛰기 시작했다. 곧장 택시에 타려는 시어머니를 필사적으로 막고 있는데 근처 파출소에서 경찰이 달려왔다고 한다.

"이 여자!"

갑자기 시어머니가 노노코에게 삿대질을 했다.

"무시무시한 여자야. 내 아들을 죽였다니까. 증거는 여기 있어. 자!"

시어머니가 가방에서 꺼낸 것은 넥타이 다발이었다.

"이 중에 있는 걸로 내 아들 목을 졸랐다니까. 조사하면 바로 나와. 미쓰야라는 형사한테 조사해달라고 말 좀 전해줘."

그렇게 말하고 경찰에게 넥타이를 떠맡겼다.

"이대로 놔두면 손자까지 죽어! 죽은 아들의 자식이라 내가 지켜야 해!"

시어머니는 침까지 튀기며 말했다.

"알겠습니다. 알겠으니까 파출소에 가서 이야기해주시겠어요?"

경찰이 시어머니를 데리고 갔다.

시어머니의 모습이 멀어지자 간신히 버티고 있던 다리에서 힘이 빠져 린타를 안은 채 휘청였다.

"아이고, 괜찮아요?"

"괜찮습니다. 고맙습니다."

"내가 너무 오지랖을 부렸나 봐. 미안해요."

"아니에요. 정말 큰 도움이 됐어요."

"그런데 저 할머니는 정상이 아니네. 언제 또 저런 짓을 할지 모르는 거 아냐?"

마쓰모토의 말에 찬물을 뒤집어쓴 듯 정신이 번쩍 들었다.

시어머니가 파출소에 끌려가긴 했지만 구속되거나 체포될 리는 없다. 시어머니가 먼저 꺼내긴 했지만 어쨌든 노노코도 린타를 돌봐달라고 부탁했다. 노노코가 외출했을 때 손자를 밖에 데리고 나갔다고 해서 죄가 되지는 않을 것이다.

노노코는 무의식중에 뒤를 돌아 확인했다. 당장에라도 시어머니가 머리카락을 흩날리며 따라올 것 같은 기분이 들었다.

"그나저나 새댁도 참 자꾸만 웬 날벼락인지."

마쓰모토의 말투는 어이없어하는 것 같기도, 재미있어하는 것 같기도 했다.

아마 내일이면 마쓰모토가 가네시로에게, 가네시로가 어린이 집에 이 사건의 전말을 퍼뜨릴 것이다. 그런데도 지금은 마쓰모토가 곁에 있어 마음이 놓였다.

아파트 입구에 들어서자 마쓰모토가 "린타 군, 바이, 바이" 하고 웃는 얼굴로 손을 흔들었다. 린타는 언제 울었냐는 듯이 "바이, 바이" 하고 기분 좋게 인사를 했다. 그럼 또 보자, 하고 현관문을 연 마쓰모토가 문득 생각난 듯이 뒤돌아서 "문단속 단단히 해야 해. 할머니가 와도 열어주지 말고” 하고 노노코에게 말했다. 그 말을 듣고 떠올랐다.

“여벌 열쇠를.”

“어?”

“시어머니가 여벌 열쇠를 가지고 계세요.”

“뭐어?”

도어체인이 달려 있긴 하지만 공구를 사용하면 쉽게 절단할 수 있을 것이다.

노노코는 린타의 손을 꼭 붙들고 마쓰모토를 바라봤다. 매달리는 눈빛이었는지 마쓰모토가 얕게 한숨을 내쉬었다.

“일단 우리 집에 들어올래?”

마쓰모토는 에그, 딱하니 어쩔 수 없지, 하고 말하는 것처럼 문을 크게 열어줬다.

14

미쓰야는 그 사람이 세 번의 연락 끝에 겨우 만나주겠다는 승낙을 했다고 말했다. 다만 30분만이라고.

그 사람은 도코로자와역 근처 패밀리 레스토랑에 정확히 저녁 7시에 나타났다. 문득 고개를 든 미쓰야의 시선 끝에는 몸집이 작은 초로의 남자가 서 있었다. 그가 약속 상대임을 알아차린 다도코로 가쿠토는 미쓰야 옆으로 자리를 옮겼다. 예상대로 그 사람은 종업원의 안내를 받아 가쿠토 일행의 테이블로 왔다.

미쓰야가 자리에서 일어나 "미쓰야입니다. 바쁘실 텐데 죄송합니다" 하고 머리를 숙였지만, 그 사람은 눈을 마주치지도 않고 애매하게 고개만 움직였다. 커피를 주문하자 "그래서 무슨 용건입니까?" 하고 작은 목소리지만 주저 없이 말을 꺼냈다.

"미즈노 다이키 군의 일입니다."

그는 이미 알고 있다는 듯 표정 하나 바뀌지 않았다.

소년의 아버지인 미즈노 가쓰오는 아들이 사고사하고 몇 달 뒤 회사를 그만둠과 동시에 마에바야시시를 떠나 사이타마현 도코로자와시로 거처를 옮겼다. 같은 시기에 이혼을 하고 현재는 다른 가정을 꾸린 상태다.

"아버님은 지금도 그날 밤 다이키 군이 왜 외출을 했는지 짚이는 게 없으십니까?"

미즈노 가쓰오는 커피가 놓이는 것을 기다렸다가 "없습니다" 하고 짧게 대답했다.

"다이키 군이 영업 차량의 복사 열쇠를 갖고 있었을지도 모른다는 건 알고 계십니까?"

미즈노 가쓰오는 눈을 아래로 떨군 채 고개를 잘게 끄덕끄덕하더니 "그런데 아들이 가지고 있었는지 어떤지는 확실하지 않다고 들었습니다만" 하고 말했다.

"그렇습니다. 하나의 가능성에 불과합니다."

미즈노 가쓰오가 입술을 살짝 일그러뜨리고 "그런데" 하는 중얼거림과 함께 자조하는 표정을 지었다.

"회사에도 이런저런 억측을 하는 사람이 있더군요. 게다가 아들이든 아니든 제가 모르는 사이에 누가 복사 열쇠를 만들었다는 건 제 관리 책임의 문제입니다."

그 탓에 회사에 있기 힘들어졌겠구나, 하고 가쿠토는 생각했다.

"그것 때문에 이직하신 겁니까?"

미쓰야가 단도직입적으로 묻자, 미즈노 가쓰오는 생각이 많은지 입술을 오므렸다.

"그렇죠. ……아니, 어쩌면 복사 열쇠 건이 없었다 해도 그만뒀을지도 모르지만요."

"어째서입니까?"

미쓰야의 물음에 미즈노 가쓰오는 오래 침묵한 뒤 "이제 와서 왜 그러십니까" 하고 그제야 고개를 들었다. 언짢거나 거북한 기색은 전혀 없이 순수하게 궁금해하는 것 같았지만, 그의 눈에는 슬픔이 서려 있었다.

"어떤 살인 사건을 수사 중입니다."

미쓰야는 한 박자 쉰 뒤 "20일쯤 전에 신주쿠구 빌라에서 젊은 여성이 살해된 사건입니다"라고 말했다. 사건을 모르는지,

관심이 없는지 미즈노 가쓰오는 고개를 살짝 끄덕일 뿐이었다.

"그 사건과 미즈노 다이키 군이 죽은 일에 관련성은 없는지 조사 중입니다."

미즈노 가쓰오는 의아한 표정을 지으며 "아들은 사고 아니었습니까?" 하고 물었다.

"사고지만 다이키 군이 그날 밤 왜 죽어야만 했는지는 알아내지 못했습니다."

그게 젊은 여자가 살해된 사건과 무슨 상관이 있다는 건가. 아마 미즈노 가쓰오는 그렇게 생각했을 것이다. 그러나 그는 아무것도 묻지 않았다. 소중한 걸 내려놓은 듯한 체념의 표정으로 자신이 품은 의문을 없었던 것으로 했다.

"아까 여쭤봤습니다만, 어째서 복사 열쇠 건이 없었어도 회사를 그만두셔야 했습니까?"

"아내 때문입니다."

미즈노 가쓰오는 또다시 뭔가를 체념한 듯이 대답했다.

"이즈미 씨 말이군요. 이즈미 씨가 뭘 어떻게 하셨습니까?"

"아들이 그렇게 되고 아내는 마음이 병들고 말았습니다. 처음에는 다이키와 같은 중학교를 나온 여학생을 다치게 했어요. 몸싸움을 하다 차도로 밀친 겁니다. 운 좋게 차에 치이지는 않고 발목만 삐어서 경찰에 신고되지는 않았지만, 그다음에는 경찰서에 쳐들어가서 순찰차를 몰았던 사람을 데려와라, 그놈이 다이키를 죽였다며 소란을 피웠습니다. 강바닥에서 영업 차량의 복사 열쇠가 발견되고 나서는 다이키가 죽은 건 회사 탓이라며 제가 근무하는 회사에 쳐들어와 항의하더군요. 아내와는 얼마 안 가 이혼했습니다. 아내가 원한 겁니다."

아내가 원했다, 는 부분을 힘주어 말한 것처럼 들렸다.

"이즈미 씨는 지금 어디 계십니까? 결혼 전 이름은 사와타리 이즈미 씨죠?"

미즈노 가쓰오는 모른다고 대답하는 대신 고개를 가로저었다.

"이혼 후에 이즈미 씨와 연락을 취하신 적은?"

"아뇨. 한 번도."

"따님인 사라 씨는?"

"미국에 있습니다. 그런데 오랫동안 연락을 안 해서 어떻게 지내는지는 모릅니다. 사라는 제가 재혼을 한 게 용납이 안 되는 거겠죠."

무엇을 물어도 지나간 일을 담담히 말하는 것 같았다. 미즈노 가쓰오에게는 이즈미도, 사라도 15년 전이라는 시간의 감옥에 갇힌 과거의 존재일지도 모른다.

그가 손목시계를 들여다보고 이만 가야겠다고 하려던 그때.

"모르는 것투성이로군요."

미쓰야가 말했다.

네? 하고 미즈노 가쓰오가 고개를 들었다.

"다이키 군과 사라 씨는 당신의 자녀입니다. 이즈미 씨와 이혼을 하긴 했지만 가족이었던 분이고요. 그런데 당신은 아무것도 모르는군요. 아니, 알려고 하지 않네요. 아, 탓하려는 게 아닙니다. 그저 모른 채로 있어도 되는 건지 이상하게 생각한 것뿐입니다."

미즈노 가쓰오는 미쓰야의 말의 의미를 생각하는 듯했지만 이윽고 뺨을 움찔 움직이더니,

"불행한 사고로 가족을 잃은 적이 없는 사람은 모릅니다"

하고 억양 없이 말했다.

가쿠토는 흠칫 놀라 미쓰야를 살폈다. 그러나 미쓰야는 여느 때처럼 속마음을 알 수 없는 표정을 짓고 있었다.

미즈노 가쓰오를 보내고 패밀리 레스토랑에서 나왔다.

말없이 걷는 미쓰야를 따라 가쿠토도 입을 다물고 보조를 맞췄다. 침묵이 이어져도 예전과 달리 신경쓰이지 않았다.

모르는 것투성이로군요, 하고 미쓰야가 미즈노 가쓰오에게 한 말을 떠올렸다.

미쓰야도, 미즈노 가쓰오도 불행한 일로 가족을 잃었다. 미쓰야는 말하지 않았지만 어머니가 죽어야만 했던 이유를, 그리고 어머니 신변에 일어난 모든 일을 알고 싶어 할 것이다. 한편 미즈노 가쓰오는 15년 전 일에서 멀어지고 싶은 것처럼 보였다.

그렇다고 그가 사고사한 아들을 잊고 싶어 한다고 단정할 수는 없다. 매일 아들을 떠올리고 슬퍼하고 그리워하며 눈물을 흘릴지도 모른다. 그의 마음속 세상을 볼 수 있는 것은 그밖에 없다.

아들의 사고사로 그의 가족은 뿔뿔이 흩어졌다. 전처가 어디 사는지 모르고 딸과도 연락하지 않는다고 했다. 그에게 15년 전은 현재와 연결돼 있지 않고 분리된 다른 차원에 있을지도 모른다.

그렇게 하지 않으면 살아갈 수 없는 사람도 있으리라. 가족의 죽음을 경험한 적 없는 가쿠토로서는 상상할 수 없다. 하지만 현실은 언제나 상상을 초월한다는 걸 알고 있다.

나라면 어떻게 할까, 하고 생각했다. 알고 싶다는 답이 바로 나왔지만 어디까지나 상상에서의 답이다. 상상을 초월하는 현실을 맞닥뜨렸을 때 자신이 어느 쪽을 택할지는 모르는 것이다.

"늙어 보이지 않던가요?"

미쓰야가 입을 열었다.

"네? 무슨 말씀이신지?

"미즈노 씨 말입니다. 미즈노 가쓰오 씨는 59세입니다만, 더 나이 들어 보이지 않던가요?"

가쿠토도 느꼈다. 반삭발한 머리는 숱이 적고 흰머리와 검은 머리가 섞여 있었다. 얼굴에는 주름이 깊게 패고 눈은 움푹 들어갔다. 나이를 몰랐다면 60대 후반으로 봤을지도 모른다. 고생을 많이 했나 봅니다, 같은 뻔한 말이 나올 뻔해서 황급히 삼켰다.

미즈노 가쓰오와의 대면은 담담했다. 구체적인 수확은 없었다고 해야 할 것이다. 하지만 15년 전 일에 관해 조사할수록 고미네 아카리 살해 사건과 미즈노 다이키의 사고사가 관련돼 있다는 생각은 짙어져만 갔다. 미즈노 다이키라는 소년이 죽어야만 했던 이유를 찾아내는 것이 모모이 다쓰히코의 행방을 밝혀내는 방법일지도 모른다.

신호등을 기다리고 있을 때 미쓰야의 휴대폰이 울렸다.

휴대폰을 귀에 댄 미쓰야가 순간 경직된 표정을 하더니, 이내 "……그렇습니까……. 네……네……." 하고 여느 때와 다름없이 담담하게 응했다. 통화를 마치고 가쿠토를 본다.

"아까 모모이 다쓰히코 씨의 시신이 발견됐다고 합니다."

"네?"

수사본부에서 모모이가 이미 사망했을 가능성을 제기하긴 했지만, 실제로 시신이 발견됐다는 소식을 듣자 뒤통수를 맞은 것처럼 충격이 컸다.

모모이의 시신은 무사시무라야마시의 잡목림에서 발견됐다. 최초 발견자는 개를 데리고 산책하던 노인이었다. 사법해부를 하지 않는 이상 사인을 단정할 수는 없지만 현장 검시관에 따르면 설골舌骨이 부러진 것으로 보아 교살로 추정된다고 한다.

"교살? 타살이라는 건가요? 자살이 아니라?"

"그런가 봅니다. 땅에 묻혀 있었다고 하니. 검시관에 따르면 사후 2~3주는 되었다고 하더군요."

"2~3주……." 가쿠토가 중얼거렸다.

모모이의 모습이 마지막으로 확인된 건 약 3주 전이다. 자신의 아파트로 걸어가는 모습이 CCTV에 찍힌 것이다. 그렇다면 그 직후에 살해됐을 가능성이 있다.

시신이 발견된 현장 부근은 밤부터 이른 아침까지는 교통량이 그리 많지 않다. 현재 모모이가 자취를 감춘 시간대를 중심으로 차량 번호 자동 판독 시스템의 해석을 진행 중이라고 했다.

모모이 다쓰히코가 살해됐다. 그렇다면 그는 고미네 아카리를 죽인 범인이 아니라는 걸까. 아니면 고미네 아카리를 죽인 뒤 누군가에게 살해된 걸까. 모모이를 죽인 사람은 누구일까. 15년 전에 사고사한 소년과 관련이 있을까.

어쨌든 수사회의가 속히 열릴 것이다.

"바로 수사본부로 가실 거죠?"

가쿠토가 확인하자 뜻밖에도 "아니요"라는 대답이 돌아왔다.

"모모이 씨 댁으로 갑시다. 여기서 가깝기도 하니."

"그렇지만……."

"모모이 노노코 씨와 연락이 안 된다고 합니다."

"네?"

발견된 시신은 DNA 감정을 통해 모모이 다쓰히코라는 게 확인됐지만, 유족인 노노코와 아직 연락이 안 됐다고 한다. 그녀는 휴대폰을 직장에 두고 퇴근했고 남성 동료가 대신 전화를 받았다.

"갑시다."

미쓰야가 뛰기 시작했다.

모모이 다쓰히코의 집 현관문은 열려 있었다.

"모모이 씨, 계십니까? 모모이 씨."

미쓰야가 이름을 크게 부르며 집 안으로 들어가 복도를 걸어 갔다. 가쿠토도 그 뒤를 따랐다. 심장박동이 빨라진 것 같다. 스스로도 긴장한 게 느껴졌지만 머릿속은 냉정했다.

거실 불은 켜져 있었다. 방 안은 엉망이었다. 빈집털이가 온 집 안을 들쑤셔 놓은 것처럼 서랍이란 서랍은 죄다 열려 물건이 쏟아져 있고 옷장도 마구 뒤진 흔적이 있었다.

미쓰야가 침실 옷장을 들여다보는 사이 가쿠토는 화장실과 욕실과 베란다를 확인했다. 침실로 돌아가자 미쓰야가 통화를 하고 있었다.

통화를 마친 미쓰야는 납득이 안 가는 얼굴로 입을 다물었다. 앞니를 아랫입술에 살짝 대고 머릿속에 있는 난해한 퍼즐을 맞추려는 것 같았다. 한참을 기다려도 자기만의 세계에 갇힌 채 나올 줄을 몰랐다.

"잠자코 계시지만 말고 어서 설명해주세요. 누구와 통화하신 건가요?"

가쿠토가 재촉하고 나서야 그의 존재를 알아차린 것 같다.

"아아, 미안합니다. 근처 파출소였습니다. 지금 파출소 근무 경찰이 여기로 오고 있습니다."

빈집털이 혹은 모모이 다쓰히코를 살해한 범인이 아내와 아이까지 납치한 최악의 사태를 상상했나 싶었지만 아니었다.

"파출소 경찰에 따르면 집을 엉망으로 만든 사람은 모모이 다쓰히코 씨의 모친이라고 합니다."

미쓰야가 말했다. 일단 가쿠토 쪽을 보고 있지만 여전히 난해한 퍼즐을 맞추고 있는 얼굴이었다.

"모모이 지에 씨가 직접 그렇게 말했다고 합니다."

"네?"

"그때 모모이 노노코 씨도 있었다고 하는군요."

"네. 네?"

무슨 뜻인지 알아들을 수가 없었다.

약 10분 뒤에 파출소 경찰이 도착했다. 마흔 전후로 보이므로 미쓰야와 동년배일 것이다. 그렇게 생각하자 나이를 가늠할 수 없는 미쓰야의 외모가 더 두드러져 보였다.

파출소 경찰에 따르면 오늘 오후 6시쯤 모모이 지에와 모모이 노노코 사이에 린타를 놓고 마찰이 있었다고 한다. 노노코가 외출한 사이, 지에가 린타를 데리고 나갔는데 수상히 여긴 지인이 말을 걸었다. 두 사람이 말다툼을 벌여 떠들썩한 분위기를 감지한 파출소 근무 경찰이 달려왔다. 장소는 히바리가오카역 앞 택시 승강장이었다. 흥분한 지에를 달래는 사이 노노코가 당황한 모습으로 나타났다고 한다.

"그때는 설마 특별 수사본부가 설치된 살인 사건의 관계자일 줄은 생각도 못하고……. 죄송합니다, 뒤늦게 알고 깜짝 놀랐습니다."

파출소 경찰이 송구한 듯이 말했다.

"집을 엉망으로 만든 사람은 모모이 다쓰히코 씨의 모친이로군요?"

미쓰야가 확인했다.

"네, 맞습니다. 며느리가 아들을 죽인 증거를 찾아내기 위해 집 안을 뒤졌다고 말했습니다. 흥분하기도 했고 좀 이상해 보이더군요. 그리고 미쓰야 경위님께 전해달라면서 넥타이 여덟 장을 맡겼는데, 모모이 지에 씨가 말하길 증거품이라고 합니다. 그중 한 장은 조각조각이 나 있었습니다만, 바로 그게 덫이니 뭐니 하면서 알아들을 수 없는 말을 했습니다."

모모이 지에는 남편인 유조가 데리러 와 귀가했다고 한다.

혼란에 빠진 그녀는 머지않아 아들이 시신으로 발견됐다는 사실을 알게 될 것이다. 아니, 벌써 연락이 갔을지도 모른다. 가쿠토는 마음이 무거워졌다.

집을 엉망으로 만든 사람이 모모이 지에라면 빈집털이나 납치의 가능성은 낮다. 그럼 노노코와 린타는 슈퍼에 가거나 식사를 하러 나간 걸까. 그런데 현관문은 잠겨 있지 않았다.

생각에 잠겨 있던 미쓰야가 퍼뜩 생각났다는 듯이 눈을 들어 "지인은?" 하고 파출소 경찰에게 물었다.

"네?"

"지인이 린타 군을 데려간 지에 씨에게 말을 걸었다고 했죠. 그래서 말다툼이 벌어졌다고 말입니다. 이름은 확인했습니까?"

"아뇨, 거기까지는." 파출소 경찰은 면목 없다는 표정이었다.

"어떤 사람이었습니까?"

"나이가 지긋한 여성이었습니다. 백발에 일흔 살쯤 됐을 겁니다. 나이 치고는 기운이 좋아 보였고 이웃 사람인 것 같았습니다."

가쿠토와 미쓰야는 동일인물을 떠올린 듯했다. 거의 동시에 현관으로 나가 계단을 뛰어 내려갔다.

104호 인터폰을 눌렀다. 답을 기다리지 않고 손잡이를 당기자 문이 맥없이 열렸다.

"마쓰모토 씨, 계십니까?"

미쓰야가 이름을 불렀다.

복도 끝에 있는 문에서 거실 불빛이 새어나왔다. 수십 분 전과 완전히 똑같은 상황이었다.

거실로 들어간 미쓰야가 움직임을 멈췄다. 몇 초 후 "이쪽에 계셨군요" 하고 말했다.

거실에 있는 사람은 모모이 노노코였다.

노노코는 테이블 앞에 무릎을 꿇고 앉은 채 불안한 눈빛으로 미쓰야를 올려다봤다.

"마쓰모토 씨 댁에서 뭘 하시는 겁니까?"

"기다리고 있어요."

"누구를 말입니까?"

"린타요."

"린타 군은 어디 갔습니까?"

"마쓰모토 씨가 장 보러 가는 데 데려간 것 같아요."

담담하게 대답하고 있지만 노노코의 얼굴은 새파랗게 질려 있었다. 불안감을 떨치려는 듯 말을 이었다.

"제가 부탁했거든요. 시어머니가 또 올지도 모르니 마쓰모토 씨 댁에 있게 해달라고요. 마쓰모토 씨가 조금 성가셔하는 것 같긴 했지만 막무가내로 들어왔어요. 그러고는 저 혼자 저녁밥을 사러 편의점에 갔다 와보니 마쓰모토 씨와 린타가 없더라고요. 그런데 문도 잠겨 있지 않았으니 금방 올 거예요. 아마 둘이서 장을 보러 갔을 거예요. 어쩌면 린타가 칭얼거려서 저를 찾으러 나갔을지도 몰라요. 아, 그럼 저도 두 사람을 마중 나가는 편이 나으려나요? 그러다 길이 엇갈리면 어떡하죠?"

"두 사람이 없어진 지 얼마나 됐습니까?"

노노코는 미쓰야에게 시선을 거두어, 마치 그곳에 시간이 나와 있기라도 하듯 테이블에 놓인 편의점 봉지를 쳐다봤다. 고개를 약간 기울이고 나서 "한 시간쯤 됐을 거예요" 하고 대답했다.

순간 긴장감이 감돌았다. 그 긴장감에 꿰뚫린 듯 노노코가 퍼뜩 고개를 들었다.

"괜찮겠죠? 두 사람은 금방 돌아오겠죠?"

"마쓰모토 씨와는 친하십니까?"

"친하다기보다…… 마쓰모토 씨가 근처 편의점에서 일해서 편의점이나 아파트에서 마주치면 인사를 하거나 잠깐 서서 이야기를 나누는 정도예요. 그런데 아까 시어머니가 린타를 데려가려 했을 때 말을 걸어서 도와주셨어요."

미쓰야는 거실을 둘러봤다.

가쿠토도 위화감을 느끼고 있었다. 방이 두 개인 모모이의 집에 비해 방 하나가 적은 좁은 집이다. 그렇다 해도 너무 살풍경하다. 거실에는 TV와 테이블이 있을 뿐 식탁도 의자도 없다. 방을 들여다보니 가구라고 할 만한 건 플라스틱 서랍장밖에 없다.

"저거, 클로버의!"

노노코의 놀란 목소리에 뒤돌아보니 미쓰야가 케이크 상자를 들고 있었다. 광택이 있는 흰 상자에는 선명한 녹색 클로버가 그려져 있다. 아무래도 냉장고에서 꺼낸 듯하다.

"유명한 가게입니까?"

상자를 든 채 미쓰야가 물었다.

"네."

"냉장고에 상자만 들어 있었습니다. 속은 비어 있군요."

"그런데 클로버는 마에바야시시에 있는 가게예요."

"마에바야시시?"

미쓰야와 가쿠토가 동시에 말했다.

마에바야시시. 15년 전. 사고사한 소년. 단어가 잇달아 떠올라 가만히 있을 수가 없었다.

미쓰야가 가쿠토 뒤에 서 있는 파출소 경찰에게 말했다.

"무전 부탁합니다. 21개월 남자아이와 70세 정도 여성입니다."

"저기" 하고 노노코가 일어섰다. "저는 역시 이 근처를 좀 보고 올게요. 어쩌면 저희 집에 있을지도 모르고 마쓰모토 씨가 일하는 편의점에 있을지도 몰라요. 아까는 제가 다른 편의점에 갔거든요. 이럴 줄 알았으면 마쓰모토 씨가 일하는 편의점에 갈 걸 그랬어요."

"모모이 씨."

미쓰야의 목소리는 결코 크지 않았지만 공기를 떨게 하는 울림이 있었다.

"모모이 씨는 당장 경찰서로 가세요. 아까 남편분이 발견됐습

287

니다. 안타깝게도 시신으로 발견되었습니다."

노노코의 입술이 조금 움직였다. 네? 하고 되물으려다가 체념한 것처럼. 근육이 굳어진 얼굴. 눈동자가 초점을 잃어간다. 이윽고 얕고 짧은 숨을 토하고 나서야 "더, 괜찮을 줄 알았는데" 하고 읊조렸다.

미쓰야는 파출소 경찰에게 노노코를 경찰서까지 바래다주라고 말했다.

"그런데 린타가."

"괜찮습니다. 반드시 찾아내겠습니다."

파출소 경찰이 노노코를 데리고 나갔다.

미쓰야는 최소한의 것밖에 없는 집 안을 둘러봤다. "본인을 확인할 만한 물건이 없군요" 하고 중얼거리는 게 들렸다.

"저는 마쓰모토 씨가 일하는 편의점에 다녀오겠습니다. 편의점은 채용할 때 신분증명서를 받아놔야 하거든요."

마쓰모토가 일하는 편의점은 가쿠토가 대학생 때 아르바이트를 했던 곳과 같은 프랜차이즈 편의점이다. 대기업이므로 가쿠토가 일했을 때와 마찬가지로 마쓰모토도 신분증명서를 제출해야 했을 것이다.

편의점 계산대에는 운 좋게 점주인 남자가 서 있었다. 경찰수첩을 보여주자 그는 놀라면서도 바로 서류를 가져왔다. 이력서와 운전면허증 사본이었다. 그것을 본 가쿠토의 입에서 어? 소리가 절로 나왔다.

"이거, 마쓰모토 씨가 아닌데요?"

건네받은 이력서에도, 운전면허증에도 다른 이름이 적혀 있다.

"아뇨, 마쓰모토 씨 맞아요." 점주가 대답했다. "이혼한 남편을 피해 도망치는 중이니 가명으로 일하게 해달라고 부탁받았거든요. 그 남편이라는 작자가 지독한 가정폭력범이라 들키면 살해당할지도 모른다면서…… 우리도 일손이 부족하니까 사람 하나 살리는 셈 치고 승낙했는데, 저기, 이게 죄는 아니죠?"

이력서에도, 운전면허증에도 성명란에는 '사와타리 이즈미'라고 돼 있었다. 사고사한 소년의 모친이다. 생년월일로 계산해보니 나이는 57세다.

─늙어 보이지 않던가요?

미쓰야의 말이 생각났다. 소년의 아버지와 대면한 뒤였다. 그때 가쿠토는 고생을 많이 했나 봅니다, 하는 뻔한 말을 할 뻔했다.

어떻게 된 일이지? 이게 어떻게 된 일이지? 어떻게 이럴 수가 있지?

머릿속에서 자신의 목소리가 맥이 뛰듯 울린다.

마에바야시시. 15년 전. 사고사한 소년. 소년이 죽어야만 했던 이유.

이력서와 운전면허증을 복사한 뒤 미쓰야에게 전화를 했다. "경위님, 방금 편의점에서……" 하고 말한 가쿠토에게 미쓰야가 말을 덧씌웠다.

"다도코로 씨, 방금 본부에서 연락이 왔습니다. 차량 번호 자동 판독 시스템에 수상한 차가 찍혀 있었다고 합니다. 고미네 아카리가 살해된 날 심야에 모모이 다쓰히코 씨의 시신 발견 장소 부근을 왕복한 차를 찾아냈답니다."

고미네 아카리가 살해된 날 심야에 모모이 다쓰히코의 시신 발견 장소 부근을 왕복한 차를 찾아냈다. 혹시 그 차가 모모이 다쓰히코를 운반했다면 고미네 아카리가 살해된 날, 모모이 역시 살해되어 숲속에 묻혔다는 것일까.

"렌터카라고 합니다."

미쓰야의 목소리에는 흥분한 기색이 없었다. 오히려 평소보다 더 나직했고 억양이 없었다.

"그 차를 빌린 사람도 밝혀졌습니다."

미쓰야가 알려준 건 가쿠토가 보고하려 했던 이름이었다.

15

다이키는 죽지 않았다.

이즈미가 그렇게 결론을 낸 것은 그 사고로부터 몇 개월 뒤의 일이었다. 다이키는 죽었지만 정말로 죽은 건 아니다. 그저 눈에 보이지 않아 만질 수 없게 됐을 뿐, 지금도 이곳에 있다. 내 곁에 있다. 육체가 없어졌다고 사라진 것은 아니다.

처음부터 백 퍼센트 믿었던 것은 아니다. 믿고 싶었다. 매달렸다. 그 생각은 다이키의 뒤를 따르지 않고 태평하게 살아 있는 스스로에 대한 위안이 되기도 했다. 다이키가 살아 있으니 나도 살아 있다. 그렇게 생각하지 않으면 정신이 이상해질 것 같았다.

계기는 책이었다. 사람은 죽으면 어떻게 될까. 사후 세계는 있을까. 죽은 자와 접촉할 수 있을까. 이즈미는 다양한 책을 섭렵했다. 시간은 넘치도록 많았다.

네 식구가 살던 집에 어느덧 이즈미 혼자 남았다. 딸 사라가 할머니와 살게 되고 얼마 후 남편은 이혼 이야기를 꺼냈다. 미안하다고 거듭 사과한 남편은 집과 저금을 이즈미에게 넘기고 도망치듯 마에바야시시를 떠났다.

이즈미가 읽은 책에는 공통점이 있었다.

사람은 죽어도 죽지 않는다. 죽는 것은 육체일 뿐 영혼은 죽지 않는다. 죽은 자는 살아 있는 자의 곁으로 와 영혼이 되어 지켜본다. 그런 책만 골랐으니 당연하다고 지적하는 사람도 있었지만, 그 목소리는 이즈미의 귀에 닿는 일 없이 그냥 지나갔다. 수많은 책이 같은 말을 하는 데다 옛날부터 유령 목격담이 셀 수 없이 많은 것으로 보아 역시 인간은 죽었다고 끝이 아닌 것이다.

자칭 영 능력자를 만나서 지금 다이키는 어떻게 지내고 있는지, 어떤 기분인지, 이즈미에게 무슨 말을 전하고 싶은지 물어본 적도 있다. 다이키는 지금 행복한 곳에서 살고 있다, 엄마에게 고맙다고 말한다, 엄마를 걱정하고 있다는 말을 들을 때는 "다이키! 다이키!" 하고 오열하지만, 하룻밤만 지나면 타인의 입으로 전해들은 말이 다이키의 것일 리가 없다고 생각하게 됐다. 개중에는 다이키가 성불하지 못하고 있으니 공양이 필요하다는 사람도 있었지만, 성불이나 공양이라는 말은 이즈미에게 그리 와닿지 않았다.

무엇보다 영 능력자의 말을 믿는다는 건 그들에게 다이키를 넘겨버리는 것처럼 느껴졌다. 다이키를 가장 잘 아는 사람은 나다. 다이키와 가장 가까운 사람도 나다. 그건 다이키가 죽어도 변하지 않는다. 다이키의 메시지는 영 능력자가 아니라 엄마인 내가 받아야 한다.

다이키는 죽었지만 죽지 않았다. 지금도 이곳에 있다. 눈에 보이지 않을 뿐. 만질 수 없을 뿐. 목소리가 들리지 않을 뿐. 이즈미는 하루 종일 스스로에게 그렇게 말했다.

아침에 일어나면 "다이키, 좋은 아침. 오늘도 잘 부탁해" 하고 인사를 건넸다. 낮에는 "다이키. 오늘은 날씨가 좋구나", "다이키. 엄마가 보이니?" 하고 말을 걸었다. 밤에는 "잘 자, 다이키. 꿈에서 만날 수 있을까? 보고 싶다"고 소리내어 말했지만, 왠지 다이키가 꿈에 나타나는 일은 없었다.

다이키가 죽지 않았다는 결론을 내렸다고 해서 상실감과 절망감이 사라진 것은 아니었다. 무엇보다 이즈미를 괴롭게 한 건 자책감이었다. 다이키는 집에 있기가 싫다고 했다. 내가 다이키를 몰아붙여서 죽인 것은 아닐까, 하는 생각을 지울 수가 없었다.

다키오카 마리카를 떠올릴 때마다 이즈미의 가슴에 분노의 불길이 타올랐다. 계속 다이키를 좋아한다고 했으면서, 절대로 잊지 않겠다고 했으면서 쉽사리 '이제 어떻게 되든 상관없다'고 쏘아붙인 그 여자애. 몸싸움을 하다 넘어진 그녀는 발목을 삔 모양이지만, 그때 차에 치여 죽었으면 좋았을 것을, 하고 이즈미는 진심으로 아쉬워했다.

사고로부터 약 열 달 뒤인 1월 20일은 다이키의 열여섯 번째 생일이었다.

이즈미는 클로버 케이크를 두 개 사서 식탁에 올려놓았다. 백일재에 납골을 해서 집에는 제단도, 불단도 없었다. 위패는 남편이 가져갔다. 이즈미가 원한 것이었다. 다이키는 지금도 살아있으니 위패나 불단처럼 죽은 자의 명복을 빌기 위한 고리타분한 도구는 필요 없었다.

식탁의 초콜릿 케이크를 바라보고 있자,

—내 초콜릿 케이크는?

하고 묻는 다이키의 목소리가 또렷이 되살아났다.

열 달 전 다이키와 사라의 합격을 축하하는 날이었다. 2층에서 내려온 다이키가 이즈미와 사라의 대화를 듣고 자신이 좋아하는 초콜릿 케이크도 사왔냐고 물었던 것이다.

─와, 이것 봐! 연어 알이랑 다진 참치도 있어.

식탁을 들여다본 다이키가 맑게 환성을 질렀다. 기쁨을 고스란히 목소리로 드러낸 어린아이 같았다. 하지만 아니었다. 다이키는 집에 있기 싫어했다. 집을 답답하게 느꼈다. 기분 전환을 하러 밖에 나가야 했다. 그래서 그날 밤 몰래 집을 빠져나간 것이다.

이즈미는 진심으로 다시 시작하고 싶었다.

다이키는 대체 언제부터 집에 있는 게 싫었을까. 1년 전, 아니면 2년 전. 중학생이 되고 나서일까, 아니면 초등학생 때부터였을까. 어쨌든 내가 다이키에게 스트레스를 준 것이다.

다시 시작하고 싶다. 다시 시작하고 싶다. 다시 시작하고 싶다. 최소한 마지막 1년을, 아니 다이키가 중학생이 되고 나서부터. 그게 아니라 실은 다이키가 어렸을 때부터 다시 시작하고 싶다. 다시 한번 다이키와 새로 살아가고 싶다.

이즈미는 퍼뜩 놀라 눈앞의 초콜릿 케이크를 바라보았다.

다시 시작할 수 있지 않을까. 그렇게 생각한 순간 하늘에서 눈부신 빛이 내려온 것을 느꼈다. 마치 스포트라이트처럼 이즈미가 있는 식탁을 밝게 비추고 있다.

육체는 죽어도 영혼은 죽지 않는다는 건 이런 것일까. 빛을 관장하는 거대한 존재의 가르침을 받은 기분이 들었다.

오늘부터 다시 시작하면 된다.

이즈미는 그릇장 서랍을 뒤져 작은 초를 하나 꺼냈다. 초콜릿 케이크에 꽂고 불을 붙였다. 흔들리는 불꽃을 바라보니 머릿속에서 해피 버스데이 투 유, 하고 노래가 흘러나왔다.

오늘은 다이키의 생일이다.

열여섯 살이 된 다이키의 모습을 마음속에 생생하게 그리는 것은 이제 불가능하다. 하지만 한 살의 다이키라면 마치 바로 눈앞에 있는 것처럼 달콤한 냄새도, 싱그러운 숨결도, 포동포동한 팔도 마음속에 선명하게 그릴 수 있다. 오늘 여기서 다시 시작하면 된다.

오늘 다이키는 한 살이 됐다.

그렇게 하면 적어도 앞으로 14년간은 기억 속 다이키와 함께 살아갈 수 있다. 열다섯 살이 된 다이키가 집이 답답하다며 밤에 몰래 나가지 않도록 앞으로 함께 새로 살아가면 된다.

그날부터 이즈미는 어린 다이키와 함께 살기 시작했다. 다이키를 안아주고 함께 목욕을 하고 밤에는 이불 속에서 자장가를 들려줬다. 가장 중요하게 여긴 건 오로지 사랑하는 것이었다. 자신의 행복을 바라서는 안 된다. 욕심내서는 안 된다. 온 마음을 다이키에게 쏟아야 한다.

다이키가 두 살이 되고 나서 이즈미는 빵집에서 아르바이트를 시작했다. 육체가 없는 다이키는 어디든 데려갈 수 있어 늘 함께였다.

다만 가끔 마법이 풀리듯 내가 지금 뭘 하는 걸까, 하는 공허함이 밀려들 때가 있었다. 공허함은 엄청난 허무함을 데려왔다. 그럴 때 이즈미는 지금 당장 죽을 수밖에 없다고 생각했다. 그때마다 이즈미를 잡아준 건 눈에 보이지 않는 어린 다이키였다.

그 무렵 서점에서 책 한 권을 발견했다.

'영혼은 죽지 않는다! 사람은 몇 번이고 다시 태어난다! 윤회 전생의 신비에 다가가는 세계적인 베스트셀러!!'라고 소개된 그 책은 미국 정신과 의사가 쓴 책이었다. 이즈미는 책을 손에 든 순간 표지를 넘기지도 않고 이건 자신을 위한 책이라고 직감했다.

이즈미의 직감은 들어맞았다. 그 책은 이즈미가 그동안 읽어온 책의 집대성이라 할 만했다. 저자인 정신과 의사는 어떤 환자의 치료를 통해 윤회전생이 존재한다는 것을 알게 됐다고 한다. 그 환자는 최면 상태에서 수 세기의 세월을 거슬러 올라가 여러 전생의 기억에 대해 이야기했다. 전부 신빙성이 느껴지는 것이었다.

육체는 죽어도 영혼은 죽지 않는다. 영혼은 영원히 살아간다. 사람은 몇 번이고 다시 태어난다.

내용은 그간 읽은 책과 다르지 않았다. 하지만 저자가 미국의 엘리트 정신과 의사라는 것, 의료 현장에서 일어난 이야기라는 것, 그리고 이 책이 세계적으로 읽히고 있다는 것이 다이키의 불사를 증명하는 거라고 믿었다.

역시 나는 틀리지 않았다. 다이키는 죽지 않았다. 보이지 않을 뿐 지금도 살아 있다. 오직 엄마인 나만 느낄 수 있는 것이다.

이즈미는 다이키와 함께 살았다.

이윽고 다이키는 두 번째 열다섯 살을 맞이했다. 이날 기적이 일어났다.

우편함에는 또 한 명의 다이키가 보낸 편지가 도착해 있었다.

서른 살의 나에게

나는 지금 열다섯 살입니다. 중학교 3학년이고 내일이 졸업식입니다.

3학년 1반의 기획으로 지금 나이의 두 배를 산 미래의 나에게 편지를 쓰게 되었습니다.

서른 살의 내가 어떻게 돼 있을지 궁금합니다.

서른 살이니까 아저씨가 되었겠네요. 내가 아저씨가 되다니 믿기지 않습니다.

아저씨 나름대로 잘 살고 있었으면 좋겠습니다.

어떤 직업을 가지고 있을까요? 지금은 막연히 의사나 물리학자가 되고 싶은데 바뀌었을지도 모르겠네요.

결혼은 했어요? 설마 아이까지 있는 건…… 아버지가 된 내 모습이 전혀 상상이 가질 않아요.

여기에다 몰래 말하겠습니다(쓰겠습니다).

만약 가족이 이 편지를 읽으면 무조건 놀림을 받겠네요.

그런데 15년이나 지났으니 시효가 만료되었겠어요. 게다가 추억담 겸 우스갯소리가 될 테니, 뭐 어때요.

서른 살의 내가 결혼을 했다면 상대는 이누이 노노코 씨일 것 같습니다. 그녀라면 나를 이해해줄 것 같거든요.

만약 결혼 상대가 다른 사람이라면 이 편지는 신속히 파기해주세요.

서른 살의 나에게.

열다섯 살의 나는 무척 행복합니다.

엄마, 아빠, 누나, 고마워.

열다섯 살의 나로부터

편지를 쥔 이즈미의 손이 부들부들 떨리고 식탁에 눈물이 떨어졌다.

슬픔, 사랑스러움, 그리움, 상실감. 다양한 감정이 뒤섞여 가슴이 복받쳤다.

이즈미는 감동했다. 오늘로 서른 살이 된 다이키, 오늘로 열다섯 살이 된 다이키. 두 명의 다이키가 연결된 기적의 순간이었다.

이 편지는 계시였다. 윤회전생을 관장하는 신의 메시지.

이즈미와 함께 새로 살아온 다이키는 집을 답답하게 느끼지도, 엄마에게 스트레스를 받지도 않는 열다섯 살이 됐다. 이제 다이키는 밤중에 집을 빠져나갈 필요가 없는 것이다.

연결되어 있다고 이즈미는 생각했다. 열다섯 살의 다이키와 서른 살의 다이키가, 생과 사를 초월한 영혼으로 연결되어 있다.

이누이 노노코, 하고 이즈미는 글자를 눈으로 따라갔다.

중학교 졸업 앨범에서 그녀를 찾아냈다. 다이키와 같은 3학년 1반. 눈 위로 앞머리를 가지런히 자른 이누이 노노코는 보동보동한 뺨과 부드러운 눈빛을 하고 있다.

다이키는 이 아이를 좋아했던 걸까. 이 아이와 사귀었던 걸까.

　서른 살의 내가 결혼을 했다면 상대는 이누이 노노코 씨일 것 같습니다. 그녀라면 나를 이해해줄 것 같거든요.

다이키는 다키오카 마리카와 사귀는 줄 알았는데. 그 생각을 한 순간 먼 기억이 되살아났다. 마리카와 문제가 생긴 뒤 그녀의 친구가 우리 집을 찾아왔던 것 같다. 안경을 쓴 그 아이는 이즈미에게 마리카가 하는 말을 믿으면 안 된다, 마리카는 거짓말쟁이니 더는 만나지 않는 것이 좋겠다고 말했던 것 같다. 그 무렵 이즈미는 혼란 속에 있어서 현실과 공상과 악몽을 구별하지 못했다.

다이키가 좋아했던 사람은 다키오카 마리카가 아니라 이누이 노노코였던 것이다. 결혼하고 싶다고 생각할 만큼 그녀를 좋아했던 것이다. 서른 살이 된 다이키가 그렇게 가르쳐줬다.

이누이 노노코의 거처는 한 달 뒤에 밝혀졌다.

이즈미가 의뢰한 흥신소에 따르면 노노코는 현재 도쿄의 히바리가오카에 살고 있다고 한다. 결혼해서 한 살배기 아들이 있다. 평일에는 아이를 어린이집에 맡기고 IT 기업에서 근무한다. 그녀의 성은 모모이로 바뀌어 있었다.

그녀가 결혼했다는 사실에 이즈미는 충격을 받았다. 하지만 바로 어쩔 수 없는 일이라고 마음을 고쳐먹었다. 그렇다, 어쩔 수 없는 일이다. 그녀는 다이키가 지금도 살아 있다는 것을 모르니까.

노노코가 사는 아파트에 빈집이 있는 것을 알고 이즈미는 당장 그곳으로 이사했다. 노노코와 더 자주 만나기 위해 동네 편의점에서 아르바이트를 하기로 했다.

노노코는 대체로 린타라는 어린 아들을 데리고 있었다. 감색 유모차를 미는 노노코. 유모차에서 입을 벌리고 자는 린타. 아장아장 걸음마를 하는 아들을 지켜보는 노노코. 괴성을 지르며 달리는 린타. "죄송해요. 너무 시끄럽죠?" 하고 이즈미에게 사과하는 노노코. "엄마" 하고 두 팔을 벌리는 린타.

이 두 사람을 갖고 싶다.

갖고 싶다기보다 되찾아야 한다는 심정이었다. 다이키의 아내와 아이. 다이키의 가족. 이 두 사람은 내 것이다.

이즈미가 본 노노코는 어딘가 멍한 인상이었다. 만나면 웃는 얼굴로 인사하고 잡담에도 응했지만 늘 체념과 피로의 기색을 내비쳐 행복해 보이지 않았다. 결혼해서는 안 될 상대와 가정을 꾸렸기 때문이라는 이즈미의 추측은 맞았다.

노노코의 남편 다쓰히코는 바람을 피우고 있었다. 이즈미가 미행하는 것도 모른 채 다쓰히코는 주말이 되면 바람 상대의 집에 가서 남의 눈도 의식하지 않고 둘이서 외출했다. 다쓰히코의 팔에 매달려 눈을 치뜨고 "있잖아" 하고 애교 부리는 젊은 여자를 보고 마리카가 생각났다.

계속 다이키를 좋아한다고 했으면서 며칠도 안 돼 넋을 잃고 다른 남자를 올려다보고 있었다. 그뿐만 아니라 다이키와 사귀었다고 거짓말까지 했다.

거짓말쟁이 여자. 다이키가 결혼하고 싶었던 노노코를 배신하고 그런 여자의 집에 드나드는 다쓰히코. 두 사람은 다이키를 모독하고 다이키의 보금자리를 빼앗았다. 이즈미는 절대 용서하지 않겠다고 맹세했다.

두 사람을 없애는 데 망설임도 거부감도 없었다. 다쓰히코가 바람을 피운다는 것을 알게 된 순간 그렇게 결심했을지도 모른다.

이즈미는 시뮬레이션을 거듭했다. 노노코와 린타 곁에 있기 위해서라도 경찰에 붙잡혀서는 안 됐다. 치밀하게 계획을 세워 여자를 죽인 뒤 다쓰히코에게 죄를 덮어씌우고 시체를 숨기는 것이 최선의 방법이라는 결론을 냈다. 다쓰히코의 시체가 발견되지 않는 한 노노코가 다른 남자와 재혼하는 일은 없을 터였다. 그렇게 하면 두 사람 곁에 평생 머물 수 있을 줄 알았다.

넥타이와 전기총을 구입하고 CCTV 위치를 확인했다. 시체를 버릴 장소를 정하고 미리 구멍을 파놓았다. 이제 행동에 옮기는 것만 남았다. 육체는 죽어도 영혼은 죽지 않는다, 따라서 별일 아니다. 그렇게 스스로를 타일렀다.

금요일 밤에 고미네 아카리의 집 문 앞에서 인터폰을 누르자 그녀는 바로 문을 열었다. 딩동딩 – 동, 하는 리듬으로 두 번 누르는 게 다쓰히코와의 신호인 것은 이미 알고 있었다. 말없이 현관 안으로 들어간 이즈미를 보고 그녀는 크게 놀랐다. 1~2초 후 갑자기 찾아온 사람이 장갑을 낀 두 손으로 넥타이를 단단히 감아쥐고 있는 걸 알아차리고는 놀라움이 공포로 변했다.

이즈미는 자신이 냉정한 줄 알았지만 그렇지 않았던 모양이다. 전기총 꺼내는 걸 깜빡한 것이다. 달아나려는 그녀의 뒤통수를 순간적으로 신발장 위에 있는 조각상으로 내리쳤다. 쓰러진 여자의 목에 넥타이를 둘둘 감아 온 힘을 다해 졸랐다. 그토록 가증스러운 여자였건만 목을 조를 때는 아무런 감정도 일지 않았다. 여자가 죽은 것을 확인한 뒤 이즈미는 현관문을 잠그고 방으로 들어가 때를 기다렸다.

한 시간 뒤 딩동딩 – 동 하고 인터폰이 울렸다. 다시 한번 같은 리듬으로 울린 뒤 열쇠를 꽂는 소리가 들렸다. 문이 열리며 힉 하고 숨을 삼키는 소리가 들려왔다. 그 직후 금속 물건이 바닥에 떨어지는 소리가 나더니 문이 닫혔다. 귀를 기울이자 바깥 복도를 따라 멀어지는 구두 소리가 들렸다. 다쓰히코는 여자의 상태를 확인하지도 않았거니와 경찰에 신고도 하지 않고 도망쳤다. 이즈미는 다쓰히코가 그런 남자라는 것에 안도했지만 어쩌면 처음부터 알고 있었던 것 같기도 하다.

현관에는 다쓰히코가 떨어뜨린 열쇠가 있었다. 이즈미는 여자의 휴대폰을 챙기고 문을 잠근 뒤 빌라를 나왔다. 이제부터 서둘러야 한다. 렌터카에 올라타 히바리가오카의 아파트로 향했다.

아파트 맞은편 주차장에 렌터카를 세우고 기다리고 있자, 역 방면에서 다쓰히코가 걸어왔다. 그가 크게 당황하고 있다는 것은 어둠 속에서도 한눈에 알 수 있었다. 이즈미가 "모모이 씨" 하고 작게 부르자, 다쓰히코가 소스라치게 놀라며 몸을 홱 돌렸다.

"새댁한테 남편을 불러달라는 부탁을 받았어요. 새댁이 엄청난 일을 저질렀다고 하던데. 지금 차에 있어요."

예상대로 다쓰히코는 여자를 죽인 게 자신의 아내라고 생각하는 모양이다. 굳은 얼굴로 에, 하는 소리를 낸다. 렌터카 뒷좌석에는 다쓰히코의 시체를 감싸기 위한 담요를 사람 모양처럼 만들어 놔두었다. 차에 올라타려던 다쓰히코의 목덜미에 전기총을 갖다 댔다. 바로 기절할 줄 알았는데 다쓰히코는 심하게 경련하면서도 정신은 잃지 않았다. 이즈미는 황급히 넥타이를 목에 감고 단숨에 졸랐다. 여자의 목을 조를 때와 마찬가지로 마음이 차분했다. 서둘러야 한다, 진정해야 한다, 누가 보면 안된다. 주의사항을 읽어내듯 그렇게 생각할 뿐이었다.

다쓰히코를 담요로 감싼 뒤 무사시무라야마시의 잡목림을 향해 차를 몰았다.

전부 계획대로 일이 진행됐다.

노노코의 시어머니가 린타를 데려가려고 한 건 예상 밖의 일이었지만, 그녀의 어리석은 행동 덕분에 두 사람과의 거리가 단숨에 가까워졌으니 고마워해야 한다.

영혼이 되어 살아가는 다이키와 다이키의 아내, 그리고 다이키의 아들. 지금부터 다시 천천히 가족을 만드는 것이다. 다이키와 한 살부터 다시 시작했듯 세월을 들여 다시 가족을 만들어 나가면 된다고 생각했다.

"남편이 다시는 돌아오지 않을 거라는 생각이 들어요."

이즈미의 집에 들어온 노노코가 테이블 앞에 무릎을 꿇고 앉아 그렇게 중얼거렸다.

"응, 그럴지도 모르겠네. 잘 모르지만."

이즈미는 차를 끓이며 대답했다.

"이사할까 생각 중이에요."

"앗. 어디로?"

"아직 안 정했어요……. 어린이집에도 사건이 다 알려졌고 인터넷에는 남편의 이름과 사진까지 올라가 있잖아요. 조만간 이 집도 알려지겠죠. 그리고 시어머니가 무슨 짓을 할지 몰라 무섭고요."

나도 같이 갈게, 하는 말이 목구멍까지 올라왔지만 가까스로 참았다.

"너무 서두르지 않는 게 좋아. 뭣 하면 안정될 때까지 우리 집에서 지내도 돼."

노노코는 고맙다고 했지만 그럴 생각은 없는 듯했다.

이즈미의 가슴에 불안이 스쳤다.

두 사람의 거처를 다시 찾아낼 수 있을까. 노노코는 운명이 올바른 방향으로 움직이기 시작했다는 것을 아직 모른다. 잠시 눈을 뗀 사이에 다른 남자와 재혼을 하지는 않을까.

린타는 편의점에 가겠다는 노노코를 따라가려 하지 않았다.

평소와 다른 상황에 흥분했는지 졸음과 싸우면서도 집 여기저기를 가리키며 "이거 모야아? 응? 이거 모야아?" 하고 물었다.

"린타, 정말 엄마랑 같이 안 갈 거야?"

현관에서 다시 확인하는 노노코에게 린타는 한 손으로 빠이빠이를 했다.

문이 닫힌 순간 린타가 이즈미의 손을 잡았다. 처음부터 이렇게 하기로 정해졌다는 듯 자연스러운 손짓이었다.

보드랍고 몽실하고 탄력이 있는, 뜨겁고 작은 손. 이즈미의 손에 쏙 들어오는, 마치 잃어버린 조각 같은 손. 이즈미는 깨닫고 말았다. 이 아이가 다이키의 환생이라는 걸.

그 증거로 이 아이는 엄마와 밖에 나가는 것보다 나와 함께 있는 쪽을 선택했다. 잘 아는 사람의 손을 잡듯 내 손을 잡았다. 노노코가 혼자 편의점에 간 것도, 이 아이가 유도한 것일지도 모른다. "할모니" 하고 웃는 린타의 목소리가 "엄마"로 들렸다.

다시 태어나도 또 만난다ー. 과거에 읽은 책에도 쓰여 있었다. 깊은 인연의 끈으로 연결된 사람끼리는 다시 태어나도 또 만나서 함께 살아간다고.

이즈미는 린타를 데리고 나와 택시에 올라탔다.

린타는 평소에 차를 타는 일이 없는지 처음에는 한껏 들떴다가 이즈미가 쿠키를 주자 얌전히 먹기 시작했다. 노노코의 시어머니가 데려갔을 때는 그렇게 울부짖더니 지금은 불안해하지도, 울지도 않는다.

자, 하고 이즈미는 전 세계에 알리고 싶었다.

이 아이는 다이키다. 다이키의 환생이다. 영혼과 영혼이 이어져 있다.

문득 예전에도 같은 감각에 휩싸였던 것이 떠올랐다. 봐! 하고 세상을 향해 소리 높여 외치고 싶은 자랑스러움과 고양감. 눈꺼풀 안쪽으로 빛이 눈부시게 펼쳐진다.

아아, 그때다. 식탁을 비추는 스포트라이트. 하늘에서 쏟아지는 그 조명을 받으면서 나를 봐! 나는 이렇게 행복하다고! 하고 외치고 싶었던 적이 있다. 이토록 선명하게 기억해낼 수 있는데, 그때가 전생의 기억처럼 멀게 느껴진다.

마에바야시의 집은 예전 그대로였다.

깊이 잠들어 축 늘어진 린타를 안고 현관문에 열쇠를 꽂았을 때 "사와타리 씨이십니까?" 하고 뒤에서 남자가 말을 걸어왔다. 뒤돌아보니 경찰이 손전등을 들고 서 있었다. 이즈미는 "그 아이는 모모이 린타 군이로군요" 하고 이어지는 말을 듣지도 않고 문을 잠갔다. 현관을 세차게 두드리는 소리와 함께 "문 여세요. 린타 군은 무사합니까? 린타 군을 돌려주세요" 하는 소리가 들렸다.

이즈미의 머릿속에서 뭔가가 끊어졌다.

"이 아이는 다이키야! 다이키의 환생이라고!"

숨을 한 번 쉴 만한 짧은 공백이 있었다.

"사와타리 씨, 빨리 문 여세요."

"들어오면 이 아이와 같이 죽을 거야! 정말 죽을 거라고!"

그 순간 자신의 말에 번개를 맞은 듯 번뜩 떠오르는 생각이 있었다.

같이 죽는다―. 하지만 정말 죽는 것은 아니다. 육체가 죽기 때문에 그렇게 보일 뿐 영혼은 계속 살아간다. 그렇다면 육체를 걸치고 있는 것에 의미 따위는 없지 않을까.

린타를 끌어안고 계단을 올라갔다. 다이키의 방문을 열었다. 이사한 뒤에도 주기적으로 청소를 하러 왔기 때문에 곰팡내나 먼지내는 느껴지지 않았다.

어린 몸을 침대에 누이고 이불을 덮어주었다. 그 옆에 살며시 기어들었다. 순간 머릿속이 저리더니 뜨거운 입김과 함께 오열이 흘러나왔다.

이즈미는 눈을 감았다. 쏟아진 눈물이 관자놀이를 지나 미끄러졌다. 옆에서 잠든 어린아이의 깊은 숨소리에 신경을 집중하고 작은 몸이 내뿜는 열을 남김없이 느끼려 애썼다.

자신이 어디에 있는지, 뭘 하고 있는지, 감각이 멀어져갔다.

이미 육체를 잃고, 시간도 공간도 없는 장소를 떠돌고 있는 것 같았다. 다이키와 함께 우주의 일부가 되어 떠다니고 있는 것 아닐까. 돌연 이제 그만해도 될지도 모른다는 생각이 들었다. 이대로 이 생을 마감해도 되지 않을까.

밖은 조용하다. 하지만 곧 경찰이 들이닥쳐 나와 아이를 강제로 떼어놓을 것이다. 앞으로 일어날 수 있는 다양한 사태를 상상해보니 도저히 견딜 수 있을 것 같지가 않았다.

지쳤다고 생각했다.

마음에도, 몸에도 힘이 들어가지 않는다. 그러나 마지막 힘은 그때를 위해 아껴둬야 한다. 이즈미는 이불 속에서 식칼을 움켜쥐었다.

"다이키 군 어머님."

창밖에서 들려온 목소리에 반사적으로 몸을 일으켰다.

다이키 군 어머님—.

그렇게 불렸던 까마득한 옛날이 떠올랐다. 행복한 식탁. 하늘에서 비추는 스포트라이트. 마주 보고 웃는 아이들. 전생의 행복한 기억이 흘러들어온 것 같았다.

"다이키 군 어머님? 여기 계십니까?"

목소리에 이어 창문을 노크하는 소리.

이즈미는 침대에서 살그머니 내려왔다. 커튼을 살짝 젖혔다가 그만 뒷걸음질을 쳤다. 어두워서 확실하진 않지만 창문 너머로 남자와 눈이 마주친 기분이 들었다. 남자는 사다리에 올라가 있는 것 같았다.

"다행입니다. 이곳에 계셨군요. 자녀분도 같이 계십니까?"

남자가 창문 너머에서 말을 걸어왔다. 한 걸음 더 물러난 이즈미는 아직 식칼을 쥐고 있다는 것을 깨달았다.

"잠시 이야기를 해도 되겠습니까? 저는 미쓰야라고 합니다. 미쓰야 슈헤이입니다."

몇 초간 침묵이 흐른 뒤 남자는 다시 말하기 시작했다.

"린타 군은 다이키 군의 환생이라면서요? 아까 그렇게 말씀하셨다고 들었습니다."

이즈미는 침대에 시선을 주었다. 무방비하게 입을 벌리고 잠든 아이. 깊은 숨소리와 달콤한 입김. 한때 나는 이 사랑스러운 잠든 얼굴을 한참 동안 바라본 적이 있다. 설령 그것이 옛 기억이라 해도, 전생의 광경이라 해도 그 행복한 시간은 분명히 존재했다.

이즈미는 창문으로 다가갔다.

"그래. 이 아이는 다이키의 환생이야. 나는 알아."

아무리 목청껏 주장해도 남이 이해해줄 리 없다는 건 잘 알고 있었다. 이 기적과 신비는 오직 나와 다이키에게만 찾아온 것이다. 그렇지만 누군가 알아주기를, 인정해주기를 바라는 마음도 있었다.

"부럽군요."

남자의 대답에 이즈미는 허를 찔렸다. 부럽다고? 그 말의 진의를 파악하려 했다.

"소중한 사람의 환생을 만나다니 당신이 부럽습니다. 저도 어머니의 환생을 만날 수만 있다면 얼마나 좋을까요."

남자가 무슨 말을 하려는지 알 수가 없었다.

"어머니는 25년 전에 살해되셨습니다. 제가 열세 살 때 일이었죠. 저는 알고 싶습니다. 어머니에게 무슨 일이 있었는지, 어머니가 왜 돌아가셔야만 했는지 말입니다. 그걸 아는 사람은 어머니뿐입니다. 유령이라도 좋고 꿈이라도 좋으니 어머니가 나타나주시기를 기다렸습니다. 솔직히 지금도 기다리고 있어요. 그래서 환생한 존재를 만난 당신이 진심으로 부럽습니다."

어머니가 살해되었다. 남자의 말이 이즈미의 귀에 와서 박혔다.

무슨 일이 있었는지, 왜 죽어야만 했는지 알고 싶다.

그것은 이즈미가 15년간 한시도 떼놓은 적 없는 마음의 외침이었다.

"그런데 말입니다, 이즈미 씨." 남자의 말투에 슬픔이 깃들었다. "설령 그 아이가 다이키 군의 환생이라 해도 지금은 린타 군으로 살고 있습니다. 지금 그 아이의 엄마는 당신이 아니라 노노코 씨입니다. 그건 당신도 잘 아실 겁니다."

"하지만 이미 늦었어!"

반사적으로 그렇게 대꾸했지만 이즈미는 자신이 성급했다는 것을 깨달았다. 몇 시간 전에 린타가 손을 잡아준 순간, 자신을 둘러싼 현실이 사라져버렸다. 이즈미가 있던 곳은 시간도, 공간도 없는 아름다운 황금빛으로 가득한 세상이었다. 그곳에서 영혼이 된 이즈미와 린타는 빛의 입자가 되어 떠돌고 있었다. 모든 감각을 녹이는, 비할 데 없는 행복감을 맛보았다.

만약 그때 이성이 앞섰다면 당초 예정대로 더 시간을 들여 노노코와 린타와의 거리를 좁혔을 것이다. 그러나 이즈미의 본능은 다른 길을 택했다.

"죽어도 죽지 않아."

목소리를 쥐어짰더니 식칼을 쥔 왼손에 힘이 들어갔다. 남자의 대답은 들리지 않지만, 창문 너머로 귀를 곤두세우고 있는 기척이 느껴졌다.

"인간은 죽어도 죽지 않아. 죽는 건 육체뿐이지. 영혼은 계속 살아가는 거야. 그러니까 죽는 것쯤은 별거 아니야."

창문 너머에서 남자의 목소리가 나지 않는다. 조금 전만 해도 환생을 믿는 것처럼 말했으면서 왜 동의하지 않을까. 이즈미는 내팽개쳐진 듯한 느낌이었다.

"정말이라니까! 내가 책을 얼마나 많이 읽었는데. 스님, 영 능력자, 종교가 할 것 없이 다 그렇게 말했어. 의사 선생님도 그랬다니까. 미국의 훌륭한 의사 선생님 책에도 쓰여 있었어. 영혼은 영원히 살아서 몇 번이고 다시 태어난다고. 죽음은 슬픈 게 아니라고. 영혼끼리 이어져 있으면 반드시 재회할 수 있다고."

죽는 것쯤은 별거 아니다. 슬픈 일도 아니다. 그저 한순간일 뿐. 육체를 벗어 던지는 것일 뿐. 이즈미는 아무것도 모르고 자고 있는 린타의 얼굴을 바라보면서 스스로에게 말했다.

"저도 그 책을 읽은 것 같군요."

남자가 말했다.

"그럼 알겠네!"

"읽고 구원받았습니다. 이번 생에서 어머니를 만나지 못하더라도 언젠가 제가 죽으면 만날 수 있다고, 그때 어머니에게 무슨 일이 있었는지 물으면 된다고, 그렇게 생각하니 마음이 조금 편해지더군요."

이즈미는 천천히 침대로 다가갔다. 식칼을 왼손에서 오른손으로 바꿔 쥐었다.

"그런데 당신은 그 책에 쓰여 있는 중요한 걸 빠뜨리고 읽으셨군요. 그 책에는 사람은 이번 생에서 해야 할 과제가 있다고 쓰여 있었습니다. 기억하십니까? 기억하시죠?"

과제. 그런 내용이 있었던가. 이즈미의 머리에 새겨진 건 사람은 죽어도 죽지 않는다는 것이었다.

"과제를 해내지 않으면 몇 번이나 환생을 해도 괴로운 일을 겪는다고, 그렇게 쓰여 있지 않던가요?"

그러고 보니 어렴풋이 생각이 났다. 환생해도 또다시 괴로운 처지에 놓이거나 비참한 죽음을 맞는 사람이 있다고 쓰여 있었다. 하지만 그게 어떻다는 것인가.

"당신은 다이키 군을 불행한 사고로 잃었습니다. 환생한 다이키 군을 이번에도 불행한 형태로 죽게 해도 되겠습니까? 게다가 당신에게 살해된다는 최악의 형태로. 다음에 당신들이 환생하면 또 같은 일을 반복할 테지요. 그런 슬픈 윤회를 만들어도 되는 겁니까?"

같은 일을 반복한다.

몇 번을 환생해도 이 아이가 나 때문에 죽는다는 걸까. 내가 이 아이를 죽인다는 걸까. 몇 번이나, 몇 번이나, 몇 번이나.

이즈미는 이를 악물었다.

천사처럼 자는 아이의 얼굴이 눈물로 젖어갔다. 그런데도 규칙적인 숨소리와 달콤한 입김에는 변함이 없다.

"이즈미 씨, 듣고 계십니까? 당신은 죽는 것쯤은 별거 아니라고 하셨습니다. 그럼 당신과 그 아이가 이번 생을 마감했을 때 당신이 한 일이 옳았다고 다이키 군에게 당당히 말씀하실 수 있습니까? 어머니라는 이름에 걸맞은 행위였다고 말씀하실 수 있습니까? 다이키 군이 기뻐해줄 거라고 생각하십니까?"

어딘가에서 그만둬야 합니다, 하고 남자는 말했다. 그 어딘가가 지금입니다.

그쯤은 알고 있다. 반사적으로 그런 말이 떠올랐지만, 정말로 알고 있는지는 자신이 없었다.

다시 한번 기회를 얻고 싶었다. 딱 한 번만 더 다시 시작하고 싶었다.

하지만 또 같은 일을 반복하게 되는 걸까. 나는 환생할 때마다 다이키를 죽인다. 다이키는 환생할 때마다 내 손에 죽는다. 그런데도 다이키는 "엄마" 하고 안심하며 웃는 얼굴을 계속 보여줄 것 같은 기분이 들었다.

지금의 내가 할 수 있는 건 이 일을 그만두는 것뿐일까.

"이즈미 씨, 저는 어머니에게 꼭 묻고 싶은 것이 있습니다. 죽어야만 했던 이유도 물론 궁금합니다. 그런데 더 궁금한 건 그런 식으로 끝나버린 인생인데도 행복했는지 어떤지입니다."

행복했는지 어떤지, 하고 남자의 말을 그대로 읊은 순간 머릿속에서 다이키가 웃음을 보내왔다.

—내 초콜릿 케이크는?

—엄마, 이 휴대폰 굉장해.

—엄마, 이것 좀 봐.

—있지, 엄마.

—엄마.

해맑게 웃는 다이키 입에서 행복하지 않았다는 말이 나오게 해서는 안 된다.

이즈미는 창문 잠금장치를 풀었다.

창문 너머로 남자와 눈이 마주쳤다. 그 얼굴이 순간 우는 것처럼 보였다.

남자가 창문을 열고 방으로 들어왔다. 이즈미의 손에서 식칼을 거둬가고 침대에서 자는 아이를 들여다봤다.

"내 탓이야!" 이즈미는 소리쳤다. "내가 좋은 엄마가 아니라서! 내가 집을 답답하게 만들어서 다이키에게 스트레스를 줬어! 그래서 다이키가 그날 밤 집을 빠져나간 거야!"

자신의 목소리를 들으면서 그동안 누군가에게 말하고 싶었던 거구나, 하고 생각했다.

"아니라고 생각합니다."

남자의 대답을 듣고, 말하고 싶었던 게 아님을 깨달았다. 그동안 누군가가 "아니다" 하고 말해주기를 바랐던 것이다.

"다이키 군이 죽은 건 당신 탓이 아닙니다. 제 말을 믿지 않으려 하실지도 모르겠군요. 그런데 정말 당신 탓이 아닙니다. 그날 밤에 무슨 일이 있었는지, 언젠가 당신은 알게 될지도 모르고 또 평생 모를 수도 있습니다. 괴로운 건 마찬가지죠. 그런데 말입니다. 이즈미 씨."

이즈미 씨, 하고 불렀을 때 남자의 이름이 미쓰야라는 게 생각났다.

"당신이 죽인 사람들에게도 어머니가 있습니다."

미쓰야 뒤에 있는 창문으로 다른 남자가 들어왔다. 잠시 후 계단을 올라오는 사람들의 발소리와 진동이 느껴졌다.

316

"어머니가 있습니다."

거듭 말한 미쓰야가 이즈미 앞에 섰다. 눈물은 흐르지 않는데 우는 것처럼 보였다.

미쓰야의 손이 움직였다. 얻어맞겠다 싶은 다음 순간, 이즈미는 그에게 안겨 있었다. 미쓰야의 정장은 차가웠지만 왠지 따뜻하다는 느낌이 들었다.

이즈미의 몸에 힘은 남아 있지 않았다. 미쓰야가 안아주지 않았다면 자리에 무너지듯 주저앉았을 것이다.

16

남편의 장례식이 끝나고 일주일 뒤에 두 형사가 찾아왔다.

모모이 노노코는 마에바야시시의 친정에서 지내고 있었다.

마에바야시시로 돌아올 생각은 하지도 말라던 엄마였지만, 사위가 시신으로 발견되었다는 소식을 듣자마자 노노코의 곁으로 달려와 직접 장례 절차를 챙겼다. 장례식을 무사히 치른 뒤, 엄마는 당분간 기자들을 피해 자신의 아파트에서 지내는 게 어떻겠냐고 권했다. 노노코는 엄마가 시키는 대로 린타와 함께 친정으로 왔다.

엄마는 지금 린타를 데리고 쇼핑을 하러 갔다. 남편의 시신이 발견된 후 엄마의 뜻밖의 모습을 보는 기회가 많아졌다.

남편을 죽인 사람은 마쓰모토였다. 마쓰모토는 그 아이의 엄마였다. 그 아이— 같은 반이었던 미즈노 다이키. 그 사실을 알게 된 순간 "우리 엄마는 말이야" 하고 말할 때 짓던 그의 쑥스러운 미소가 떠올랐다.

미쓰야라는 형사가 새삼스럽지만 다시 묻겠습니다, 하고 운을 뗐다.

"미즈노 다이키 군은 왜 죽어야만 했다고 생각하십니까?"

그가 노노코를 향한 시선에 힘을 주었다.

"모릅니다."

예전에 완전히 똑같은 대화를 한 기억이 난다.

미쓰야도 기억하는지,

"예전에도 모른다고 하셨죠. 그런데 그때 당신은 짐작 가는 게 있는 듯한 얼굴을 하고 있었습니다" 하고 옆에 앉은 젊은 형사에게 동의를 구하는 눈짓을 했다.

"네. 흠칫 놀란 얼굴이었던 게 기억납니다."

이 젊은 형사의 목소리를 듣는 것은 처음일지도 모른다.

다이키가 왜 죽어야 했는지는 짐작도 안 간다. 그저 15년 전 기억이 되살아나 그동안 잊고 지냈던 슬픔이 밀려왔을 뿐이다. 거짓말이 아니다. 하지만 그게 전부도 아니다.

"당신은 다이키 군과 이야기를 해본 적이 거의 없다고 했습니다. 그런데 실은 특별한 관계 아니었습니까? 다이키 군의 어머님 방에서 이런 편지가 나왔더군요."

미쓰야가 흰 봉투를 내밀었다. 보내는 사람과 받는 사람 모두 미즈노 다이키라고 쓰인 봉투를 보고, 중학교를 졸업할 때 서른 살이 된 미래의 나에게 쓴 편지라는 것을 바로 알아보았다. 노노코가 15년 전 자신에게 받은 편지에는 '서른 살의 나는 고양이를 기르고 있을 것 같아요'라는 실없는 내용이 쓰여 있었다.

노노코는 봉투에서 편지를 꺼냈다. 엄숙한 기분이 들어 숨을 멈추고 있었다.

서른 살의 내가 결혼을 했다면 상대는 이누이 노노코 씨일 것 같습니다. 그녀라면 나를 이해해줄 것 같거든요.

그 문장이 송곳처럼 노노코의 가슴을 찔렀다. 찔린 곳에서 그리움과 슬픔이 배어나 몸속 구석구석으로 퍼져나갔다. 그 애는 이렇게 생각하고 있었구나. 마음속으로 곱씹었지만 왠지 오래전부터 알고 있었다는 생각도 들었다.

"사와타리 이즈미 씨는 다이키 군이 왜 죽어야만 했는지 알지 못해 오랜 시간 고통 속에 살았습니다. 당신과 다이키 군의 관계가 그것을 풀어내는 열쇠가 될지도 모릅니다. 이야기해주실 수는 없겠습니까?"

노노코가 망설인 것은 2~3초였다.

"별로 대단한 일도 아니에요. 다이키 군이 죽은 것과 관계없을 거라 생각합니다."

그로부터 15년이나 흘렀다. 대부분 옛날이야기로 치부될 것이다. 노노코는 숨을 들이마시고 속으로 각오를 다졌다.

"다이키 군과는 중학교 3학년 여름 무렵부터 몰래 만나게 됐어요. 학교에서 떨어진 공원에서 우연히 만난 것이 계기였죠. 그 공원은 길고양이가 유독 많이 모여드는 곳이었고 다이키 군은 고양이에게 밥을 주고 있었어요. 그 무렵 저는 집에 있기가 싫어 공원에서 시간을 보내는 일이 많았죠."

자연스럽게 넘어가려 했지만, 미쓰야는 흘려듣지 않았다.

"왜 집에 있기가 싫었습니까?"

"집에 엄마 애인이 있었으니까요."

노노코는 솔직하게 말했다.

"어머님 애인이 집에 있는 게 왜 싫었습니까?"

미쓰야는 허투루 넘어가는 법이 없었다.

"제가 안전하지 않을 것 같았으니까요. 그 사람이 저를 성적인 대상으로 보는 것 같더군요. 실제로 그랬다는 건 나중에 알게 됐지만……. 그래서 공원에서 시간을 보내게 됐어요. 그러다 다이키 군과 이야기를 나눴고요."

"그럼 다이키 군이 동아리에 간다고 하고 만난 사람이 당신이

었군요."

"아마 그럴 거예요. 다이키 군에게 엄마 애인 일을 말했거든
요."

료에 관한 것만 말한 게 아니다. 엄마의 사랑을 받지 못하고
있는 것, 엄마에게 버림받을지도 모른다는 불안, 집에 돈이 없
는 것. 다이키에게는 무슨 말이든 할 수 있었다. 노노코 또한 다
이키의 비밀을 알고 있었기 때문이다.

"다이키 군은 당신 이야기를 듣고 뭐라고 했습니까?"

"네?"

"어머님 애인 말입니다."

"죽여줄까, 라고."

그렇게 대답하고 노노코는 작게 웃었다. 웃었더니 슬픔이 더
커졌다.

"그 남자, 내가 죽여줄까? 하고 말했어요. 그래서 부탁할게,
하고 대답했죠. 계획도 제대로 세웠어요. 물론 장난삼아였지만."

"어떤 계획이었습니까?"

"유치한 계획이었어요."

노노코는 또 웃었다. 가슴속에서 슬픔이 존재감을 드러냈다.
조금도 우습지 않은데 자꾸만 웃는 자신이 이해되지 않았다.

다이키가 세운 계획은 이런 것이었다.

료는 매일 밤 10시 30분쯤 집 뒤쪽 공터에 세워놓은 차를 타

고 직장인 헬스클럽으로 향한다. 그 시간을 노려 다이키가 차 뒷좌석에 숨어서 기다렸다가 료가 운전석에 타면 목을 졸라 죽인다. 시체 운반에는 다이키 아버지 회사의 영업 차량을 사용한다. 처음 보는 차를 운전할 수 있을지는 자신이 없지만, 아버지 회사 차는 몰래 열쇠를 복사해놓고 연습할 수 있기 때문이다.

"과연."

미쓰야는 턱에 주먹을 대고 고개를 얕게 끄덕였다.

"요컨대 다이키 군은 자전거로 아버지의 회사까지 간 뒤 그곳에서 영업 차량으로 바꿔 타고 당신의 집 근처로 갑니다. 어머님 애인을 죽인 다음 시체를 영업 차량에 옮겨놓고 어딘가로 버리러 갑니다. 그다음에는 회사에 영업 차량을 되돌려놓고 자전거로 집에 돌아옵니다. 그런 계획이었군요?"

"네, 맞아요."

15년이 흐른 지금 와서 말로 설명을 하자 새삼 철없는 계획이었다는 생각이 들었다.

"당신은 다이키 군에게 어머님 애인의 차량 열쇠를 건네줬군요?"

"어떻게 아세요?"

그 말대로 료 몰래 열쇠를 복사해서 다이키에게 건네주었다.

"그런데 헛수고였죠."

그렇게 말한 노노코는 후, 하고 한숨을 내쉬었다. "아니, 처음부터 장난이었어요."

"시신을 묻을 장소는?"

미쓰야의 질문에 당황해 "네?" 하고 어설픈 목소리가 나왔다.

"시신을 어디에 유기할 계획이었습니까?"

목이 메었다. 잠시 후 심장이 튀어나올 듯 벌떡거렸다.

강 너머 공장이 철거된 부지, 라고 다이키가 알려줬다. 거기라면 한동안 방치될 것 같으니까 못 찾겠지, 라고.

2년 뒤, 같은 장소에서 정말 남자의 시신이 발견됐다.

그러나 그게 다이키의 범행이 아닌 건 확실하다. 다이키가 사고사한 뒤에도 료는 살아 있었다.

―죽였으니까.

엄마의 속삭임이 떠오른다.

료의 모습이 보이지 않게 된 건 그 무렵이다.

"공장이 철거된 부지 아니었습니까?"

"네?"

"다이키 군은 실행에 옮겼을지도 모릅니다."

"뭘 말인가요?"

미쓰야가 무슨 소리를 하는지 알아들을 수가 없었다.

"이분을 보신 적이 있습니까?"

미쓰야가 사진 한 장을 내밀었다.

30대 정도의 남자다. 입술에 미소를 띠고 정면을 보고 있다.

료는 아니다. 그러나 어딘지 모르게 낯익은 느낌이 들었다.

"어머님 지인 아닙니까?"

그 말을 듣고 생각났다. 료가 본가로 돌아가 있었을 때 엄마가 집에 들인 남자였다. 한 번밖에 본 적 없는 그 남자가 무슨 일에 어떻게 관련돼 있다는 걸까.

노노코는 입을 다물고 사진 속 남자를 가만히 바라보았다.

"숨길 필요 없습니다." 미쓰야가 안심시키듯이 말했다. "어머님에게도 확인했으니까요. 어머님은 아는 사람이라고 하시더군요. 가게 손님이었다고 말입니다. 딱 한 번 집에도 부른 적이 있다고 하셨죠. 다만 그날 이후로는 본 적이 없다고 하셨습니다. 공장이 철거된 부지에서 발견된 시신은 이분입니다."

료가 아니었구나.

몸에서 힘이 쭉 빠져나갔다. 그 감각에 노노코는 자신이 십수 년 세월 동안 긴장한 채 살아왔다는 걸 깨달았다. 하지만 미쓰야가 지금 무슨 소리를 하는지, 이제부터 무슨 소리를 하려고 하는지 머리가 따라가질 못하고 있다.

"이분이 집에 온 적이 있습니까?"

"네."

"그때가 언제였습니까?"

그때는 료가 본가로 돌아가 있을 때였다. 노노코가 료에게 무슨 짓을 당했는지 알리자 엄마는 거짓말이라고 했지만, 충격을 받아 될 대로 되라는 심정으로 이 남자를 집에 들인 것이다.

"3월 25일 아닙니까?"

"정확히 기억하지는 못해요."

"다이키 군이 사고를 당한 전날 아니었습니까?"

그런가. 그럴지도 모른다.

"다이키 군은 당신에게 말하지 않고 계획을 실행했을 겁니다. 그런데 우연히 집에 와 있던 이분을 어머님 애인으로 착각한 것 아닐까요?"

앗, 하고 머릿속에서 자신의 목소리가 났다. 실제로는 입 밖으로 나오지 못한 소리였다.

노노코는 어렴풋한 기억을 되살렸다.

그날 그 남자가 어떻게 하고 있었더라? 엄마가 일하러 나간 뒤에도 집에서 빈둥거리다 담배를 사야겠다며 나가지 않았던가. 담배를 파는 편의점은 멀다. 료의 차를 타고 가려고 했을지도 모른다. 차 열쇠는 늘 신발장 위에 놓여 있었다.

그럼 그날 밤 다이키가 계획을 실행하기 위해 료의 차 안에 숨어 있었다는 걸까. 그리고 료로 착각해서 남자를 죽이고 공장이 철거된 부지에 묻었다는 걸까. 모든 일을 계획대로 마치고 자전거로 집에 가던 도중 순찰차를 따돌리려다가 트럭에 부딪쳤다. 그렇다는 걸까. 설마 그런 일이 있을 수 있을까.

"전부 제 상상에 불과합니다만, 만약 진실이라면 다이키 군은 왜 그런 엄청난 일을 했을까요. 당신을 지키고 싶어서였을까요? 그렇다면 다른 방법이 있었다는 생각이 듭니다만."

모릅니다, 하고 노노코는 대답했다. 달리 무슨 말을 해야 할지 몰랐다.

"마지막으로 한 가지만 알려주십시오. 매우 중요한 겁니다."

그렇게 운을 뗀 미쓰야의 상체가 테이블 너머로 살짝 넘어왔다.

"다이키 군은 집에 있기 싫어했습니까? 집이 답답하다고 말했습니까? 어머니 때문에 스트레스를 받는 것 같았습니까?"

노노코는 고개를 가로저었다. 생각해내려고 하기 전에 다이키의 쑥스러운 미소가 먼저 떠올랐다.

—우리 엄마는 말이야, 굳센 엄마라는 말이 딱 맞는 사람이야.

—우리 엄마는 말이야, 물만 마셔도 살찐다고 하는데, 그럴 리가 없잖아.

—우리 엄마는 말이야, 평범한 아줌마인데 왠지 귀엽단 말이지.

"다이키 군은 어머니를 무척 좋아했다고 생각합니다."

노노코는 다이키의 어머니가 린타를 데려간 이유를 아직 듣지 못했다.

신기한 건 그날 밤 무사히 돌아온 린타가 그런 일을 겪었는데도 기분이 매우 좋았다는 것이다. 마치 즐거운 시간을 보낸 것처럼 들떠서 "할모니, 할모니" 하고 말했다.

두 형사가 돌아간 뒤에도 노노코는 소파에 앉아 생각에 잠겼다.

공장이 철거된 부지에서 발견된 시신은 료가 아니었다.

그럼 료는 어디로 갔을까. 죽었으니까, 하는 엄마의 말은 뭐였을까.

15년간 피해왔던 일에 매듭을 지어야 한다는 생각이 들었다. 지금 기회를 놓치면 평생을 15년 전 엄마에게 얽매여 살아갈 것 같았다.

"아아, 그런 일도 있었지."

쇼핑을 하고 온 엄마는 노노코의 긴장을 웃으며 받아넘겼다.

린타는 엄마가 사준 나무 블록을 가지고 노느라 정신이 없었다. 엄마가 린타를 이렇게까지 귀여워하는 것도, 린타가 낯도 가리지 않고 엄마를 따르는 것도 예상 밖의 일이었다.

엄마는 환풍기 아래서 담배에 불을 붙이더니 "미안해" 하고 헤실헤실 웃었다.

"내가 멍청한 남자한테 걸리는 바람에 괜히 네가 밤마다 가위눌리고 힘들어했잖아. 아무리 나라도 반성 많이 했어. 죽었다고 하면 너도 안심하고 잠들 수 있을 줄 알았지. 그런데 의외로 효과가 있던걸? 그 뒤로는 가위눌리지 않았잖아."

─죽였으니까.

그 말이 거짓말이었다니.

그런데 료는 그 후 직장인 헬스클럽을 무단결근하고 행방불명이 됐을 터다. 노노코가 그 이야기를 하기도 전에 엄마가 입을 열었다.

"물론 그뿐만이 아니야. 가게의 무서운 손님한테 부탁해서 당장 마에바야시에서 나가도록 위협했거든."

그렇게 말한 엄마는 "그 무렵에는 나도 혈기 왕성했지" 하고 웃었다.

전부 다 지어낸 말이었다는 건가.

그럼 은혜를 느낄 필요는 없었던 것이다.

죽여줄까, 하고 말한 다이키를 떠올렸다. 노노코가 부탁할게, 하고 대답하자 고개를 깊이 끄덕여주었다. 다이키의 얼굴에 고양이가 겹친다. 갈색에 검은 줄무늬가 들어간 고양이. 노노코를 구해준 고양이. 뚱뚱하게 살쪘던 고양이가 조금씩 야위어갔다. 하얗게 흐려진 눈, 피가 말라붙은 코. 노노코를 보고 냐아, 하고 가냘프게 울었다.

노노코는 다이키와 고양이를 죽게 한 건 나야, 하고 생각했다.

미쓰야는 화단 앞에 헌화를 둔 뒤 눈을 감고 두 손을 모았다. 가쿠토는 뒤에 서서 미쓰야를 따라했다.

15년 전 미즈노 다이키라는 소년이 목숨을 잃은 이곳을 찾아온 건 두 번째였다. 첫 번째와 달리 만난 적도 없는 소년이 친근하게 느껴졌다. 친근하게 느끼면서도 소년의 정체를 파악하지 못해 흐릿한 윤곽밖에 떠오르지 않는다. 아무리 좋아하는 여자애를 지키고 싶기로서니 그는 왜 살인이라는 극단적인 행동을 했을까. 왜 다른 방법은 고려하지 않았던 걸까.

긴 합장을 마친 미쓰야는 "갑시다" 하고 대기시켜놨던 택시에 올라탔다. 묻지 않아도 소년이 열쇠를 버린 강으로 간다는 걸 알 수 있었다. 미쓰야와 처음 마에바야시시를 찾아온 날과 똑같은 코스를 밟는 것이다.

아마 미쓰야와 한 팀으로 움직이는 건 오늘이 마지막일 것이다. 도쿄로 돌아가면 각자의 근무지로 돌아가게 된다. 그렇게 생각하자 미쓰야에게 전하고 싶은 말이 있는 것 같았지만 그게 무엇인지 몰라 가쿠토는 초조한 마음이 들었다.

강 바로 앞에서 내려 미쓰야와 함께 다리를 걸었다. 지난번에 왔을 때보다 바람이 더 차게 느껴졌다. 저물어가는 하늘을 비춘 강 물결은 잔잔하고, 부부인지 오리 한 쌍이 물속에서 감빛 발을 움직여 유유히 헤엄치고 있었다.

문득 오리의 수명은 몇 년일까 생각했다. 저 오리들은 15년 전에 소년이 이 다리에서 열쇠를 버리는 모습을 목격하지 않았을까. 그런 유치한 생각에 가쿠토는 속으로 씁쓸히 웃었다.

미즈노 다이키는 이 다리에서 차 열쇠를 내던졌다. 아버지 회사의 영업 차량과 노노코 어머니의 애인의 차, 두 개의 열쇠를. 그는 결코 잡혀서는 안 됐다. 경찰에 불심검문을 받으면 방금 자신이 저지른 일이 탄로 난다고 생각했을 것이다.

미쓰야의 말대로 전부 상상에 불과하다. 그날 밤 미즈노 다이키에게 일어난 일을 빠짐없이 알고 있는 사람은 그 자신뿐이다.

미쓰야는 난간에 두 손을 얹고 물결을 거스르듯 헤엄치는 오리를 내려다보고 있었다.

"저 오리는 어미와 새끼로군요."

미쓰야가 중얼거렸다.

오리 두 마리는 몸집에 차이가 없어 어미와 새끼로는 보이지 않았지만, 가쿠토는 "그럴지도 모르겠네요" 라고 말했다.

잠시 둘이서 오리를 바라보았다.

"경위님은 미즈노 다이키 군이 이해가 되세요?"

가쿠토가 물었다. 가쿠토는 미쓰야가 대답하기 전에 자신의 의문을 쏟아냈다.

"저는 도저히 모르겠습니다. 아무리 노노코 씨를 지키고 싶었다 해도 죽인다는 발상을 하다니요."

"다이키 군은 어머니를 무척 좋아했다고 생각합니다."

미쓰야는 낭독하듯이 말하고 나서 "아까 노노코 씨가 한 말입니다" 하고 가쿠토를 봤다.

그 말이라면 또렷이 기억한다. 가쿠토는 고개를 끄덕였다.

"나도 다도코로 씨와 같은 생각을 하고 있었습니다. 어머니를 무척 좋아하는 소년이 사람을 죽이는 선택을 할까, 하고. 노노코 씨를 지키기 위해서라고는 하나 위험 부담이 너무 큽니다. 중학생이라도 그건 충분히 알 테고, 원래는 어머니를 슬프게 하는 일은 하지 않을 텐데 말입니다. 다이키 군의 행동은 지나치게 극단적이라는 생각이 드는군요. 그래서 내 추리가 맞는지 솔직히 자신이 없습니다. 그가 왜 죽어야만 했는지, 지금도 잘 모르겠습니다."

사와타리 이즈미는 모모이 다쓰히코와 고미네 아카리를 살해한 것을 인정했다. 그러나 그 동기와 린타를 데려간 이유에 대해서는 침묵을 지키고 있다.

—내 탓이야!

그녀의 비통한 절규가 귓가에 새겨져 있다.

—내가 좋은 엄마가 아니라서! 내가 집을 답답하게 만들어서 다이키에게 스트레스를 줬어! 그래서 다이키가 그날 밤 집을 빠져나간 거야!

그녀는 15년이나 되는 세월 동안 자신을 탓하며 살아왔다.

"다이키 군은 어머니를 무척 좋아했다고 생각합니다" 하고 미쓰야가 다시 한번 낭독하듯 말하더니,

"그 말이 이즈미 씨에게 구원의 말이 될지도 모르겠습니다. 그런데 새로운 고통이 되기도 하겠군요."

가쿠토는 그럴지도 모르겠다고 생각했다.

자신은 아들에게 사랑받고 있었다. 그러나 그런 아들을 슬프게 하는 죄를 짓고 말았다, 하고 깨달을 것이다.

"그렇기 때문에 그녀에게 노노코 씨의 말을 전해야 합니다."

그렇게 말한 미쓰야는 난간에서 두 손을 내려놓은 뒤 갑시다, 하고 택시를 향해 걸어간다.

"경위님, 그 책은 무슨 책인가요?"

과감히 물었다.

가쿠토는 방에 틀어박혀 버티던 사와타리 이즈미에게 창문 너머에서 건넨 미쓰야의 말을 기억하고 있었다.

—그 책에는 사람은 이번 생에서 해야 할 과제가 있다고 쓰여 있었습니다.

그 책, 하고 읊조리는 것으로 미쓰야는 시치미를 뗐다.

"경위님과 사와타리 이즈미 씨가 읽었다는 책 말입니다."

미쓰야의 영향인지 가쿠토도 피의자가 된 사와타리 이즈미를 자연스레 '씨'를 붙여서 부르게 되었다.

332

미쓰야는 가쿠토를 보고 훗, 하고 작게 웃었다.

"그건 나와 그녀의 비밀입니다. 그런 비밀이 있어도 괜찮겠죠."

알고 싶으면 스스로 찾아내는 수밖에 없을 듯하다. 가쿠토는 그 이상 따지는 것을 포기했다. 뭐, 됐다. 꼭 알고 싶다는 마음가짐으로 행동하면 어떤 일이든 언젠가는 자기 나름의 해답을 찾을 수 있을 것 같은 기분이 들었다.

2003년 12월

"죽여줄까?"

밥을 먹는 고양이들을 보면서 그가 말했다.

눈앞에 있는 네 마리의 고양이는 경계하는 기색도 없이 그가 준 밥을 먹고 있다. 이날은 건사료였다.

"뭐?"

분명히 들었는데도 이누이 노노코는 되물었다.

"그 남자, 내가 죽여줄까?"

그는 고양이를 보면서 말했다. 웃고 있다.

"응. 그럼 부탁할게."

노노코도 웃으며 대답했다.

날이 저문 공원에 아이들의 모습은 보이지 않고 이따금 개를 데려온 사람이 산책로를 걷고 있을 뿐이다. 쌀쌀한 바람이 불어와 노노코는 웅크려 앉은 몸을 더 작게 웅크렸다.

"그런데 내 기분 탓일지도 몰라. 자의식과잉인가 봐."

"보통은 뺨을 만지거나 손을 잡지 않아."

그렇게 말한 그는 나머지 사료를 그릇에 부었다.

여름부터 밥을 준 탓에 네 마리의 고양이는 사람을 잘 따른다. 노노코나 그의 모습을 발견하면 야옹 하고 귀여운 목소리를 내며 가까이 올 정도였다.

처음에 밥을 준 것은 그였다.

방과 후에 시간을 보내기 위해 학교에서 떨어진 이 공원까지 오는데 뜻밖에도 같은 반인 그가 있었다. 그는 야옹야옹하고 고양이 울음소리를 흉내 내거나 사료를 뿌리면서 길고양이를 길들이려 했다. 그러나 고양이는 경계하며 그를 멀리서 지켜보기만 할 뿐이었다. 그로부터 넉 달이 흘렀다. 그와 고양이의 거리는 좁혀졌고 지금 네 마리의 고양이는 아무 경계 없이 밥을 먹고 있다.

"귀엽다."

노노코가 말하자, 그는 몇 초간 머뭇거린 뒤,

"실은 눈치채고 있었지?"

고양이를 보면서 그렇게 물었다.

뭘? 하고 노노코는 시치미를 떼려 했다. 하지만 용기 내어 물어본 그를 똑바로 마주하지 않는 것은 실례라는 생각이 들어 마음을 고쳐먹었다.

"응. 아마."

노노코는 애매하게 대답했다. 만약 자신의 생각이 틀렸다면 돌이킬 수 없을 만큼 그에게 상처를 주게 된다.

"그래서 이누이, 너는 내가 못하게 하려고 이 공원에 다니는 거구나."

노노코는 자신의 생각이 틀리지 않았다는 걸 알게 됐다.

처음 이 공원에서 그를 봤을 때부터 알아차렸다.

여름방학이 막 시작된 날의 초저녁이었다. 그는 공원 구석 정자에 숨어 있는 것처럼 웅크려 앉아 있었다. 야옹야옹 소리를 내며 땅바닥에 건사료를 뿌리고 있는 그의 청바지 뒷주머니에서 흰 끈의 끝부분이 보였다.

그때는 몰랐다. 인기척에 뒤돌아본 그가 노노코를 확인하더니 황급히 일어섬과 동시에 손에 들고 있던 건사료를 홱 내던졌다. 마치 고양이에게 밥을 준 건 없던 일로 하려는 듯이. 그 동작에 위화감을 느낀 노노코는 무의식중에 눈살을 찌푸렸다. 그는 흠칫 놀라서 청바지 뒷주머니에 손을 갖다 댔다. 끈의 끝부분이 나와 있는 것을 알아차린 그의 표정이 굳었다. 절망을 마주친 얼굴 같았다. 그는 눈에 띄게 허둥대며 뒷주머니에 끈을 밀어넣었다. 그때 노노코는 그가 고양이가 좋아서 밥을 주고 있는 게 아니라는 걸 알았다. 자신의 얼굴이 굳어진 게 느껴졌다.

그는 반에서 인기가 많았다. 눈에 띄는 유형은 아니지만 공부와 운동을 잘하고 늘 차분하며 누구에게나 상냥했다. 그를 좋아하는 여학생이 많다고 듣기도 했다. 그런 그의 어두운 부분을 엿본 듯한 기분이었다. 그리고 늘 햇빛 속에 있을 것만 같은 그에게도 어둠이 있다는 것에 구원받은 심정이었다.

그때 일을 회상하고 있던 노노코에게,

"못하게 막아줘서 솔직히 안심이 되는 부분도 있는데."

그가 말했다. 마지막의 '있는데'가 까슬까슬한 감촉으로 귀에 남았다. 그가 정말 하고 싶은 말은 지금부터라는 생각에 노노코는 배에 힘을 주고 허리를 폈다.

"역시 도저히 멈출 수가 없어."

그는 한숨을 쉬듯 말하고, 있잖아, 하는 목소리에 힘을 줬다.

"뭔가를 하고 싶어 미치겠는, 그런 충동에 사로잡힌 적 있어?"

생각할 것도 없었다. 노노코는 자기 안에 그런 강렬한 에너지가 없다는 걸 알고 있었다.

"없을걸."

"나는 있거든."

말로 쏟아내고 싶다, 누군가에게 털어놓고 싶다는 절박한 울림이 느껴졌다.

"늘 그 생각만 하느라 가만히 있지를 못하겠어. 그 생각을 그

337

만두려고 하면 머리가 띵하고 심장이 두근거리고 숨도 잘 안 쉬어지고 더 하고 싶어 안달이 나. 내 안에 다른 사람이 있는 것 같아. 보고 싶어 미치겠는 거야. 내 손으로 느끼고 싶어 미치겠어. 어떤 식으로 고통스러워할까. 몸은 어떤 식으로 움직이고 어떤 표정을 지을까. 눈은 튀어나올까. 침도 흘릴까. 오줌도, 똥도 지리려나. 경련을 하려나."

나, 정신이 이상한가 봐. 그가 낮은 목소리로 말했다.

노노코는 할 말을 찾지 못했다. 정확하게는 말을 찾으려는 시도조차 하지 않았다. 어떤 말도 그 안에 자리한 충동에 가닿지 못할 것 같았다.

"돌연변이라는 게 있더라."

그가 잡초를 잡아 뜯어서 내던졌다. 같은 동작을 반복했다. 뚝, 뚝 섬유 끊어지는 소리가 단말마처럼 들렸다.

"우리 가족 말이야, 엄마랑 아빠랑 누나는 다 착하고 좋은 사람이거든. 굉장히 평범한데, 분명히 우리 집 같은 경우를 가리켜 행복한 가족이라고 하겠구나, 하고 내가 남의 일처럼 생각하더라니까. 왜 나만 비정상일까. 진짜로 우리 가족이랑 내가 같은 핏줄이 맞나 싶어. 내가 이렇다는 걸 알면 다들 깜짝 놀라겠지? 특히 엄마한테는 죽어도 들키고 싶지 않아. 불쌍하잖아. 엄마한테 들킬 바에야 죽는 게 나아."

"미즈노 군이 죽으면 어머니가 슬퍼하실 거야."

"그래도 그 편이 구원이 있는 슬픔이라는 생각 안 들어?"

"글쎄. 잘 모르겠어."

만약 내가 죽으면 엄마가 슬퍼해줄까. 그렇게 생각하면서 노노코는 솔직하게 대답했다.

"이누이, 너는 내가 무섭지 않아?"

"응. 안 무서워."

그의 충동을 분명히 알게 된 지금도 공포심과 경계심은 일지 않았다.

"흐음. 특이하네."

아무래도 좋다는 말투였지만 그의 옆얼굴에서 안심한 기색이 느껴졌다.

밥을 다 먹어치운 고양이들 중 두 마리는 조금 떨어진 곳에서 그루밍을 하고, 다른 두 마리는 어디론가 가버렸다.

"우리 엄마는 말이야." 그는 그제야 노노코를 향해 고개를 돌렸다. "자식이 전부인 사람이야. 그래서 절대로 슬프게 하고 싶지 않아. 우리 엄마는 누가 봐도 전형적인 굳센 엄마라서 슬픈 얼굴이 안 어울리거든. 항상 웃었으면 좋겠어."

그렇게 말한 그는 쑥스럽다는 듯이 웃었다.

그날, 나의 세상이 멈췄다

《그날, 너는 무엇을 했는가》의 미즈노 이즈미는 성실한 남편과 반듯하게 자란 딸, 아들과 함께 행복한 가정을 꾸리고 있다. 그러던 어느 날 밤, 아들이 연쇄살인범으로 오인된 것도 모자라 사고로 죽음을 맞는다. 오직 자식만을 위해 살아온 이즈미는 그 충격과 슬픔을 견디지 못해 반쯤 넋이 나가고, 그날 이후 그녀의 세상은 멈추고 만다. 그로부터 15년의 세월이 흘러 도쿄의 한 빌라에서 젊은 여성이 살해되는 사건이 발생한다. 경찰은 그녀의 불륜 상대를 쫓지만 그의 종적은 알 수 없는 상태였다.

자식을 먼저 떠나보낸 부모의 고통이 얼마나 클지 감히 상상조차 되지 않는다. 납득이 가는 죽음이 있을 리 만무하겠지만, 사고 당시 도대체 무슨 일이 있었길래 자식이 죽어야만 했느지 그 진실을 알지 못하면 평생을 고통 속에 살아야 할지도 모른다.

부모와 자식. 자식은 부모를 선택할 수 없고 부모는 자식을 뜻대로 키우기 힘들다. 부모와 자식은 비밀을 공유하는 한편 어느 날 갑자기 낯선 얼굴을 하기도 한다. 떼려야 뗄 수 없기에 세상에서 가장 숙명적이고도 골치 아픈 인간관계라 할 수 있다.

《그날, 너는 무엇을 했는가》에는 다양한 부모와 자식이 등장한다. 자식을 먼저 떠나보낸 어머니, 자식과 남처럼 살아가는 아버지, 자식의 행방을 알 수 없어 점점 미쳐가는 어머니, 자식보다 자기 삶이 먼저인 어머니, 그런 어머니와 아버지의 부재 속에서 자라 어떤 감정이 결여된 딸, 어머니의 죽음의 진실을 밝히지 못해 큰 슬픔을 짊어지고 살아가는 아들, 어머니에게 자신의 뒤틀린 모습을 결코 들키고 싶지 않은 아들까지. 이 소설은 살인 사건의 범인을 쫓는 미스터리인 동시에 부모 자식 간의 농밀하고도 섬뜩한 관계에 대해 이야기한다.

마사키 도시카는 1965년 도쿄에서 태어나 홋카이도 삿포로와 도쿄를 오가며 자랐다. 대학 졸업 후에는 삿포로에서 웨이트리스, 영어 학원 강사로 일하는 등 아르바이트를 전전하다 우연히 도도 시즈코의 소설을 읽고 뭔가 쓰고 싶다는 충동에 휩싸였다. 그리하여 소설가 가와베 다메조의 창작 교실에서 소설 창작을 배웠으며 1992년 〈바람이 부는 방〉이 문학계 동인잡지 우수작에, 1994년 〈파티하자〉가 제28회 홋카이도신문 문학상에 가작으로 선정됐다. 마침내 2007년 〈지다 피다 돌다〉로 제41회 홋카이도신문 문학상을 수상하며 데뷔했다. 2008년에는 수상작이 수록된 《밤하늘의 별의》가 첫 저서로 출간되었고, 2013년 자식을 향한 비뚤어진 모정을 그린 장편소설 《완벽한 엄마》부터 심리 묘사를 중시한 미스터리에 축을 두게 되었다.

《그날, 너는 무엇을 했는가》는 한국 독자들에게 처음 소개하는 작가 마사키 도시카의 소설이다. 과거와 현재의 사건을 절묘하게 연결해 놀라운 반전을 선사하며 '최고의 미스터리'라는 찬사를 받은 이 소설은 2020년 게이분도서점 문고 대상 1위를 차지했고 2021년 연말 기준 24만 부 판매를 돌파했다.

마사키 도시카는 《그날, 너는 무엇을 했는가》를 쓰게 된 계기에 대해 이렇게 밝혔다.

출판사 편집자로부터 '어둠을 품은 여자의 마음에 가닿는 미스터리'를 써달라는 의뢰를 받고 고민하던 차에 어떤 사건이 발생했다. 2018년 여름 오사카의 한 경찰서에 구금돼 있던 용의자가 탈출한 것이다. 시민들은 불안에 떨었고 그 소식은 연일 뉴스로 보도됐다. 그러던 중 누군가 오사카 시내에서 오토바이를 탄 남자 고등학생을 용의자로 오인해 신고를 했고, 경찰차에 쫓기던 학생은 버스 정류장 기둥에 부딪혀 사망했다. 학생이 무면허에 훔친 오토바이를 탔다는 사실이 밝혀지자 사람들은 '자업자득이다', '도망간 것이 잘못이다' 하고 비난했다. 작가는 학생의 죽음이 자기 책임이라는 기호에 쉽게 처리되는 것에 위화감을 느꼈다고 한다.

사람들은 본인과 상관없는 사건을 자신이 받아들이기 쉽게 해석한다. 죽은 사람에 대해서도 마찬가지다. 하지만 '죽어도 어쩔 수 없다'고 결론짓는 것은 너무나 폭력적이다. 마사키 도시카는 그 사고뿐만 아니라 피해자도 잘못이 있다는 의견이 최근 들어 많아진 것 같고, 사람의 목숨은 기호로 처리되어서는 안 되기에 이때 느꼈던 위화감을 소설로 풀어봤다고 한다.

인간의 마음속 어둠에 다가가는 치밀한 묘사가 돋보이는 《그날, 너는 무엇을 했는가》는 작가가 거의 1년 동안 공들여 쓴 작품이다. 작가는 앞으로 집필 속도를 높여보겠다고 다짐하기도 했고, 실제로 일본에서는 이 소설의 후속작 《그녀가 마지막에 본 것은》이 이미 출간되었다. 물론 괴짜 형사 미쓰야 슈헤이와 신입 형사 다도코로 가쿠토가 다시 만나 활약한다. 앞으로도 계속 두 형사의 활약상을 지켜보고 싶다.

2022년 초여름
이정민

그날, 너는 무엇을 했는가

초판 1쇄 발행	2022년 6월 17일

지은이	마사키 도시카
옮긴이	이정민
편집	조은혜
디자인	허귀남
제작처	영신사
펴낸이	조은혜
펴낸곳	모로
출판등록	제2020-000128호
등록일자	2020년 11월 13일

이메일	moro@morobooks.com
트위터	@morobooks
인스타그램	@morobooks

ISBN 979-11-975597-4-7 03830